이야기로 읽는 고시조

이야기로
읽는
고시조

임형선

책륜서

시조가 어렵고 고리타분하다는 기존의 생각을 깨뜨리기 위해, 저는 새로운 방식으로 독자들과 만나기로 했습니다.

시조가 얼마나 재미있는 것인지 그리고 시조 속에 당시의 시대상과 역사가 담겨 있다는 것을 이야기 형식으로 쉽게 풀어 썼습니다. 어찌 보면 시조 감상 책이라기보다 조선시대의 시대상이나 역사 이야기를 담은 책이라 할 수 있습니다.

시조를 중심에 두어 설명하지 않고, 시조에 얽힌 사연과 역사적 배경을 이야기로 풀어 나갔습니다. 그 이야기를 읽다보면 자연스럽게 그 이야기에 얽힌 시조를 만나게 됩니다. 시대적 배경과 역사적 배경을 읽다 보면, 자연스럽게 시조를 만나게 됩니다. 그냥 편안하게 이야기를 읽는다고 생각하고 이 책을 본다면, 나도 모르는 사이에 시조를 익힐 수 있을 것입니다.

쉬운 예를 들어 정몽주의 시조가 나온다면, 우린 학교에서 시조 자체만 공부했습니다. 그래서 따분하고 지겨웠던 것입니다. 하지만 이 책에서는 그 시조가 나오게 된 시대적 배경과 역사적 배경을 먼저 이야기로 풀어 놓고, 그 다음에 시조가 나오는 형태입니다.

따라서 독자 여러분은 그냥 편하게 이야기를 읽는다고 생각하고 읽으면 됩니다. 지금까지 고시조 관련 책들이 여럿 나왔지만 이런 형태의 해설서는 없었습니다. 하여, 시조는 딱딱하다는 편견에 독자들로부터 외면을 받아 왔습니다.

이 책은 그런 고정관념을 깨뜨리고 새로운 방식으로 고시조에 접근했습니다. 다시 한 번 말하지만 그저 이야기를 읽는다고 생각하고 책을 읽으면 됩니다. 이 책이 독자들로 하여금 재미있게 읽히는 책이 되었으면 좋겠습니다.

2016년 10월
임형선

차례

01 사랑

02 정치

03 자연, 풍경 그리고 풍류

01

사랑

기녀의 무덤 앞에
한탄하며
술을 따른
한량 시인

　현대사회에서도 장관이나 고위직 공무원을 하려면 청문회를 하지? 그래서 부정으로 재산을 모았는가, 본인이나 자식은 병역 회피를 하지는 않았는가, 아니면 여자관계는 어떠했는가 등을 청문회에서 따지고 들지. 특히 성 상납을 받았다면 고위직 공무원이 되려는 사람의 도덕성은 땅에 떨어지고 말아. 다시 말해서 여자관계가 복잡하다면 그 사람은 윤리적으로 치명적 타격을 받게 돼. 그리고 고위직 공무원으로 임용을 못 받게 되지.

　개방된 현대사회에서도 이러한데 유교를 숭상하던 조선시대에는 어떨까. 더욱 큰 타격을 받고 벼슬에서 쫓겨나게 될 거야.

　그런데 그런 조선시대에 겁 없는 선비가 있었어. 요즘 말로 임명장을 받고 임명을 받은 도시로 부임하러 가는 길에 술을 한 병 들고 여자의 무덤을 찾아갔던 거지. 그것도 여염집 여자가 아닌 기녀의 무덤을. 요즘으로 치면 일반 가정집 여자가 아닌 술집 여자의 무덤에 술병을 들고 찾아갔으니, 말 많은 정치인들이 가만히 있을 리가 있나. 더구나 기녀의 무덤에서 그 기녀를 그리워하는 시를 읊었다

니 이거 큰일도 보통 큰일이 아닌 거야. 설사 여염집 여자의 무덤이 었을지라도 그곳에서 그 여자를 그리워하는 시를 읊었다면, 고위 직 공무원으로서 문제가 있는 거지. 아무리 개방된 현대사회라 할 지라도 자기 부인도 아닌 여자의 무덤에 술병을 들고 찾아가 그녀 를 그리워하는 시를 읊었다면 이는 불륜으로 큰일 날 일이지. 벼슬 을 임명 받는 사람이 말이야. 인터넷에 뜨고 저녁 9시 뉴스에 나올 일이지.

그 선비가 바로 조선시대의 한량 백호 임제(1549~1587)였어. 임 제가 누군가. 선비들은 그를 법도 밖의 사람이라 하여 사귀기를 꺼 려했어. 하지만 그의 시와 문장은 높이 평가했지. 임제는 스승 두는 것도 구속이라 하여 싫어했어. 그래서 어려서는 독학으로 학문을 깨우쳤어. 뒤늦게 20세가 넘어서야 속리산의 대곡 성운에게 사사 師事를 받게 돼. 본시 임제의 성품이 자유분방하여 어디에 구속됨을 싫어하고 방랑벽이 있었어. 39세에 요절한 조선 중기의 천재 시인 이며 대문장가였지. 시가詩歌와 풍류를 즐기며 명산을 찾아 돌아다 녔어. 피리도 참 잘 불었대. 피리를 얼마나 잘 불었는가는 기녀 일 지매와의 일화에서 찾아볼 수 있지만, 여기서는 일지매와의 사랑은 생략하기로 하고…….

당쟁을 일삼는 소인배들 틈에 끼기 싫어해서 벼슬에도 큰 뜻이 없었어. 선비들과 어울리는 것도 싫어하고. 술을 좋아했고 전국 방 방곡곡을 돌아다니며 뜻이 통하는 기녀가 있으면 시와 음악 그리고 술과 풍류를 즐겼어. 그리고 그 기녀와 하룻밤 뜨거운 정염을 불태 우곤 했지. 나이 어려서부터 술과 여자를 일찍 알았어. 그래서 임제 는 전국을 돌아다니며 숱한 일화를 남겼어. 얼굴도 잘생긴 데다 시는 물론 가야금, 피리, 노래까지 잘했으니 한마디로 킹카였던 거지. 아주 호방한 시인이었어. 조선 전국에서 임제를 모르는 기녀가 없을 정도였으니까. 소위 말해서 조선조에서 백호 임제를 모르는 기녀가 있으면 그는 간첩(?)이라고 할 수 있을 정도니까. 일종의 기인奇人이라 할 수 있어. 조선에서 몇 안 되는 최고의 풍류랑이라 할 수 있지. 임제는 늘 거문고와 피리와 칼을 가지고 다녔어. 술과 여자만 있으면 풍악은 언제든지 울릴 준비가 되어 있는 거지. 칼을 차고 다닌 건 필자의 짐작으로는 아버지의 영향이 아닌가 싶어. 그의 아버지는 절도사를 지낸 무인이었거든. 할아버지는 승지를 지낸 문인이었고. 아마 그래서 문인뿐 아니라 무인의 기질도 있지 않았나 생각해. 소위 문무를 겸비한 집안이라 할 수 있을 것 같아.

　백호 임제의 시조를 만나기 전에 아주 잠깐 옆길로 새볼까? 임제의 아버지가 절도사를 지낸 무인이었다고 했잖아? 그의 아버지가 지은 시조도 전해 내려오고 있어. 그래서 그의 아버지 시조를 먼저 감상해 볼까 해. 임제 이야기나 하라고? 에이~ 그래도 무인으로서 작품까지 남겼는데, 그리고 임제의 아버지인데, 슬쩍 건드려 보긴 해야지. 그리고 임제가 천재 문장가이며 한량이라고는 하나 실제로 보검(칼)을 옆에 차고 다녔으니, 그에게 이렇게 무인의 기질도 있었다는 것쯤은 알고 나가야지. 임제가 무인의 기질도 타고 났다는 사실을 아는 이는 드물어. 또 그것을 말해 주는 책도 아직 보지 못했고 말이야. 그러니 무인이었던 아버지에 대해 슬쩍 건드려 봐야 하지 않겠어? 그나저나 아버지 이름이 뭐냐고? 임진(1526~1587)이야. 임진에 대해서는 많이 알려져 있지 않지? 그래서 간단히 소개해 보겠어.

임진은 굉장했던 무장이었어. 명종 1년(1546)에 무과에 급제하여 오도병마절도사 등을 지냈어. 중종에서 선조 때의 무장이었어. 제주목사 시절 선정을 베풀어 청정비가 세워지기도 했어. 전라도우수사 때는 수적水賊을 토벌하여 가선대부에 올랐어. 시조 작품까지 남긴 걸 보면 임진도 문무를 겸비한 사람이라고 할 수 있지. 왜 요즘도 그런 사람들 있잖아. 공부도 잘하면서 운동도 잘하는. 또는 운동도 잘하면서 공부도 잘하는. 임진이 그런 사람이었던 모양이야. 우리가 잘 아는 이순신 장군, 임경업 장군 등 선조들 중엔 이렇게 문무를 겸비한 장군들이 꽤 있었어. 다음 아래 작품은 임진이 평안도 병사 시절에 지은 시조로,《청구영언》에 이 시조 1수가 전해 내려오고 있어.

활지어 팔헤 걸고 칼 가라 녀페 차고
철옹성변鐵瓮城邊에 통개筒盖 베고 누어시니
보완다 보괘라 솔의에 잠못드러 하노라

풀이

① 활에 시위를 얹어 팔에 걸고 칼을 날카롭게 갈아 옆에 차고
② 누구도 침범하지 못하는 철통같이 지키는 철옹성에서, 화살을 넣어 메고 다니는 가죽자루를 베고 누워, 잠깐이나마 눈을 좀 붙이려 했더니
③ 보았느냐! 보았다! 하는 군호 소리에 잠이 들지 않는구나

무인으로서의 심적 표현과, 병사들의 훈련 소리 등 무인의 생활

상이 잘 그려져 있어. 작품 원문 중에 중장의 '통개'는 화살을 넣어 메고 다니는 가죽자루를 말해. 또 종장에 '보완다 보괘라'라는 말은, 군졸들이 야영할 때 잠을 쫓기 위해 외치는 군호 소리야. 잠깐 잠을 청해보려 했더니, 이런 군졸들의 군호 소리에 잠이 들지 않는 다는, 병영의 모습을 눈앞에 펼쳐지는 듯 상상이 될 정도로 잘 표현하고 있어.

임진에 대해서는 여기까지만 간단히 설명을 마치기로 하겠어. 지금은 임제 이야기를 하고 있는 중이니. 잠깐 옆길로 샌 기분이 어때? 참고로 알고 가니까 좋지? 임제를 이해하는데 도움이 될 거야. 자, 그럼 본격적으로 다시 임제 이야기를 해보자.

아까 이야기했던 것처럼 이런 임제가 서북도 병마평사로 부임하는 길에 기녀 황진이의 무덤에 들른 것이었어. 그것도 술병을 옆구리에 꿰어 차고 말야. 당시 임제의 나이는 35세. 39세에 세상을 떴으니 그의 말년에 들른 거지.

황진이는 또 누군가. 스스로 송도삼절松都三絶이라 하지 않았던가. 송도에는 박연폭포가 있고 화담 서경덕이가 있고 그리고 황진이 자신이 있다고 했지. 황진이는 화담 서경덕에게 이렇게 셋을 송도삼절이라 말했어.

송도 천마산 지족암 동굴 속에서 10년 면벽 수도한 지족선사를 유혹하여 파계시킨, 요즘으로 치면 요사스러운 여자라고 할 수도 있지. 거기에 도인 서경덕까지 유혹하려 했으니. 그러나 서경덕은 황진이의 유혹에 넘어가지 않았어. 그래서 그를 스승으로 섬겼지. 부안 기생 이매창과 더불어 조선 기녀로 쌍벽을 이루었어. 지금 봐도 손색이 없는 시조를 남길 만큼 시에 뛰어났고 가야금, 거문고,

서예, 학문, 노래 모두에 뛰어났어. 이매창과 함께 당대의 으뜸이었던 거야. 이사종이라는 사람과 송도에서 3년, 서울에서 3년, 이렇게 6년을 계약 동거한 여자이기도 하고. 참으로 대단하지? 그 당시에, 유교이념 사회였던 조선시대에 계약 동거를 했으니. 몇백 년 전에 말이야. 그 시대에 그럴 정도였으니, 시쳇말로 까질 대로 까진 여자라 할 수 있지. 그리고 벽계수를 비롯한 수많은 남자들을 유혹하여 망신을 주기도 했으니 보통 여자가 아니었어.

임제가 이런 여자의 무덤에 술병을 차고 찾아가 그녀를 그리워하는 시를 읊었으니, 임제 또한 못 말리는 남자야. 그것도 벼슬을 받아 부임하는 길에. 부임지에 도착하기도 전에 술병을 들고 황진이의 무덤에 먼저 들렀으니, 참으로 한량도 이런 한량이 없는 거지.

청초靑草 우거진 골에 자난다 누엇난다
홍안紅顔을 어듸 두고 백골白骨만 무쳤난이
잔盞자바 권勸하리 업스니 그를 슬허 하노라

백호 임제가 서북도 병마평사로 부임하는 길에, 부임지에 도착하기도 전에 황진이의 무덤을 먼저 찾아 읊은 시야. 참으로 못 말리는 사람이야. 자신의 본분이 무엇인지도 생각하지 않고, 한갓 기녀의 무덤을 먼저 찾았으니, 못 말리는 사람이 아니고 뭐겠어. 그리고 하필 임제가 부임지로 가는 길 도중에 황진이의 무덤이 있을 게 또 뭐람? 그러지 않아도 황진이를 그리워하던 임제인데. 마침 가는 길에 황진이의 무덤을 거쳐 가게 되었으니, 마치 새가 방앗간을 지나가는 것과 같잖아? 아무튼 임제는 황진이 무덤 앞에서 술 한 잔을 따르며 이런 시를 읊은 거야. 임제처럼 호방한 성격을 가진 게 아니라면 이런 일 저지를 사람이 없지. 사대부 집안의 양반이 임금에게 벼슬을 하사 받고 부임하면서 가는 길에 기녀를 애도하고 있으니.

풀이

① 푸른 풀이 우거진 이 골짜기에서 황진이야 너는 누워 있는 것이냐 아니면 자는 것이냐

② 그 젊고 어여쁜 얼굴을 어디 두고 이 깊은 산골짜기에서 백골이 되어 무덤에 묻혀 있느냐

③ 내가 이렇게 술을 가져와서 너와 한 잔 하고 싶은데, 이 술을 권할 네가 없으니 참으로 슬프구나

임제는 이렇게 혼자 술을 홀짝홀짝 마셔가며 한탄하고 있는 거야. 애통해 하고 있는 거야. 아마도 펑펑 눈물을 쏟으며 엉엉 통곡을 하였을 거야. 마치 우주의 모든 것을 잃은 양 통탄하며 그녀의 무덤 앞에 앉아 있었을 거야.

황진이에게 후손이 없으니 누가 와서 풀을 깎아주랴. 무덤엔 잡풀이 무성하게 자랐을 테고, 더는 움푹움푹 무덤의 흙이 패인 곳도 있었으리라. 아무도 없는 산중山中이니 쓸쓸하기만 하고. 이런 황진이의 무덤 앞에서 임제는 황진이의 향수에 빠져 애잔히 눈물을 흘렸으리라.

이런 일이 조정에 알려지면서 임제는 부임하기도 전에 파직 당하게 돼. 부임지에 도착하기도 전에 파직당한 거야. 당연한 거 아닐까? 양반이 한갓 기녀의 무덤에 가서 그녀의 죽음을 한恨하여 시를

썼으니.

　임제는 벼슬도 많이 하지 않았어. 그저 전국을 도는 방랑생활을 많이 했을 뿐이지. 어쩌다 찾아온 기회마저 황진이라는 기녀로 인해 놓치게 되고 말야. 하지만 임제는 벼슬자리를 잃은 것을 후회하지 않고 오히려 홀가분해 했어. 참으로 특이한 사람이야. 오히려 기회다 하고 명산을 찾아다니며 더욱 풍류를 즐기며 인생을 살았으니.

　임제와 황진이는 살아생전 못 만났어. 황진이는 중종 때의 명기名妓였으며, 비교적 단명했던 것으로 보고 있어. 정확히 임제가 1549년~1587년이고, 중종이 1488년~1544년이니까, 황진이가 죽은 뒤에 임제가 태어난 거지.

　황진이에 대한 직접적인 사료는 없어. 야담野談으로 전해오는 이야기만 있을 뿐이야. 황진이에 대한 이야기는 수없이 많아. 각양각색으로 전해오기 때문에 어느 게 맞는지 정확하게 알 수 없어.

　그런데 인생이란 참으로 묘하고 신비한 거야. 임제가 황진이의 무덤을 찾아 통탄하기 이전에, 황진이는 화담 서경덕의 죽음을 애통해 했었으니. 자신이 누군가의 통탄의 대상이 될지 황진이인들 어찌 알았겠어. 화담 서경덕이 죽자 황진이는 그의 죽음을 애통해 하며 다음과 같이 노래했어.

　　산山은 넷산山이로되 물은 넷 물 안이로다
　　주야晝夜에 흘은이 넷물리 이실쏜야
　　인걸人傑도 물과 갓도다 가고 안이 오노매라

풀이

① 산은 늘 그 자리에 우뚝 서 있어 옛 산 그대로인데, 물은 흐르니 옛 물이 아니구나

② 밤낮으로 물이 흐르니 옛 물이 그대로 있겠는가

③ 세월은 이처럼 물과 같이 흐르는 것이니, 아무리 뛰어난 인물일지라도 그 물처럼 한 번 가고는 다시 오지 않는구나

황진이는 이처럼 서경덕의 죽음을 한탄했어. 그런데 이제는 임제의 한탄의 대상이 되어, 수풀 우거진 산골짜기에서 무덤에 누워있으니 인생무상이라…….

황진이와 서경덕에 대해서는 본격적인 황진이 이야기를 할 때 자세히 하기로 하지. 임제와 황진이 이야기를 하면서 서경덕의 이야기까지 다 하면 재미없잖아? 그러면 임제가 조명을 못 받잖아? '내 이야기를 하다가 왜 화담의 이야기를 하는가!'하고 버럭 소리를 지를 거야. 임제의 성품으로 보아 그러고도 남음이 있어. 천하의 임제인데 말이야. 요즘 드라마를 봐. 드라마도 한참 궁금증을 남겨놓고 끝내잖아? 그래야 시청자들이 다음을 기대하며 기다리니까.

임제는 39세의 젊은 나이에 요절했는데, 그는 늘 좁은 조선 땅에서 태어난 것을 한탄했어. 그만큼 그의 기질은 넓고 컸던 거야. 만주 벌판까지 아우르는, 저 대륙까지 펼쳐지는 커다란 땅에서 태어나 포부를 마음껏 펼치고 싶었던 거지. 그가 숨을 거두려고 할 때 자식들이 통곡을 하자, 임제는 자식들에게 이렇게 말했대.

"주위의 모든 나라가 황제라 일컫는데, 유독 우리나라만 중국에 속박되어 있으니, 내가 살아 무엇을 할 것이며, 내가 죽은들 무슨

한이 되랴. 곡하지 마라."

'백호 문학관'에는 그가 이처럼 말한 휘호가 걸려있어. 물론 현대의 서예가가 쓴 휘호지. 그의 말을 한시로 쓰고 옆에 한글로 해석을 달아 표구해서 걸은 거야. 이 글로 보아도 그의 기백을 느낄 수 있고, 그가 얼마나 호방하고 원대한 꿈을 지닌 사람이었는가를 알 수 있어. '백호 문학관'은 영산강이 내려다보이는 전라남도 나주시 다시면 회전리에 있어. 묘는 가운리에 있고. 역시 영산강이 내려다보이는 곳에 묘가 있어. 한번 백호 임제를 찾아 여행해 보는 것도 좋을 거야.

평양에서의
하룻밤은
따뜻했어라

앞 이야기에 이어 백호 임제에 대해 조금 더 말하려고 해. 임제는 벼슬도 마다하고 전국 방방곡곡을 돌아다니며 뜻에 맞는 기녀가 있으면 함께 시와 음악을 나누었다고 했어. 또 벼슬아치들을 싫어했다고 했어. 당쟁만 일삼고 싸우는 소인배들로 봤기 때문이지.

성품이 자유분방해서 스승을 두는 것도 싫어할 정도라고 했던 것도 기억나지? 얼마나 자유분방한 사람인지 짐작할 만한 일이지. 요즘으로 치면 학교도 안 다니고 싸돌아다니기 좋아하는, 불량 청년이라고 할 수 있지. 직업도 없이 그저 술이나 마시고, 직업이 없으니 돈도 벌지 않았을 테고, 시나 읊고 여자를 만나러 전국을 헤매고…… 일반적인 눈에 비친 백호 임제는 정말 문제 많고 철이 없는 청년처럼 보여. 아마도 부모님이 속깨나 썩었을 거야. 요즘 같으면 아마 오토바이도 훔쳐 타고 신나게 한밤중의 도로를 질주했을지도 모르지. 뒷자리에는 여자도 태우고 말야. 설사 2종 자동차 면허가 있었다 해도 음주 운전도 했을 테고. 그치? 친구들한테도 불량 친구로 분류되었을 거야.

하지만 임제가 정말 요즘의 시각으로 생각하는 그런 불량 청년이었을까? 아냐, 아냐. 그런 차원과는 다르지. 예술가적 기질이라고 말함이 더 옳아. 더구나 학식도 있고 음악과 같은 예능적 재능도 있었고. 그리고 요즘으로 치면 공무원으로 임명까지 받았었고. 더구나 역사 기록에도 '대문장가'이며 '시인'이라고 한 거 보면 학문에 조예가 꽤 깊었던 거야. 그냥 가치관도 없이 껄렁껄렁 싸돌아다니는 건달은 아니었던 거지. 학문과 예술을 사랑했던 남자가 바로 임제라고 할 수 있어. 시뿐 아니라 음악에도 조예가 깊었으니. 다만 성품이 자유분방했을 뿐이고 당쟁이나 일삼는 선비, 벼슬아치들이 싫어서 벼슬에 별 뜻이 없었을 뿐이지. 예술에는 천재라 할 수 있어. 본래 예술가들이 자유분방하잖아? 어디에 얽매이는 거 싫어하잖아? 요즘 예술가들도 봐. 자기주장이 너무 뚜렷한 성격 탓에 괴팍하다는 말도 듣잖아? 어디에 얽매이는 거 싫어하고. 자유분방하고. 딱 백호 임제인 거야. 임제는 요즘 예술가와 다를 게 없었던 거야. 그런 시인인 거야. 그리고 학자였던 거야.

이 책의 제일 처음에 나오는 이야기 '기녀의 무덤 앞에 한탄하며 술을 따른 한량 시인'에서 조선 전국의 기녀들이 백호 임제를 모르면 간첩(?)이라고 할 정도로 유명했다고 했지? 전국의 유명 명소는 다 돌아다녔고. 이런 남자가 어느 날 평양으로 길을 나섰어. 서울에서 평양으로 갔으니까 북쪽으로 길을 나선 거지. 평양에 도착하니 비가 내리고 있었어. 서울에서 출발할 때는 비가 오지 않았는데. 그래서 우산도 없이 그냥 나선 거지. 그런데 실은 평양에 한우寒雨라고 하는 유명한 기녀가 있어 그녀를 만나기 위해 길을 나선 거였어. 풍류랑이었던 임제가 이렇듯 유명한 기녀를 그냥 둘 리 없지.

조선시대에 평양 기녀는 전국에서 최고로 쳤어. 조선 최고의 기생들이 모인 도시라고 할 수 있지. 백호 임제는 어디서 비를 피하고 차가운 몸을 녹일까 하고 생각하던 차에, 시도 잘 짓고 음악에도 뛰어난 한우寒雨라는 기녀가 있다고 하여 그녀의 집에 들렀어. 기녀 이름도 참으로 기가 막혀. 하필 이름이 한우寒雨야. '찰 한'에, '비우'······. '차가운 비'라는 뜻이잖아. 임제가 차가운 비를 맞고 찾아들었는데, 그와 꼭 맞는 한우寒雨라는 기녀를 만났으니······. 깊은 밤 두 사람이 펼쳐나갈 이야깃거리가 무궁무진할 거라는 건 짐작하고도 남음이 있잖아? 더구나 한우 역시 시에 뛰어난 재능을 가지고 있는 기녀였으니. 두 사람은 주거니 받거니 술을 마시며 시를 주고받았어. 조선의 대시인인 임제가 한우의 뛰어난 시에 감탄을 하지 않을 수 없지. 임제는 이처럼 시를 잘 짓고 뜻이 맞는 기녀가 있으면 자신의 품에 꼭 안아야 했어. 이처럼 지적인 여자와 하룻밤 사랑을 나누는 것이지. 기녀 역시 임제의 시적 재능에 감탄하지 않을 수 없는 거야.

그런데 이미 백호 임제의 소문을 들어 그에 대해 알고 있는 한우가 임제를 만났으니, 물 만난 고기처럼 한우도 흥이 난 거지. 그러지 않아도 임제가 어떤 사람인가 궁금하던 한우였는데 어찌 좋아하지 않을 수 있겠어. 설레기도 했지. 평소 한 번이라도 만나고 싶었던 임제인데. 한우는 이게 꿈인지 생시인지 황홀경에 빠졌지. 멋진 풍류랑이 스스로 찾아 왔으니 어찌 안 그렇겠어. 여러분 같으면 탤런트 김태희가, 또는 장동건이 스스로 찾아와 놀기를 원하는데 기쁘지 아니 하겠어? 이렇게 좋은 기회를 맞은 한우는 자신의 예술적 끼를 임제 앞에서 마음껏 발휘한 거야.

그 어떤 여자라도 임제의 멋진 풍류에 넘어가지 않는 여자가 없어. 임제가 마음만 먹으면 그 어떤 여자라도 넘어올 정도로 임제는 매력이 있었어. 그럴 정도로 임제는 전국 기녀들에게 알려진 사람이었어. 한우 역시 뛰어난 미모에 예술적 재능과 시를 잘 짓고 학문에 일가견이 있었으니, 임제에게 기죽을 그녀가 아니지. 이렇게 시를 주고받고 거문고를 타고 춤을 추고 술을 마시고 둘은 서로 인재임을 알았어. 왜 그런 말 있잖아? 천재가 천재를 알아본다고. 바로 그거야. 두 사람이 서로의 재능을 알아 본 거야. 흥이 최고조에 올랐어. 두 사람 모두 몸이 달아오를 대로 올랐어. 더 이상 시간 끌 필요 있어? 요즘 말로 더 이상 밀당(밀고 당기고)할 필요 있어? 드디어 임제가 한우에게 그녀의 마음을 슬쩍 떠 보는 시를 노래했어.

북천北天이 맑다커늘 우장雨裝 업씨 길을 난이

산山에는 눈이 오고 들에는 찬비로다

오늘은 찬비 맛잣시니 얼어잘까 하노라

참으로 기가 막힌 시야. 더구나 이 시를 즉흥적으로 노래했다는 것에 임제의 천재성을 알 수 있어. 이 시를 일명 〈한우가寒雨歌〉라고 해. 기녀 한우에게 노래한 시라는 뜻이지.

'브라운 아이드 소울'이라는 가수가 이 시조를 노래로 불러 히트를 친 적이 있지? 시조 원문 초장에 '북천北天'은 북쪽 하늘을 말해. 《병와가곡집》이라는 책에는 지금처럼 '북천北天'으로 표기되어 있지만, 최남선 본과 이희승 본의 《교주 해동가요》 등 다른 여러 책에는 '북창北窓'으로 되어 있는 책도 있어. '북창北窓'은 북쪽으로 나 있는

창이란 뜻이니, 곧 북쪽 하늘이란 뜻이지. 결국 '북천北天'과 같은 뜻이야. 따라서 어느 것을 사용해도 상관없어. 어떻든 서울에서 평양으로 갔으니 북쪽 하늘이 맞잖아? '우장雨裝'은 비옷을 말하고.

시조의 전체적인 뜻을 생각해 볼까?

풀이

① 북쪽 하늘이 맑다고 하기에 비옷도 없이 길을 나섰더니

② 산에는 눈이 오고 들에는 찬비가 내리고 있구나

③ 오늘은 찬비를 맞았으니 얼어 잘까 하노라

백호 임제는 이렇게 노래하며 기녀 한우寒雨를 꼬시고 있어. 시의 내용상 아마도 계절이 2월이나 3월초 쯤 되지 않았을까 짐작해. 눈만 왔다면 한겨울이겠지만, 비도 내린 걸 보면 아주 추운 한겨울은 아닌 듯해. 더구나 평양은 서울보다 더 추우니 2월에도 산에는 눈이 올 수도 있지 않을까 생각해. 들은 산보다 좀 더 따뜻하니 비가 내렸을 테고. 더 주목할 단어가 있어. 바로 시에 나타난 '찬비'라는 단어야. 찬비……. 잘 생각해 봐. 앞에서 기녀의 이름이 뭐라고 했지? '차가운 비'라는 뜻을 가진 '한우寒雨'라고 했잖아? 실제 임제가 차가운 비를 맞은 것과 기녀 한우의 이름과 통하는 거야. 이를 좀 더 어려운 말로, 국어 문법으로 따지면 '중의법'이라고 해. 중의법이란, 한 단어가 두 가지 이상의 뜻을 가진 것을 말해. 봐. 실제로 맞은 차가운 비와 기녀 한우寒雨. 놀라운 기교 아냐? 더구나 즉흥적으로 이러한 멋진 시를 지었으니. 역시 천재 시인 백호 임제야. 결국은 임제가 한우에게, 내가 이렇게 '찬비를 맞았으니 얼어 자야겠구나'

라며 한우의 의중을 떠본 거야. '찬비'는 차가운 비도 되고, 기녀 한우寒雨도 돼. '맞았으니'는 진짜 찬비를 맞은 것도 되지만, 기녀 한우를 맞이했다는 뜻도 돼. 종장에서 '얼어 잘까 하노라'라고 한 것은, 실제로 찬비를 맞아 추워서 '얼어 자야겠구나'란 뜻인 듯하지만, 그속뜻은 '임이 없는 이불 속에서 혼자 쓸쓸히 자야겠구나'란 뜻이야. 역시 중의법이라 할 수 있지.

그랬더니 임제의 시에 대해 한우가 화답가를 부르는데, 역시 임제가 품고 자보고 싶은 여자인 거야. 한우가 화답가를 부르는데 기가 막혀. 대시인인 천재 임제를 뛰어넘는 화답가로 시를 노래한 거야. 이 역시 임제의 시에 즉흥적으로 받아친 거야. 한번 들어 봐.

어이 얼어 잘이 므스 일 얼어 자리
원앙침鴛鴦枕 비취금翡翠衾을 어듸 두고 얼어 자리
오늘은 찬비 맛자신이 녹아 잘까 하노라

풀이

① 어찌하여 얼어서 주무시려 하십니까. 여기 한우 내가 있는데 무슨 이유로 얼어서 주무시려 하십니까. 내가 있는데 왜 혼자 주무시려 하십니까

② 원앙새를 수놓은 부부가 함께 베고 자는 베개와, 비취색의 화려하고 예쁜 비단 이불이 여기 있는데, 어찌하여 얼어 주무시려 하십니까

③ 오늘은 찬비를 맞았으니 나와 함께 따뜻하게 주무시옵소서

한우가 이렇게 화답한 거야. 참으로 기가 막힌 화답가야. 어떻게 이렇게 즉흥적으로 받아칠 수 있단 말인가. 기녀 한우 역시 대시인 이라 할 수 있어. 초장에서 '므스 일 얼어 자리(무슨 일 얼어 자리)'라 고 한 것은 바로 앞에서 설명했지만, '무슨 이유로 얼어 자려고 하 느냐'는 뜻보다는, '한우인 내가 있는데 왜 혼자 주무시려 하느냐' 는 뜻이야. 중의법을 쓴 거지. 종장에서 '찬비 맛자신이(찬비 맞았으 니)'라고 한 것은 '차가운 비를 맞았다'는 뜻도 되지만, '기녀 한우寒 雨을 맞이했으니'라는 뜻이 더 깊어. 역시 종장의 '녹아 잘까 하노 라'는, 한우인 나를 만났으니 원앙침을 베고, 비취금 이불을 덮고 함께 뜨거운 사랑을 나누며 자겠노라는 뜻이야. 즉 이 화답가는 임 제의 뜻을 받겠다는 뜻이지. 어느 여자가 임제와 같은 멋진 한량이 며 시인을 마다하겠는가. 《진본청구영언》에는 '이날 두 사람이 동 침하였다'라고 기록되어 있어. 황촉불이 켜진 방에서 두 사람은 뜨 거운 정염을 불태웠어.

요조숙녀와
도인

　앞에서 백호 임제 이야기를 하면서 황진이 이야기가 잠깐 나왔던 거 기억나? 그래서 이야기가 나온 김에 임제에 이어 황진이에 대해 이야기 보따리를 풀어보려고 해. '쇠뿔도 단김에 빼라'는 속담도 있잖아?

　앞에서 한 이야기를 다시 한 번 더 되짚어 볼까? 어차피 황진이 이야기가 나오는 거니까 복습한다는 차원에서 다시 한 번 더 되짚어 보기로 하지.

　황진이는 스스로 송도삼절松都三絕이라고 했어. 송도, 즉 개성에는 박연폭포가 있고 화담 서경덕이가 있고 황진이 자신이 있다고 했어. 황진이는 화담 서경덕에게 이렇게 셋을 송도삼절이라 말했어. 그리고 송도 천마산 지족암 동굴 속에서 10년 면벽 수도한 지족선사를 유혹하여 파계시킨, 요즘으로 치면 요사스러운 여자라 할 수 있어. 10년 동안 동굴 속에서 수도한 스님을 유혹하여 파계시켰으니, 참으로 요사스럽다는 말이 저절로 나올 만하지. 거기에 도인 서경덕까지 유혹하려 했으니 얼마나 요사스러운 여자야. 하지만 서경덕은 황진이의 유혹에 넘어가지 않았어. 몇 번을 유혹했지만 꿋

27

꼿했어. 황진이는 생각했지. '아! 진정으로 존경할 만한 남자다.'라고. 그래서 그를 스승으로 섬겼지. 서경덕을 찾아 학문을 익히기도 하고, 철학을 배우기도 했어. 황진이는 부안 기생 이매창과 더불어 조선 기녀의 쌍벽이야. 지금 봐도 손색이 없는 시조를 남길 만큼 시에 뛰어났고, 가야금, 거문고, 서예, 학문, 노래, 모두에 뛰어났어. 이매창과 함께 당대의 으뜸이었어.

앞에서 황진이를 요사스럽다고 했는데, 그런데 말이야 이건 아무 것도 아냐. 이런 거야 뭐 요즘에도 돈 많은 남자를 꼬드겨 명품 가방이며, 고급 주택이며, 고급 승용차며 얻어 즐기는 여자들이 일부 있잖아? 그러니 조선시대에 황진이가 남자를 유혹한 건 그렇다 치자고. 그런데 말이야 황진이는 요즘 현대사회에서도 특히 동양에서는 생각조차하기 힘든 일을 저지르기도 했어. 이사종이라는 사람이 있었는데, 그 남자와 송도에서 3년, 서울에서 3년, 이렇게 6년을 계약 동거한 여자였어. 대담하다고 해야 하나? 참으로 대단한 여자야. 그 당시에, 유교사회였던 조선시대에 계약 동거를 했으니……. 몇백 년 전에 말이야. 그 시대에 그럴 정도였으니 당시에는 까질 대로 다 까진 여자라 할 수 있지 않겠어? 벽계수를 비롯한 수많은 남자들을 유혹하여 망신을 주기도 했으니. 보통 여자가 아니었어.

학문에 뛰어난 정숙한 여자인 것 같으면서도, 이처럼 제 마음대로 남자들을 가지고 놀았으니 요사스러운 여자라고 할 수 있지. 황진이는 그만큼 자신이 있었던 거야. 외모에도 자신이 있었고, 학문, 문장, 시, 무용, 거문고 등 못하는 게 없는 다재다능한 여자였던 거야. 미모에다가 총명하고 예술적 재능을 겸비했으니……. 세상에 이런 여자에게 안 넘어갈 남자가 어디 있겠어. 남자로 치면 백호 임제에 못지않은 여자인 거야. 임제가 킹카라면, 황진이는 퀸카인 거지. 아마도 현대에 살았다면 나이트클럽에도 수없이 드나들었을 거야. 아니지. 자신이 직접 나이트클럽을 차려서, 그곳에 오는 이름깨나 있는 한량이나 고위직 공무원들과 수없는 염문설을 뿌렸을 수도 있어. 그리고 그들은 황진이와의 염문 때문에 임제처럼 벼슬에서 쫓겨나고, 요즘으로 치면 검찰청에도 자주 붙들려 들어가고, 징역도 살았을지 모르지.

그나저나 황진이와 서경덕의 러브스토리를 들어볼까? 물론 두 사람이 육체적 관계는 없었지만 정신적으로 서로 사모하는 사이였어. 서경덕이 아무리 대학자이고 철학에 능통하며, 학문이 고매한 경지에 오른 도학자이고, 특히나 도를 닦는 그런 사람이라 할지라도 그도 남자야. 더구나 부인과 떨어져서 개성 땅의 동문 밖 화담花 潭에 초막을 짓고 학문에만 정진하는 홀로 사는 남자야. 그런데 이처럼 총명하고 아름답고 예술적 재능이 뛰어난 미모의 여자를 보고 혹하지 않을 남자가 어디 있겠어. 다만 서경덕의 자제력이 놀랄 만큼 대단하다는 것뿐이지.

> 내 언제 무신無信하여 님을 언제 소겻관대
> 월침삼경月沈三更에 온 뜻이 전혀업내
> 추풍秋風에 지는 닙소릭야 낸들 어이 하리오

보통 시조에서의 '님'은, 특히 평시조 그리고 작자 이름이 밝혀진 시조에서의 '님'은 '임금'을 말해. 주로 양반들이 많이 사용하고 있어. 그런데 지금 황진이가 말하고 있는 '님'은 남녀 간의 사랑하는 '임'을 말해. 이 책이 세 가지 주제로 나뉘어서 쓰여 지고 있는데, '정치'에서의 '님'은 '임금'을 뜻하고, 지금 여러분이 읽고 있는 '사랑'에서의 '님'은 사랑하는 '임'을 말해. 이 점을 여러분이 주지를 하고 이 책을 읽어야 해. 알았지?

황진이 시조로 알려진 작품은 총 6수야. 여러 기녀들이 기명을 사용한 데 반해 황진이는 유일하게 본명을 사용하고 있어. 이점도 특이한 점이지. 본명이 황진黃眞이야. 이름이 외자야. 두 자가 아니고. 어떻든 그런데 왜 황진이라고 하냐고? 이것에 대해 말해주는 책은 우리나라에 단 한 권도 없어. 저자 중에서도 단 한 사람도 없어. 너무 쉬워서일까? 황진이를 한자로 쓰면 黃眞伊가 돼. 끝 자 '이'가 '저 이'자야. '황진'이 이름이 외자잖아. '진', 그러니까 성을 빼고 부르면 '진이', '진이'라고 부르게 된 것이 황진이로 굳어지게 된 거지. 쉽게 말해서 필자의 이름이 '임형선'이야. 이것을 성을 빼고 부르면 '형선이'가 되는 거지. 다행히 필자는 이름이 두 자라서 황진이처럼 불리워지진 않았지만. 보통 이름이 외자인 사람들이 황진이처럼 '진이' 또는 '진아'라고 부르는 경우가 많잖아. 뭐 그런 거야. 이렇게 쉬운 거라서 이에 대해 말해 주는 책도, 저자도 없었던 건가 봐. 그래서 필자가 이에 대해 설명을 붙여 보았어.

중장에 '월침삼경月沈三更'이란 달이 서쪽 하늘로 기울어가는 깊은 한밤중을 말해. '온 뜻이'란 임이 온 기척을 뜻해. '추풍秋風'은 말 그대로 가을바람을 뜻하고. 시조 내용을 전체적으로 살펴보자.

풀이

① 내가 언제 신의가 없어 임을 언제 속였기에

② 달이 서쪽으로 기우는 삼경三更이 되도록, 이 한밤중이 되도록 임이 오시는 기척이 전혀 없네. 어찌하여 나를 찾아주지 않는 것인가

③ 가을바람에 지는 나뭇잎 소리에 혹시 임인가 하여 속는 내 마음을 낸들 어이 하란 말이오

화담 서경덕을 기다리는 애끓는 마음이 구구절절이 나타나 있어. 사모하는 임을 기다리는 한 여인의 애달픔이 잘 나타난 작품이야. 가을바람에 지는 나뭇잎 소리를 들으며, 혹시 임인가 하여 속는 한 여인의 그 애달픔을 어찌 말로 설명할 수 있겠어. 모든 남자들을 좌지우지했지만 오직 서경덕만은 자신의 유혹에도 넘어오지 않고 있으니, 오히려 더 서경덕에 대한 사모의 정이 깊어만 간 것이지. 왜 그렇잖아. 짝사랑을 하게 되면 더욱더 애달파지는 마음. 바로 그런 거지. 그런데 실은 짝사랑도 아냐. 서경덕도 황진이를 그리워하고 있었으니. 황진이가 서경덕을 그리워하며 지은 시조가 또 있어.

어져 내일이야 그릴줄을 모로더냐
이시랴 하더면 가랴마는 제 구태여
보내고 그리는 정情은 나도 몰라 하노라

역시 서경덕에 대한 그리움이 얼마나 큰가를 잘 표현하고 있어. 초장에서의 '어져'는 '아!'라고 해석하면 돼. 일종의 감탄사야. '내일이야'는 오늘, 내일이냐고? 어이쿠~ '내일이야'는 내가 하는 일이야

또는 내가 저지르는 일이야, 라는 뜻이야. 즉 자신의 어리석은 행동을 뜻해.

풀이

① 아! 내가 저지르는 어리석은 일이야! 보내놓고 그리워할 줄을 왜 몰랐던가

② 가지 말라고 붙들었다면 갔을 리 없건마는 구태여(일부러 애써)

③ 보내놓고 그리워하는 이 심정은 나도 알 수가 없구나

이렇게 황진이는 자신의 마음을 스스로 탓하고 있어. 아니. 보내놓고 그리워하는 자신의 마음을 후회하고 있는 거지.

산山은 녯산山이로되 물은 녯물 안이로다
주야晝夜에 흘은이 녯물리 이실쏜야
인걸人傑도 물과 갓도다 가고 안이 오노매라

풀이

① 산은 늘 그 자리에 우뚝 서 있어 옛 산 그대로인데, 물은 흐르니 옛 물이 아니구나

② 밤낮으로 물이 흐르니, 옛 물이 그대로 있겠는가

③ 세월은 이처럼 물과 같이 흐르는 것이니, 아무리 뛰어난 인물일지라도 그 물처럼 한 번 가고는 다시 오지 않는구나

황진이는 이렇게 사모하는 서경덕도 나이가 들어 저세상으로 떠

나게 되니, 스승이면서도 그토록 사모하던 임에 대한 한탄의 시를 이렇게 노래한 거야. 황진이는 존경하면서도 사랑하던 임에 대한 죽음에 통탄하며 울었을 거야. 땅을 치고 통곡했을 거야. 며칠을 밥도 먹지 않고 시름시름 앓았을 거야. 이에 대한 상상은 여러분이 해봐. 사랑하고 존경하는 사람을 떠나보냈을 때의 그 슬픔이 어떠할까? 그게 더 이 시조를 이해하는데 도움이 될 거야.

> 동지冬至ㅅ달 기나긴 밤을 한 허리를 버혀내여
> 춘풍春風 니불아레 서리서리 너헛다가
> 어론님 오신날 밤이여든 구뷔구뷔 펴리라

황진이의 그 유명한 시조야. 아마 황진이의 시조 중에서 일반인들에게 가장 많이 알려진 시조라 생각해. 화담 서경덕을 그리워하며 지었다는 기록은 없지만, 사랑하는 임에 대한 애타는 사모의 정을 노래한 건 마찬가지야.

풀이
① 동짓달의 기나긴 밤을 한가운데를 베어 내어서
② 봄바람처럼 따뜻한 이불 속에 서리서리 넣어두었다가
③ 정든 임이 오신 날 밤에, 그 밤이 오래오래 가도록 굽이굽이 펴리라

황진이는 이렇게 사랑하는 임과 함께 오래 있고 싶어 하는 마음을 노래하고 있어. 저번에 사랑하는 임이 다녀갔는데 그 임과 함께

한 밤이 너무 짧게 느껴진 거야. 동짓달은 음력으로 11월을 말해. 그러니까 양력으로는 12월이 되겠지. 겨울의 한가운데 있는 달이야. 그러하니 밤이 얼마나 길어. 그래서 동짓달의 그 긴 밤을 따뜻한 이불 속에 잘라내어 두었다가, 임이 오신 날 밤 이어 붙여서 임과 함께 있는 그 밤이 더디 세게 하리라는, 황진이의 애타는 마음이 잘 담겨져 있어. 사랑하는 임과 오래도록 같이 있고 싶어 하는 마음이 잘 표현된 시조라 할 수 있지.

다음의 시조 역시 화담 서경덕을 그리워하며 지은 시조는 아니야. 하지만 여인이 임을 그리는 마음이 담긴 시조가 한 편 있어. 여기에 더 소개할까 해. 황진이가 좋은 작품을 참 많이 남겼어. 유명한 시조이지. 황진이의 작품들은 우리 문학사에 길이 남을 작품들이야.

청산靑山은 내뜻이오 녹수綠水는 님의 정情이

녹수綠水 흘너간들 청산靑山이야 변變할손가

녹수綠水도 청산靑山을 못니져 우러예어 가는고

참고로 이 시조는 1908년에 나온 《대동풍아》에 지은이가 황진이로 기록되어 있어. 그래서 이 책에서도 황진이의 시조로 소개하고 있는 것이고. 하지만 언제 출간 된지 알 수는 없지만, 《근화악부》(1800년 전후로 나온 것으로 추측)에서는 무명씨로 되어 있어. 즉 황진이 작품으로 되어 있지 않다는 거야. 더구나 초장이 달라. "내 정은 청산이요 님의 정은 녹수로다."라고 되어 있어. 전해 내려오는 황진이의 시조가 총 6수인데, 이렇게 따진다면 5수라고 말할 수 있지. 하지만 보편적으로 이 작품까지 황진이의 시조로 보고 6수가 전해 내려오고 있다고 보고 있어. 물론 황진이가 6수만 썼겠어? 더 썼겠지. 다만 기록되어 전해지지 않았을 뿐이지. 그리고 황진이가 기녀라는 점에서 대체적으로 풍류를 즐기다가 즉흥적으로 부른 시조가 많다고 봐야 할 거야.

그리고 《근화악부》에는 지은이가 있는 시조도 대부분 무명씨로 표기되어 있어. 따라서 적어도 지은이에 관해서는 믿음이 가지 않는 책으로 봐야할 것 같아. 그러니까 이 책에서 소개하고 있는 "청산靑山은 내 뜻이오"로 시작하는 이 시조는, 《대동풍아》의 기록이 맞다고 봐야 할 거야. 황진이의 시조로 보는 거지.

자, 그럼 이 시조를 현대어로 한번 풀어볼까?

풀이

① 푸른 산은 늘 그 자리에 있어 변함임이 없으니 나와 같으나, 맑은 물은 늘 흘러 변함이 있으니 그것이 바로 임의 정이로다

② 이처럼 물은 흘러 변하나 푸른 산이 변하겠는가(즉, 임은 변하지만 나는 변하지 않는다)

③ 하지만 흘러가는 맑은 물도 함께 했던 푸른 산을 못 잊어(즉 내 곁을 떠난 임도 나를 못 잊어) 울면서 가는구나

정말 기가 막힌 절창이야. 푸른 산과 맑은 물을, 작자 황진이와 사랑하는 임에 비유하여 노래하고 있어. 맑은 물이 아무리 흘러가더라도 푸른 산을 품고 지났던 그 생각을 어찌 잊겠는가. 따라서, 이미 떠난, 사랑하는 임도 나를 못 잊을 것이다. 그래서 청산(나, 시

인)을 두고 떠나는 녹수(사랑하는 임)도 울면서 간다고 노래하고 있어.

역시 황진이의 시조들은 참으로 절창이라 할 수 있어. 그래서 황진이가 기녀들 중에서 최고로 유명한 거야. 작품들의 수준이 지금 현재 시각으로 보아도 무지 높거든. 그 당시에 저런 작품을 썼다는 건 참으로 놀랄 만한 거야. 황진이는 시조마다 작품성, 즉 문학성이 모두 뛰어나. 그래서 우리 문학사에도 영원히 남아 있게 된 거고. 문학성만큼은 그 어느 여류 시인도, 그 어느 기녀도 따라 올 수 없어. 사생활 뭐 이런 거 빼고 작품만 보았을 때 말이야.

이번에는 화담 서경덕이 황진이를 얼마나 그리워했는가를 살펴볼까? 두 사람은 서로 사랑을 했어. 다만 대학자이자 도인 서경덕이 육체적 관계를 갖지 않았을 뿐이야. 서양말로 플라토닉러브? 육체적 관계는 물론 스킨십조차도 하지 않는 정신적 사랑. 이런 걸 플라토닉러브라고 하지? 두 사람이 이처럼 정신적 사랑을 하고 있었던 거야.

처음부터 에로스적인 사랑을 하는 사람 봤어? 육체적 관계부터 갖는 사랑 봤어? 아니, 그건 사랑이랄 수가 없지. 그냥 육체적인 놀음을 즐기는 것뿐이지. 그렇잖아. 사랑이란 정신적인 교감으로 시작해서 후에 육체적인 관계로 이어지는 거잖아. 그리고 결혼까지도 하게 되는 거고. 이게 사랑의 순서이겠지.

그런데 서경덕과 황진이는 오로지 플라토닉러브만 하고 있었던 거야. 황진이가 가을바람에 떨어지는 나뭇잎 소리만 들어도 행여 서경덕이 오는가 하고 생각하는 것처럼 서경덕도 그러했어. 두 사람은 늘 그리워하면서도 에로스 사랑으로까지 가지 않았어. 이건 어디까지나 서경덕이 도를 닦은 사람이기 때문이겠지. 물론 지족선사도 넘어가는데, 아무리 도를 닦았어도 아름답고 총명한 여인을 보고 동요

하지 않는 남자가 어디 있겠어. 그런 점에서 서경덕은 도인으로 대단한 사람이라 할 수 있어. 인간으로서 참을 수 없는 경지를 참았으니.

이런 일이 있었어. 황진이는 서경덕을 수없이 유혹했어. 하지만 황진이가 아무리 유혹해도 넘어오지 않자, 어느 날, 비 오는 날, 마지막 수단으로 일부러 비를 맞으며 화담 서경덕을 찾아간 거야. '이번에는 꼭 너를 무너뜨리리라. 비 맞은 옷 속으로 비치는 내 흰 속살을 보고도 너도 남자인데 넘어오지 않겠느냐.'라고 다짐하며. 속살이 훤히 비치는 흰 적삼 저고리와 적삼 치마를 입고 비를 맞으며 서경덕을 찾아간 거야. 옷이 몸에 찰싹 달라붙었겠지? 그러지 않아도, 비에 맞지 않아도 속살이 훤히 비치는 얇은 옷을, 일부러 입고 비를 맞으며 서경덕을 찾았던 것인데, 비를 맞았으니 어땠겠어. 아름다운 여인의 곡선이 그대로 드러남은 물론, 비에 젖은 옷이라 속살이 은은하게 비치는 거야. 고혹적이라 할 수 있지. 이거 더 환장하는 거 아냐? 오히려 홀딱 벗은 것보다? 비에 젖은 옷이 찰싹 붙어 쭉 빠진 다리며, 여인의 젖무덤이며, 속곳의 은밀한 부분까지 은은하게 다 비치고 있으니……. 이런 여체女體를 보고 어찌 서경덕인들 남자로서 육체적 욕망을 짓누를 수가 있겠어. 순간 화담도 흠칫했지. 마음이 동動했던 거야. 욕구가 치밀어 올랐던 거야. '이번에는 화담 너도 넘어오리라.'하고 황진이는 자신했어. 하지만 서경덕은 금세 마음의 평정을 되찾고, 황진이에게 마른 옷을 주며 젖은 옷을 갈아입게 했어. 그리고 서경덕은 스스로 황진이의 젖은 옷을 초막 작은 방에 쳐진 줄에 널어놓았어. 참을 수 없는 육욕肉慾을 느끼면서 서경덕은 아무 말도 없이 앉아만 있었어. 이렇게 되자 황진이도 아무 말 없이 앉아만 있게 되었지. 그리고 밤이 찾아 왔어. 황진이는 쾌재를 외쳤지. 밤이 되었으니 이제 한 이불을 덮고 자야 하는 거고, 이불 속에서의 유혹에 아무리 서경덕인들 넘어오지 않겠느냐고 말야. 자신감이 넘쳤지. 결국 둘은 한 이불 속으로 들어갔어. 그리고 밤은 깊어갔고……. 아침이 되어 황진이가 눈을 떠 보니 화담은 이미 자리에 없었어. 새벽 일찍 일어나 밖에 나가고 없었어. 더구나 자신의 몸을 살펴보니 밤새 두 사람 사이에 아무런 일이 없었던 거야. 황진이는 놀랐어. 세상에 이런 남자가 다 있다니. 내 유혹에 넘어오지 않는 남자가 조선 천지에 없거늘……. 요즘으로 말하면 아마 박물관에서나 볼 수 있는 남자라 할 수 있을 거야. 그치? 화담 서경덕이 그런 남자였어. 정신을 못 차릴 만큼 아름다운 여인의 몸을 보고도 욕정을 참아냈으니……. 그것도 비에 젖은 옷 속에 비친 고혹적이고 아름다운 여인의 몸을 보고도…….

황진이의 유혹에 넘어가지 않은 남자는 오직 한 사람. 화담 서경덕뿐이었어. 황진이로서 어찌 그를 존경하지 않을 수 있겠어. 더구나 높은 학식까지 갖추었으니. 그래서 황진이는 서경덕을 스승으로 모시게 되었어. 스승과 제자가 된 거야.

그러면서도 두 사람은 플라토닉러브를 놓지 못했어. 서로의 몸을 갖고 싶었지만 꾹 누르고 참았던 거야. 두 사람은 정신적 사랑을 이어갔어. 황진이가 서경덕을 나뭇잎 떨어지는 소리에도 혹여 임인가 생각했듯이, 서경덕도 황진이처럼 그러했어.

마음이 어린 후後ㅣ니 하는일이 다 어리다

만중운산萬重雲山에 어내 님 오리마는

지는 닙 부는 바람에 행여 귄가 하노라

시조 원문 초장에 '어린 후이니'라는 뜻은 '어리석다'는 뜻이야. '나이가 어리다' 그런 뜻 아니야. 알았지? 이 시조를 해석해 보면 다음과 같아.

풀이

① 마음이 어리석으니 하는 일이 다 어리석구나

② 구름이 첩첩이 쌓인 이 깊은 산 속에 어느 임이 올까마는

③ 지는 나뭇잎 소리와 부는 바람 소리에도 행여 사랑하는 임, 황진이인가 하노라

역시나 황진이에 대한 그리움이 구구절절이 잘 나타나 있는 시조야. 사모하는 여인을 기다리는 마음이 얼마나 절실한가. 개성 땅 화담이라는 곳에 초막을 짓고 홀로 밤을 지새우며 혹시 사랑하는 사람의 발자국 소리는 아닌가 하고 상사병에 젖어 있는 거야.

황진이는 거문고와 술과 안주를 가지고 화담이 거처하는 초막에 종종 들르곤 했어. 그러하니 혹시나 또 황진이가 찾아오지 않았는지 기다리는 애절한 마음은 이루 말할 수 없지.

황진이가 서경덕을 그리는 마음과 뭐가 다르겠는가. 상사병에 걸린 건 황진이도 마찬가지야. 황진이의 마음을 더듬어 보는 의미로 황진이가 서경덕을 그리며 노래했던 시조를 다시 한 번 살펴보기로 하지.

내 언제 무신無信하여 님을 언제 소겻관대

월침삼경月沈三更에 온 뜻이 전혀 없내

풀이

① 내가 언제 신의가 없어 임을 언제 속였기에

② 캄캄한 한밤중이 되도록 임께서는 오는 기척이 전혀 없네

③ 가을바람에 지는 잎 소리에도 혹시나 임인가하여 속는 이 마음
   을 낸들 어이 하리오

봐. 황진이의 마음도 이러했던 거야. 서경덕의 마음과 똑같았던 거야. 떨어지는 나뭇잎 소리만 들어도, 바람 부는 소리만 들어도, 혹시나 사랑하는 임 서경덕은 아닐까 하고 그리워하고 있잖아? 이토록 두 사람은 에로스 사랑은 하지 않았지만, 서로 그리워하는 사이였던 거야. 정신적으로 서로 사모하고 있었던 거야.

이번에는 다시 서경덕의 시조로 돌아와 보자.

마음아 너는 어이 매양에 져멋는다

내 늘글 적이면 녠들 아니 늘글소냐

아마도 너 좃녀 단니다가 남우일가 하노라

이 시조의 절구絶句는 종장에 있어. 이렇게 너 황진이를 쫓아다니다가, 즉 마음속에 이렇게 황진이를 품고 있다가, 이런 사실을 남들이 알게 되면 서경덕 나를 얼마나 비웃겠는가, 하는 마음……. 그것을 걱정하고 있어. 그럼 시조의 내용을 살펴볼까?

풀이

① 마음아 너는 어찌하여 마냥 젊을 줄 아느냐

② 내가 늙을 때면 너인들 안 늙을 줄 아느냐

③ 하지만 이렇게 너를 그리워하여 쫓아다니다가 남들에게 들키
면 아마도 남들이 비웃을까 그게 걱정이로구나

서경덕의 안타까운 마음이 잘 담겨져 있는 작품이지. 잘 생각해
봐. 서경덕은 대학자야. 그를 따르고 존경하는 제자들이 수없이 많
은 대학자야. 그의 제자들을 볼까? 토정비결 알지? 그 토정비결을
쓴 사람이 이지함이야. 그 이지함이 제자야. 허균의 아버지인 허엽
도 그의 제자이고, 선조 때 영의정을 지낸 박순 같은 이도 그의 제자
이고……. 소위 말해서 대학자라고 할 수 있는 그 시대의 이루 말할
수 없는 많은 사람들이 서경덕의 제자들이야. 요즘으로 치면 그냥
일반 대학 교수도 아니고 최고의 학식을 갖춘 교수라 할 수 있어. 최
고의 학자라고 할 수 있어. 성리학, 도가 사상, 역학, 수학, 철학 등
자연과 사물의 이치를 깨달은 대단한 학자야. 이처럼 점잖은 사람이
젊은 여자를, 그것도 한갓 천한 기녀를, 요즘으로 치면 술집 여자를
마음에 품고 있으니, 어찌 남들이 자신의 이런 모습을 알게 되면 비
웃지 않을까 걱정하지 않을 수 있겠어. 소위 말해서 사회적 지위가
있는 사람인데. 요즘에 아마 이런 사실이 밝혀졌다면, 어느 모 교수
가 술집 여자랑 놀아났다며 저녁 9시 뉴스에 나오고, 인터넷에 뜨고
난리가 났을 거야. 그리고 대학에 사표를 쓰고 나와야 하고.

웃음거리가
되어버린,
나귀에서
떨어진 남자

이번에도 역시 황진이와 얽힌 이야기야. 조선조 500년을 통틀어 이처럼 유명한 기녀가 몇 있겠어. 더구나 요즘 시대에 보아도 수준 높은, 문학성 있는 작품을 남긴, 기녀이기 이전에 시인이었으니. 물론 조선조에 쌍벽을 이룬 이매창이 있고, 홍랑, 소춘풍 등과 같은 유명한 기녀들이 있었지. 하지만 황진이는 그녀의 미모와 학문, 예술적 재능만큼이나 많은 일화를 남겼어.

앞에서 황진이를 시쳇말로 요사스러운 여자라고 표현했어. 수많은 남자들을 자기 마음대로 가지고 놀았으니. 하지만, 황진이가 아무 남자한테나 그런 건 아냐. 소문을 듣고 찾아오는 권세를 가진 고관대작들, 세도가들, 그리고 돈푼깨나 가진 장사치들, 시문時文깨나 알고 풍류도 안다는 한량들, 이들 모두 황진이 근처에도 못 갔어. 아무 남자나 상대한 것이 아니란 거야. 대범한 군자들만 상대했지.

수많은 남자들을 놀림거리로 만들기도 했지만, 황진이는 아주 정숙한 여인이었어. 여염집에서 아주 곱게 자란 딸 같았어. 고매하면서도 매혹적인, 그러면서도 미모와 총명함을 갖춘 그런 여인이었지. 황진이에 대해서는 앞에서 많이 말했으니까 여기서는 더 이상하지 않기로 하겠어.

여하튼 황진이의 명성을 알고 찾아온 많은 남자들이 만나보지도 못하고 돌아갔는데, 그중에 본래는 여자를 우습게 아는 남자도 있었어. 그 남자가 누군지 알아? 왕족이었어. 조선시대의 이씨 종친. 세종대왕의 증손자. 그런데 그 왕족마저도 황진이한테 망신만 당하고 갔으니. 더구나 학문에 방해가 된다며 여자를 돌처럼 여긴다는 아주 근엄한 도학군자였던 사람이 말이야. 그는 이처럼 평소에 여자를 멀리하고 절조節操가 굳은 사람이었어. 요즘으로 치면 모범생이라고 할까? 아주 열심히 공부만 충실히 하는 그런 학생. 아주 점잖은 사람이지. 절대 흐트러진 행동을 하지 않는 사람이었어. 그리고 아주 총명한 사람이었어. 지금부터 하려는 이야기가 바로 이 이야기야. 그 사람이 바로 벽계수야. 다 알지? 일반인들에게도 널리 알려진 사람이지? 황진이 시조에도 나와서 벽계수에 대해 모르는 사람은 없을 거야. 벽계수의 본명은 이종숙.

황진이와 벽계수의 만남은 야담집으로 전해 내려오고 있어. 영조 때 무인이었던 구수훈이 쓴 《이순록》이라는 책과, 조선 말 순조와 고종 때의 문인이었던 서유영의 야담집 《금계필담》이라는 책이야. 야담집이란, 일반 백성들 사이에 입에서 입으로 전해 내려오는 잡다한 이야기를 모아놓은 책을 말해. 전설? 전해 오는 이야기니까 전설이라고 생각하면 쉬울 것 같네.

이 두 권의 야담집 외에도 벽계수와 황진이의 만남에 대한 이야기는 여러 가지 야사로 전해 내려오고 있어. 그래서 필자는 이 두 이야기에만 의존하지 않고 두 사람의 만남을 이야기해 보려 해. 야사이기에 어느 것이 옳다 그르다 말할 수 없어. 황진이에 대해 부풀려진 것도 있을 테고. 그럼 지금부터 그 근엄한 벽계수가 황진이에 게 망신을 당한 이야기를 해볼까?

벽계수란 사람이 "황진이가 조선 천지에 아무리 명성이 높고, 기예가 뛰어나고 미모가 뛰어난다 한들, 나는 황진이를 만나도 너희들처럼 황진이의 유혹에 넘어가지 않을 것이다. 황진이가 아무리 아름답다한들, 나는 그녀를 본체만체 지나갈 자신이 있다."라며 큰소리를 쳤어. 아무리 세상 사람들이 황진이를 찬미한다 해도 넘어가지 않을 것이라고, 아니 황진이를 내칠 것이라고 이렇게까지 자신만만하게 말한 사람이야.

이 말을 들은 황진이가 사람을 시켜 벽계수를 만나보고 싶다고 전했어. 그리고 송도의 만월대로 불러냈어. "하, 네가 과연 나를 보고도 그냥 지나칠 수 있으리라 장담했더냐? 그래, 어디 한번 두고 보자."라며, 벽계수를 불러냈지.

벽계수는 아주 근엄하게 나타났어. 왕족의 품위를 지키면서. 그리고 달밤이 휘영청 밝은 밤에 만월대에서 결국 두 사람이 만났어. 역시 황진이의 지적인 모습과 미모에 벽계수도 놀랐지. 하지만 벽계수는 역시 황진이의 지적인 미모에도 아랑곳하지 않고, 나귀를 타고 아주 근엄하게 황진이를 본체만체하며 그냥 지나갔어. 마치 거들떠보지도 않는 것처럼. 이렇게 나귀를 타고 가는 벽계수 뒤에서 황진이가 거문고를 타며 노래를 불렀어.

청산리靑山裡 벽계수碧溪水 ㅣ야 수이 감을 쟈랑마라

일도창해一到滄海하면 도라오기 어려오니

명월明月이 만공산滿空山하니 수여간들 엇더리

풀이

① 푸른 산속을 흐르는 맑은 물아, 쉽게 흘러감을 자랑마라

② 한 번 푸른 바다에 이르면 다시 돌아오기 어려우니

③ 밝은 달이 가득히 비치고 있는 이 빈 산에 쉬어 가면 어떻겠는가

이렇게 황진이는 벽계수를 유혹했어. 이 시조 역시 중의법이 사용되고 있어. 은유적 표현이라 할 수 있지. '벽계수碧溪水'는 왕족 벽계수이기도 하고, 푸른 물을 말하기도 해. '명월明月'도 황진이의 호, 즉 자기 자신을 말하기도 하고, 밝은 달을 말하기도 해. 자, 앞에서는 시조 내용 그대로 작품을 풀어보았어. 그래서 '이게 뭐가 유혹한 거야?'라는 생각을 가질 수 있는데, 이번에는 황진이가 이 노래를 부른 속뜻을 파헤쳐 볼까? 파헤치면 황진이가 벽계수의 마음을 얼마나 흔들어 놓았는가를 알 수 있을 거야. 그것도 미모의 여인이 부르는 노래이니. 자, 다시 한 번 볼까?

청산리青山裡 벽계수碧溪水] 야, 즉 이 말은 푸른 산속의 물이 얼마나 맑아. 이처럼 맑고 깨끗하다고 자랑하는, 도도하게 구는 벽계수야(푸른 물도 되고 왕족 벽계수도 되고.), 쉽게 감을 자랑마라. 즉 나를 우습게 알고 쉽게 지나침을 자랑마라. 일도창해一到滄海하면, 즉 한 번 푸른 바다에 가버리면 돌아오기 어렵다. 다시 말해서 지금 벽계수 네가 나를 쉽게 여기고 한번 가버리면 다시 나(황진이)에게 돌아오기 어렵다. 그러하니 명월明月이(황진이 자신도 되고 밝은 달도 되고.)면 산에 가득 비치니 황진이 나와 함께 놀다 가면 어떻겠느냐.

역시 황진이 다운, 참으로 기가 막힌 절창이야. 안 그래? 이렇게

벽계수를 유혹한 거야. 그것도 아주 점잖게 유혹한 거야. 술집 여자들처럼 갖은 교태를 부리는 것이 아니라, 수준 높고 아주 품위 있게 말이야. 황진이의 청아한 노랫소리를 들은 벽계수는 나귀를 타고 가다가, 그녀를 보기 위해 뒤를 돌아보다가 그만 나귀에서 떨어지고 말았어. 이렇게 해서 그 근엄하고 도학군자라 자처했던 사람이 망신을 당한 거야. 주변에 있던 사람들에게 비웃음거리가 되고 말았어. 이를 본 황진이는 "벽계수 저자는 대범하지도 못하고, 일개 한량일 뿐 군자가 아니로다!"라며 돌아섰어.

고아 소녀의
묏버들에
맺힌 사랑

홍랑의 시조와 그의 사랑 이야기를 하려고 해. 홍랑은 조선 선조, 그러니까 조선 중기 때야. 함경도 홍원에서 태어났어. 지금은 북한 땅이 되어 있지만.

홍랑은 아버지가 너무 일찍 돌아가셔서 아버지의 얼굴도 몰라. 그런데 12살에 어머니마저 병환에 눕고 말았어. 요즘으로 치면 소녀 가장이 되어버린 거지. 얼마나 효녀인지 병중에 있는 어머니를 지극정성으로 보살폈어. 어머니 병에 좋다는 약이 있다면 어떻게 해서라도 구해 달여 드렸어. 요즘이야 양약이 들어와서 구하기도 쉽고, 먹기도 쉽잖아. 하지만 옛날에 양약이 어디 있어. 약초를 약탕기에 종일 달여야만 약이 될 수 있었지. 12살밖에 안 먹은 아이가 그런 시중을 다 들어야 했으니 얼마나 힘들었겠어. 더구나 요즘은 세탁기가 있어서 빨래도 자동으로 하지만, 옛날에는 개울가에 나가 일일이 손으로 빨아야 했고, 요즘 소녀 가장들보다 더 힘들지. 그 어린 나이에 살림을 해 가며 어머니 병환을 시중 들었으니 효녀 중의 효녀라 할 수 있지. 아마 효녀 심청이도 울고 갈 정도로 지극정

성으로 어머니를 모셨어. 하지만 아무리 해도 어머니의 병환은 좋
아지질 않았어.

　소문에 경성鏡城에서 80리나 떨어진 곳에 아주 용한 의원이 있다
고 해서 그 말을 듣고, 그 어린 나이에 그토록 머나먼 길을 떠난 거
야. 아마도 홍랑이 태어난 그녀의 집인 홍원과 경성은 가까운 거리
였나 봐. 그러니까 기록에 홍원에서 80리라 하지 않고, 경성에서
80리라고 했겠지. 또는 홍원은 경성에 속한 부속 도시였을지도 모
르고. 80리라고 하면 거의 100리 길인데. 그 먼 길을. 참, 요즘 사람
들은 '몇 리'라고 하면 어느 정도의 거리인지 모르지? 10리가 4km
야. 그러니까 80리니까 32km지. 요즘처럼 아스팔트가 깔려 있어
길이 좋아? 아니면 길이 쭉 뻗어 있기나 해? 들쭉날쭉 돌멩이가 뒹
구는 길을, 바람이 불면 흙먼지가 날리는 길을, 산길도 걸어야 했을
테고. 울창한 숲만 있는 산길을 걸어 갈 땐 얼마나 무서웠을까. 12
살 어린 나이에. 에이, 겨우 32km? 요즘은 승용차로 다니니까 별로
먼 거리가 아니지. 더구나 어른이 생각하는 거리와 12살 어린 소녀
가 생각하는 거리는 달라. 어른은 가깝게 느껴질지 몰라도 어린 아
이가 생각할 때는 무지 멀게 느껴지는 법이야.

　정말 심청이도 울고 갈 정도로 효녀야. 밤과 낮으로 쉬지 않고 3
일씩이나 걸려 의원의 집에 도착했어. 요즘이야 버스도 있고, 기차
도 있고, 전철도 있고, 얼마나 편해. 더구나 고속버스며 KTX는 또
얼마나 빨라. 서울에서 부산까지 2시간대면 끊는데 말이야. 홍원에
서 경성까지 80리 길이야 뭐 몇 시간이면 갈 거리이지. 그것도 아
주 편하게 차를 타고. 누워서 떡먹기지. 하지만 조선시대에 그런
게 어디 있어. 더구나 부자도 아니고. 부잣집 도령이라면 말을 타

고 가거나, 부잣집 딸이라면 하인을 시켜 의원을 불러오게 했겠지
만. 가난한 이 소녀 가장은 12살 어린 나이에 그 먼 길을 걸어서 떠
난 거야.

　홍랑의 효심에 감동한 의원은, 약이며 침이며 치료할 것들을 챙
겨 홍랑을 나귀에 싣고 홍랑의 집으로 떠났어. 그 의원도 사람이 참
좋은 거지. 요즘에 무료로 치료해 주려는 의사가 몇이나 있겠어. 물
론 요즘 현대사회에도 인간적인 의사가 있긴 있지. 하지만 돈 없으
면 죽는 게 현대사회야. 환자를 그저 수입원으로 보는 의사가 많은
거지. 그래서 요즘 뉴스에서도 과잉 진료라는 말이 많이 나오잖아?
굳이 하지 않아도 될 검사를 하고. 물론 병원에서는 혹시라도 모를
원인이 있을까 봐, 나중에 보호자로부터 원망을 듣지 않기 위해, 최
대한 많은 검사를 하려는 것도 있을 거야. 필자도 경험이 있어. 술
이 너무 취해서 병원에 실려 간 적이 있는데 심전도 검사, 당뇨 검
사 등등 마구 검사를 하더라고. 나중에 술이 깨어서 병원비를 수납
하려고 보니 불필요한 검사를 마구 한 거지. 병원 측에서는 "아싸!
한 건 잡았다."라고 생각했을 수도. 그나저나 필자도 참 문제야. 얼
마나 술을 마셨기에 병원에 다 실려가. 그치? 말이 삼천포로 빠졌
네. 아무튼 홍랑의 효심에 감동한 의원이 훌륭한 의원이야. 아무리
조선시대라 해도 가까운 거리라면 모를까, 80리나 떨어진 먼 곳에
무료로 치료해 주기 위해 떠나는 의원은 드물 거야. 그것도 걸어서.

　그러나 인명재천이라 하지 않았는가. 사람의 목숨은 하늘에 달
려 있다는 거지. 목숨의 길고 짧음은 사람의 힘으로 어찌할 수 없
는 거야. 집에 도착하니 홍랑의 어머니는 이미 숨져 있었어. 홍랑
은 그 자리에서 쓰러지고 말았어. 정신을 잃고 말았어. 어머니를

살리기 위해 그 먼 길을 다녀왔는데 어머니가 숨겨 있었으니, 효심이 깊은 홍랑이 정신을 잃고 쓰러질 수밖에. 의원은 정신을 잃은 홍랑을 살려내는 일이 더 급했어. 그래서 온 힘을 다 쏟아 홍랑을 치료했어. 의원의 정성으로 홍랑은 정신을 차릴 수 있었어. 얼마나 가엾은 일이야. 12살밖에 안 된 소녀 가장이 어머니를 잃었으니. 이제 천애의 고아가 된 거야. 동네 사람들 역시 홍랑의 효심을 알고 백방으로 수소문해 양지 바른 곳에 묻을 수 있게 해 주었어. 홍랑의 효심이 의원은 물론 동네 사람들까지 감동을 준 거지. 어머니의 죽음에 홍랑은 뜨거운 눈물을 흘렸어. 왜 안그렇겠어. 자신의 부모가 죽었는데.

천애의 고아가 된 홍랑. 이제 갈 곳도 함께할 사람도 아무도 없어졌어. 의원이 홍랑을 가엾이 여겨 자신의 집으로 데리고 갔어. 그리고 양갓집 규수들이 받을 교육이며 교양이며 모든 것을 가르쳤어. 친딸처럼 아끼고 사랑을 주어 키웠어. 양부모가 되어 준 거지. 정말 마음씨 고운 의원이야. 치료만 해준 게 아니라 데려다 이렇게 훌륭하게 키웠으니. 홍랑은 그러지 않아도 뛰어난 미모에 총명하였으며, 양갓집 규수들이 받는 교육이며 교양을 모두 받았으니, 얼마나 지적이고 아름다운 여인이 되었겠어. 홍랑의 얼굴이 무지 예뻤어. 매우 아름다운 미모를 가졌어. 양갓집 규수의 풍모를 지녔어. 또한 천부적인 시적詩的 재능을 가졌어. 이러한 재능에 교육까지 받았으니 얼마나 총명했겠어. 의원의 보살핌으로 홍랑은 행복하게 자랐어. 하지만 아버지의 얼굴도 모르고 자랐고, 어머니도 일찍 여의어 얼굴엔 늘 어두움이 깔려 있었어. 의원이 친아버지처럼 키웠지만 그녀의 한을 풀지는 못했던 거야.

홍랑은 키워준 양부모를 떠나 기녀가 되기로 했어. 그리고 양부모에게 그 뜻을 전했어. 의원은 극구 말렸지. 아니 된다고. 하지만 홍랑의 다짐을 꺾지 못했어. 의원이 말했어. 언제든지 힘들면 다시 찾아오라고. 세상에 이렇게 착한 양부모가 또 어디 있겠어. 그도 그럴 것이 비록 1년도 채 안 되는 짧은 기간이었지만 그토록 지극정성으로 키웠는데 어찌 정이 안 들었을까. 정말 친딸처럼 키웠는데. 의원도 눈물을 흘리며 울었고 홍랑도 통곡하며 울었어. 이별이란 예나 지금이나 슬픈 거지.

이렇게 울며불며 홍랑은 키워준 양부모 집을 떠났어. 이제 혈혈단신 혼자가 된 거야. 우선 어머니와 함께 살던 집으로 왔어. 마당에는 잡초만이 무성했어. 방 안으로 들어서니 거미줄이 쳐져 있고, 사람 살던 집이 아니라고 느껴질 정도였어. 홍랑은 그토록 그리워하던 어머니의 무덤을 찾았어. 어머니 무덤 역시 잡초가 무성하게 자라 있었어. 잡초를 하나하나 뽑으며 슬피 울었어. 실제 어머니를 뵌 듯한 기분이었어.

그리고 집으로 돌아왔어. 홍랑이 돌아오자 마을 사람들도 모두 반겼어. 홍랑의 효심은 동네 사람 누구나 다 아는 일. 거기에 다시 돌아온 홍랑에게서는 양갓집 규수의 풍모가 물씬 풍기는 거야. 요즘 말로 지적이라는 거지. 거기에 미모까지 갖추었으니, 동네 사람들이 여기저기서 중매를 해 주는 거야. 하지만 홍랑은 자신이 없었어. 불우한 자신의 삶을 생각하니 결혼해서 행복하게 살 자신이 없었던 거야. 자신의 운명이 비참하다고 생각한 거야.

그래서 홍랑은 결혼을 포기하고 기녀가 되기로 했어. 12살 그 어린 나이에. 기적妓籍에 이름을 올렸어. 경성鏡城의 관기가 되었어. 관기란 관청의 기녀를 말하는데, 벼슬아치들이 손님으로 오면 춤과 노래를 하며 흥을 돋우던 기녀를 말해. 때로는 손님으로 온 벼슬아치의 수청을 들기도 해. 한마디로 손님으로 온 벼슬아치가 원하면 잠자리를 같이 해야 하는 거지. 하지만 홍랑은 그리하지 않았어. 아마도 사또의 배려가 있었겠지? 그렇지 않으면 불가능한 일이거든. 사또도 홍랑의 기품을 알고 배려해 주었을 거야. 요즘으로 치면 군청이나 시청에 여자를 두고 술과 춤과 잠자리까지 제공했다는 건데……. 요즘 현대의 눈으로 봤을 땐 이해할 수 없는 제도지. 조선시대가 남자 중심의 세상이었다는 것을 쉽게 알 수 있는 대목이야.

미리 말해 두지만 홍랑은 황진이, 이매창과 더불어 조선시대 3대 기녀 중의 한 사람이야. 이 한 마디로 홍랑이 얼마나 뛰어난 미모와 학문과 재능을 지녔는지 알 수 있을 거야. 어떻든 홍랑이 기적에 오르자, 권력을 가진 세도가며 재산이 많은 뭇 한량들이 돈 꾸러미를 싸들고 그녀를 갖기 위해 마구 찾아드는 거야. 남자들이 그녀를 가만 두지 않았어. 홍랑이 경성 관기였으므로 경성 관아를 찾은 벼슬아치들이 홍랑의 수청을 받고 싶어서 안달이 났지. 하지만 앞에서 이야기했듯 홍랑이 그렇게 아무에게나 사랑을 주고 몸을 줄 여자가 아니지. 홍랑은 모든 유혹을 뿌리쳐. 오직 사랑하는 한 남자에게만 자신의 몸을 받치겠노라고 다짐했지.

그러던 어느 날 학문과 문장에 뛰어난 고죽 최경창이란 사람이 북평사로 홍랑이 있는 경성鏡城에 발령을 받아 오게 되었어. 그때 홍랑이 고죽 최경창을 만나게 돼. 이때서야 홍랑은 제대로 된 남자를 만나게 된 거야.

우선 고죽 최경창이 누구인지 대충은 알아야 이야기를 이해하는데 도움이 되겠지? 아마도 고죽 최경창에 대해 아는 사람은 드물 거야.

최경창은 학문과 문장에 뛰어났어. 시와 글씨를 무진장 잘 썼대. 특히 시를 무진장 잘 써서 중국에까지 그 명성을 떨쳤을 정도야. 그러니 얼마나 시를 잘 썼다는 거야. 요즘으로 치면 유럽과 미국에까지 명성이 널리 알려졌다는 이야기지. 요즘 같았으면 아마 베스트셀러 시인이 되었을 거야. 그리되면 이름만 유명해 진 게 아니라 자연히 돈도 무지하게 많이 벌었겠지? 캬, 좋았겠다. 하지만 예술적 재능은 타고나야 돼. 아무리 노력한다 해도 세계적으로 유명할 정도가 되려면 정말 태어날 때부터 재능을 갖고 태어났다는 거야. 아무튼 그렇게 중국에까지 명성을 떨치게 된 최경창을 일컬어 삼당시인三唐詩人이라 불러. 그만큼 당시唐詩를 잘 지었지. 그리고 조선 중기의 팔문장八文章으로 손꼽히기도 할 정도로 문장이 뛰어났어. 정철, 이이, 이달 등과 시를 교류하며 지냈으니 대단한 문장가라 할 수 있지.

그리고 고죽 최경창에게 재미난 일화가 있다? 한번 들어볼래? 최경창이 17살 때 을묘왜란이 일어났어. 동네에 왜구가 쳐들어 온 거야. 이때 최경창이 퉁소를 구슬프게 불자 왜구들이 향수에 젖어 엉엉 울며 물러갔대. 이렇게 왜구를 물리쳤다는 일화가 있어. 그러고 보면 최경창은 음악에도 재능이 있었나 봐. 학문과 예술적 재능을 모두 갖춘 사람이라고 할 수 있지.

아무튼 이런 두 사람이 경성鏡城에서 운명적으로 만난 거야. 어? 경성? 서울 말하냐고? 에잇, 이 사람아. 그럼 여태까지 경성을 서울로 생각하고 읽었다는 거야? 지금 조선시대 이야기를 하고 있어. 서울을 경성이라고 부른 건 일제강점기 이야기지. 한자도 경성京城으로 다르고. 혼동하는 사람 없지? 이제 앞으로 한자 없이 이야기해도 알아듣겠지?

운명적으로 만난 이 두 사람은 아버지와 딸뻘이었어. 나이 차이가 그만큼 많이 났던 거였지. 그 당시 고죽 최경창의 나이는 34살. 요즘이야 젊은 사람으로 치지만 조선시대에 34살이면 원숙한 나이야. 조선시대의 수명과 현재 지금의 수명을 생각해 봐. 더구나 홍랑은 겨우 12살. 그러니 아버지와 딸뻘이라 말해도 되겠지. 홍랑은 최경창에게서 아버지의 포근함과 든든함을 느낀 거야. 더구나 고죽 최경창은 무척 점잖은 사람이었어. 마음씨가 무척 따뜻한 사람이었어. 그러니까 홍랑이 아버지 같은 느낌을 받은 거지. 거기에 학문이며 시며 글씨며 모두 뛰어난, 중국에까지 이름을 떨칠 정도로 유명한 시인이었으니 홍랑이 반하지 않을 수 없었지. 최경창도 마찬가지야. 홍랑의 빼어난 미모에, 양갓집 규수의 풍모에, 지적인 모습에, 기녀라고 할 수 없을 정도의 품위를 갖춘 그녀의 기품에, 고죽 최경창도 홍랑에게 홀딱 반한 거야. 이제 두 사람의 로맨스만 남은 거야. 두 사람은 서로 나이 차이도 염두에 두지 않고 사랑하게 된 거야. 6개월여 동안 그의 막중幕中에 함께 있으며 사랑을 나누었어. 마치 부부처럼. 그 사랑의 결실로 아기까지 낳았어. 아들을 낳았어. 그렇게 6개월을 아기와 함께 아주 행복하게 살았어. 마치 신혼살림을 하듯. 두 사람의 마음이 얼마나 설렜겠어.

그런데 기녀의 인생이란 게 어디 한 사람만을 사랑하게 할 조건이 되겠어? 더구나 같은 동네에 사는 남자도 아니고 임금님의 발령을 받아 내려온 사람이니, 언제 또다시 다른 곳으로 발령을 받을지 모르는 일이지.

　홍랑의 기구한 사랑이 시작된 거야. 최경창이 이듬해 임기를 마치고 서울로 떠나게 되었어. 두 사람은 막중에서 서로 붙들고 울고불고 난리가 아니었지. 이렇게 사랑하는 여인을 두고 떠나야 하는 최경창의 마음도 아프거니와, 천애의 고아인 홍랑이 그동안 아버지처럼 의지하며 따르고 사랑을 키워온 사랑하는 남자가 떠나게 되었으니……. 최경창의 마음도 찢어졌겠지만, 홍랑의 마음은 더욱 더 찢어지는 거야.

　최경창이 드디어 서울로 떠나게 되었어. 홍랑은 눈물을 훔치며 영흥까지 따라갔어. 이별이 아쉬워 경성에서 그 먼 영흥 땅까지 따라갔으니, 그 애끓는 마음이야 오죽하겠어. 영흥에서 최경창과 이별을 했어. 사랑하는 남자와 헤어져 돌아가는 여자의 마음이 오죽하랴. 갈기갈기 찢어지는 마음이었을 거야. 사랑하는데도 헤어져야만 한다는 것은 참으로 눈 뜨고 못 볼 일이지. 가슴 아픈 일이야. 슬픈 일이야. 무슨 말로 표현해도 그 마음을 다 표현할 수 없는 아픔이야. 혹시 이 책을 읽는 여러분들 중에 사랑하는 사람과 헤어져 본 사람 있어? 아니, 서로 다투어서 헤어지는 거 말고. 정말로 사랑하는데 집안의 반대라든가, 유학을 떠나야 한다든가 등등 여러 가지 이유로 사랑하는 사람과 헤어져 봤어? 그렇다면 홍랑과 최경창의 이별을 이해할 수 있을 거야. 더구나 홍랑은 일가친척 하나 없는, 의지할 사람 하나 없는 천애의 고아잖아.

　최경창과 이별하고 경성으로 다시 돌아오는 길에 함흥 땅에 이르니 밤이 되었어. 늦은 밤에 비는 추적추적 구슬프게 내리고 있었어. 홍랑은 그 슬픔을 이겨내지 못하고 사랑하는 임, 고죽 최경창에 대한 애틋한 심정을 시조 1수와 묏버들을 꺾어, 사람을 시켜 최경창에게 보냈어.

> 묏버들 갈해 것거 보내노라 님의손대
> 자시는 창窓밧긔 심거두고 보쇼셔
> 밤비예 새닙 곳 나거든 날인가도 너기쇼셔

풀이

① 묏버들 가지 중의 하나를 잘 가리어 꺾어서 떠나는 임의 손에 드리오니

② 주무시는 창 밖에 심어두고 보소서

③ 밤비를 맞아 내가 드린 그 묏버들 가지에 새잎이 나거든, 그 잎을 보고 나인가 여기소서

아! 얼마나 청아한 시조야. 그러면서도 담담하게 적어내려 간 홍랑의 마음. 작품 자체가 참으로 순수해. 그러면서도 사랑하는 임에 대한 뜨거운 정을 느낄 수 있어. 그렇지 않아? 또 홍랑의 순정이 얼마나 잘 담겨진 시조야. 홍랑의 순수한 마음을 읽을 수 있잖아? 순수 한글로 지었고. 묏버들은 가지 꺾어 심어도 다시 피어난대. 그러니까 그래서 홍랑이 묏버들을 꺾어 보낸 거야. 참으로 재치 있는 여자 아냐? 꺾어 보낸 묏버들을 심어 두었다가 그곳에서 새잎이 나거든 자신처럼 여겨달라는 것. 그래, 맞아. 일종의 정표지. 이렇게 시조와 함께 묏버들을 보내며 홍랑은 또 얼마나 눈물을 흘렸을까.

이렇게 헤어진 두 사람. 홍랑은 사랑하는 임, 최경창의 소식을 기

다렸어. 이제야 소식이 오려나, 저제야 소식이 오려나. 애타는 마음으로 최경창의 소식을 기다렸어. 그렇게 3년을 기다렸어. 3년이 되던 해. 최경창이 봄부터 겨울까지 병이 들어 누워있다는 소식을 전해 들은 홍랑은 그 길로 바로 최경창이 있는 서울로 길을 나섰어. 7일을 밤낮으로 걸어 서울에 도착했으나, 하필 그때 명종비 인순왕후의 국상國喪이 있었어. 비록 제사 기간은 지났으나 평상시처럼 돌아다닐 수는 없었어. 더구나 그 당시에는 양계(함경도, 평안도)의 금禁함이 있었던 터라, 다시 말해서 함경도, 평안도 사람들이 서울 도성에 들어오는 것을 금지했던 터였어. 하지만 홍랑은 이를 개의치 않고 서울에 올라 왔어. 관기의 몸이라 더욱 관아를 떠날 수 없는 몸임에도 불구하고, 고죽 최경창이 아프다는 소리에 망설임도 없이 함경도 경성에서 서울까지 천 리 먼 길을 떠나온 거야. 앞에서도 말했지만 지금 같으면 고속버스도 있고, KTX도 있으니 교통이 여간 좋아? 쉽게 올 수 있는 거리이지. 하지만 조선시대엔 걸어야만 했어. 마음이 급한 홍랑은 밤낮을 가리지 않고 걸어서 서울에 온 거야. 천 리 길을 7일 만에. 남자가 아닌 여자의 몸으로. 그것도 국법을 어기면서까지. 사랑은 참으로 대단하다고 생각해. 고죽에 대한 사랑이 아니었다면 어떻게 홍랑에게 이런 힘이 나왔을까.

서울에 온 홍랑은 최경창을 극진히 간호했어. 하지만 이러한 사실이 조정에 알려지자, 국상 중에 서울에서 기녀를 만났다는 이유로 최경창은 벼슬에서 쫓겨났지 뭐야. 더구나 양계兩界의 금禁이라는 국법을 어기면서까지 서울에 온 기녀를 만났으니, 말 많은 조정의 사람들이 가만히 있었겠어? 아마 요즘 같았으면 검찰청에 불려나갔을 거야. 국회에서 청문회를 열자 말자 말도 많았을 테고. 아무튼 그래서 결국 벼슬에서 쫓겨나게 된 거야. 하지만 최경창은 그게 중요하지 않았어. 애절히 그리던 홍랑을 만났는데 그깟 벼슬이 무슨 소용이 있어. 최경창은 3년 만에 만난 홍랑과 오래 함께하지 못하고 떠내 보내야만 하는 상황이어서 더욱 애절했어. 여러 악조건이 두 사람을 오래 같이 있을 수 없게 만든 거야. 홍랑이 떠날 때, 고죽 최경창은 그 애절함을 '송별送別'이란 제목의 한시를 지어 홍랑에게 주었어. 경성에서 헤어질 때 홍랑이 "묏버들 갈해 꺾어……."라고 써서 준, 묏버들을 꺾어서 함께 보낸 그녀의 애절함에 대한 화답가이기도 해.

고죽 최경창이 쓴 〈송별送別〉이란 한시의 내용을 보면 다음과 같아.

> 말없이 마주보며 유란을 주노라
> 오늘 하늘 끝으로 떠나고 나면 언제 돌아오랴
> 함관령의 옛 노래를 부르면 무엇하랴
> 지금도 비구름에 청산이 어둡나니

고죽 최경창은 홍랑에게 난초를 주며 이처럼 한시를 지어주었어. 홍랑이 묏버들을 주며 시조를 지어주었듯. 한시에는 살아생전 이제는 다시 못 만날 것을 예감한 고죽 최경창의 애타는 심정이 잘 그려져 있어. "말없이 바라보며 유란을 주노라"고 하고 있어. 아무 말 없이 홍랑을 바라보며 난초를 준 거야. 그리고는 "오늘 하늘 끝으로 떠나고 나면 언제 돌아오랴"며, 앞으로 영영 만나지 못할 것을 한恨하고 있어. '함관령의 옛 노래'란 홍랑이 고죽 최경창을 보내며, 함관령에서 묏버들을 꺾어 보내며 "묏버들 갈해 것거……"라고 부른 시조를 말해. 최경창은 홍랑에게 이 노래를 불러서 무엇하겠느냐고 하고 있어. 따라서 "지금도 비구름이 청산에 어둡나니"라고 한 것은, 앞으로 만날 희망이 없다는 표현인데, 그러하건데 함관령에서 부른 옛 노래를 불러서 무엇하랴, 라고 절망에 빠져 있어. 다시 못 만날 것을 고죽 최경창은 예감하고 있었던 거지.

홍랑 또한 떨어지지 않는 발걸음을 눈물을 흘리며 떼어야 했어. 이후 두 사람은 정말로 다시는 만날 수 없었어. 홍랑은 죽을 때까지 오직 최경창만을 그리워하며 수절하다 죽었어. 옛날 기녀들은 이처럼 오직 한 남자만을 위해 몸을 주고 수절하는 여인들이 많았어. 홍랑의 사랑은 이렇게 끝이 나고 말았어. 참으로 가엾은 사랑이라 할 수 있어. 최경창 역시 벼슬에서 쫓겨난 후 45세의 나이로 타지에서 객사하고 말았어. 지방 한직에서 벼슬살이를 하고 있다가 서울로 발령받아 오는 길에 누구에게 죽임을 당한 거야. 여러 정치적 상황이 있었는데, 이 책에서는 고시조와 얽힌 것 외의 정치적 상황에 대해서는 다루지 않을게.

최경창이 죽자 홍랑은 서울 그의 묘에서 움막을 짓고 3년간 시묘살이를 해. 조선시대엔 부모가 죽으면 아들이 3년상을 했잖아? 그런데 자식이 아닌 홍랑이 고죽 최경창의 묘에서 3년상을 치른 거야. 남자도 아닌 여자의 몸으로. 이 얼마나 지고지순한 사랑이야. 살아생전에도 이렇게 오직 고죽 최경창만을 위해 지고지순한 사랑을 했는데, 그가 죽어서도 홍랑은 그를 위해 자신의 모든 인생을 버린 거야.

어여쁜 미모의 여인을 남자들이 가만 두겠어? 그 아름답고, 곱

고, 기품이 있던 여인. 이런 여인이 다른 남자에게 정조를 빼앗길
까봐, 홍랑은 스스로 자신의 얼굴을 칼로 마구 그어 흉악한 모습으로 만들었어. 어휴, 끔찍해. 어떻게 자신의 얼굴을 칼로 마구 그었을까. 얼마나 아팠을까. 얼마나 무서웠을까. 하지만 홍랑은 고죽 최경창을 위해 그 고통을 참아낸 것이었어. 다른 남자들이 찝쩍거리지 못하게. 그를 얼마나 사랑했기에 그렇게 했을까. 정말 죽음으로도 막을 수 없는 홍랑의 사랑이 아니던가. 목숨을 바친 사랑이 아니던가. 그러지 않고서야 3년간 상을 치르는 것만으로도 힘든 일인데, 자신의 얼굴에 칼을 댈 수 있을까. 그리고 씻지도 않고 거지꼴을 하고 있었어. 그래야 남자들로부터 자신을 지킬 수 있을 테니까. 지고지순하다 못해 정말 숭고한 사랑이라 할 수 있어. 정말 지독한 사랑이라 할 수 있어.

그렇게 시묘살이를 끝내고 몇 년 후 임진왜란이 일어났어. 홍랑은 고죽의 작품 200여 점을 가지고 자신의 고향인 함경도 홍원으로 피란을 떠나. 그리고 임진왜란이 끝난 후, 고죽 최경창의 작품을 해주 최씨 문중에 모두 넘겨 줘. 이 또한 그에 대한 사랑이 없다면 할 수 없는 일이지. 그를 사랑했기에 그가 쓴 글까지도 소중히 여긴 거야. 또 홍랑 역시 학문에 조예가 깊었기에, 최경창의 작품들이 얼마나 뛰어남을 알고 있었던 거야. 그래서 후세에 남겨야겠다는 생각을 한 거지. 이렇게 고죽 최경창의 작품을 해주 최씨 문중에 넘겨준 후, 다시금 최경창의 묘에 가서 살다가 그의 묘 앞에서 죽게 돼. 정말 참으로 눈물겨운 사랑 이야기야. 어찌 이런 사랑을 할 수 있을까……. 오직 한 사람만을 위해 불살랐던 여자……. 바로 이런 걸 두고 죽음도 갈라놓을 수 없는 사랑이라 하는가. 홍랑이 고죽 최경창

을 얼마나 사랑했던 것일까. 자신의 목숨까지 던져가며 사랑했던 홍랑. 정말 너무나 대단하다고 생각해. 결국 그의 묘 앞에서 죽었으니. 끝까지 고죽 최경창을 지켰으니……. 이런 홍랑이 아니었다면 고죽 최경창의 작품이 모두 없어지고, 지금까지 전하지 않았을 거야. 임진왜란. 7년간의 전쟁. 전국토가 왜인들에 의해 황폐화되고, 여자들이 왜인들에 의해 능욕을 당하던 그 시기. 그 긴 기간 동안 어떻게 살아남았을까. 어떻게 살아남아 고죽의 작품과 유품들을 고이 간직할 수 있었을까. 사랑의 힘은 대단하다고 생각해. 홍랑이 끝까지 지켰던 고죽 최경창의 작품들은 지금 《고죽집》이라는 책으로 전해 내려오고 있어. 그녀의 지조와 절개가, 대단하다는 말만으로는 부족하다고 생각해. 인간의 단어로는 표현할 수 없는 사랑이라 할 수 있어.

홍랑이 죽은 뒤, 해주 최씨 문중에서는 그녀를 한 집안 사람으로 여겨 그의 장례를 치러 주었고, 고죽 최경창 부부를 합장한 묘 바로 아래에 홍랑의 묘를 써주었어. 또한 족보에도 홍랑을 고죽 최경창의 첩으로 올려 그녀를 문중의 어른(할머니)으로 모시고 있어. 기녀가 족보에 오른 일은 홍랑이 처음이야. 해주 최씨 문중에서 제사와 시제를 지내주고 있어. 다른 모든 어른들의 제사를 마친 후에는, 꼭 홍랑의 묘 앞에서 문중의 후손들이 술을 마시며 담소를 나눈다고 해. 후손들이 그녀를 집안의 할머니라 칭하고 있어. 그만큼 해주 최씨 문중에서는 자신들의 할아버지만을 위해 사랑하고 헌신한 홍랑의 절개를 높이 산 거지. 더구나 자신들의 조상인 고죽 최경창의 작품과 유품들을 임진왜란이라는 화마 속에서도 지켜내어 지금까지 전해 내려오게 한 것에 대한 공로를 잊지 않은 거지. 한마디로 은

혜를 잊지 않은 거야. 물론 한갓 기녀라고 저버릴 수도 있었겠지만, 이를 받아 준 해주 최씨 문중의 넓은 마음이, 넉넉함이 참으로 아름다워.

물론 이매창 역시 한 남자만을 사랑하다가 죽은 기녀이고, 똑같이 임진왜란 속에서 사랑의 아픔을 겪었어. 그래서 그 고장 부안 사람들이 매년 제사를 지내주고 있지만, 사랑했던 남자의 문중에서 제사를 지내주는 기녀는 홍랑뿐이야. 이매창에 대해서는 바로 다음 글에서 살펴보기로 하고.

참, 이 두 사람 사이에 아들이 있었다고 했지? '최즙'이라고 해. 그 후손들이 지금까지 살아서 대를 이어가고 있어.

홍랑의 사랑 이야기는 정말 눈물 없이는 들을 수 없는 이야기야. 어찌 보면 이매창보다 더한, 더 큰 사랑이라 할 수 있어.

고죽 최경창의 묘 사진을 인터넷에서 한번 찾아봐. 현재 경기도 파주시 교하읍 다율리 소재에 있는데, 사진을 보면 위쪽에 최경창과 그의 정부인이 합장한 묘가 있고, 바로 그 아래에 홍랑의 묘가 있어. 처음에는 파주시 월롱면 영태리에 있는 선영에 있었으나, 개발로 인해 현재의 장소로 옮겨지게 되었어. 묘비에는 〈시인홍랑지묘〉와 〈증 이조판서…… 최경창과 정부인 선산 임씨 부좌〉라고 쓰여 있어. 해주 최씨 문중에서도 홍랑을 '시인'이라 지칭하고 있어. 대단한 일 아냐? 후손들이 그녀를 단지 기녀로 본 게 아니야.

일편단심……. 일상생활에서도 많이 사용되고 있는 말이지. 이 말을 모르는 사람은 없을 거야. 오직 한결같이 한 곳만을 바라보는 변하지 않는 마음. 지금 이야기하려는 게 바로 그런 사람의 이야기야. 물론 홍랑이 일편단심 오직 한 남자만을 그리워하고 사랑하다가 죽었지만(바로 앞에서 다루었지?), 지금 소개하는 사람도 오직 한 남자만을 위해 수절하다가 죽었어. 바로 이매창이라는 기녀야.

앞에서 황진이와 홍랑, 이매창을 조선시대 3대 기녀라 했어. 그 중에서도 이매창은 황진이와 쌍벽을 이룬 기녀였지. 다만 홍랑과 이매창이 오직 한 남자만을 위한 지고지순한 사랑을 했다면, 황진이는 자신이 마음에 드는 남자들을 유혹하기도 했다는 점이 달라. 홍랑의 이야기 끝에서도 말했지만, 대부분의 조선시대 기녀들은 오직 한 남자만을 위해 순정을 바쳤어.

내용 이해를 위해 우선 계랑 이매창에 대해 알아볼까? 이매창은 전라북도 부안 현리 이양종의 서녀로 태어났어. 천재 여류 시인이며 부안의 기녀야. 매창은 그녀의 호이며 본명은 향금이야. 또는 계

유년에 태어나서 계랑, 계생이라고도 해. 시조와 한시에 능했으며, 거문고, 가무에도 능했어. 앞에서도 말했지만 황진이와 쌍벽을 이룬 조선 중기의 명기야. 이 세 사람이 거의 같은 시대에 살았다는 것도 참 중요해. 모두 조선 중기의 명기들이니까. 특히나 이매창과 홍랑은 거의가 아니라 완전 같은 시기의 사람이야. 임진왜란도 같이 겪고.

작품집으로는 그녀가 죽은 뒤 입에서 입으로 전해지던 것을 부안의 아전들이 외워 만든, 한시 58수로 묶은 《매창집》(1668년 개암사 간행)이 전하고 있어. 그 외에 《청구영언》과 《가곡원류》 등에 이매창이 사랑하던 임, 촌은 유희경과의 이별을 슬퍼하며 지은 시조가 전하고 있어. 《조선해어화사》에도 시조 10수가 전해 내려오고 있고. 가사, 시조, 한시 등 수백 수를 지었으나 현재 모두 전해 내려오고 있지는 않아.

특히나 주목할 점은 여러분에게 잘 알려진 "이화우梨花雨 흩뿌릴 제……."라는 우리나라 국문학사에 길이 남을 시조 한 수를 남겼다는 거야.

홍길동을 지은 허균과도 10여 년 동안 시를 나누며 교유할 정도였어. 특히 허균은 이매창의 죽음을 애통해 하는 시를 남기기도 했어. 현재 전라북도 부안읍에 '매창공원'이 있는데, 그곳에 허균이 이매창의 죽음을 애통해 하며 지은 시가 시비로 세워져 있어. 시비에 있는 시를 여기에 옮겨 볼게. 제목은 〈매창의 죽음을 슬퍼하며〉야.

아름다운 글귀는 비단을 펴는 듯하고
맑은 노래는 구름도 멈추게 하네

복숭아를 훔쳐서 인간세계로 내려오더니

불사약을 훔쳐서 인간 무리를 두고 떠났네

부용꽃 수놓은 휘장엔 등불이 어둡기만 하고

비취색 치마엔 향내가 아직 남아 있는데

이듬해 작은 복사꽃 필 때쯤이면

그 누구가 설도의 무덤 곁을 지나려나

그래서 허균과도 사귀었다는 설도 있는데, 이 둘은 플라토닉 사랑만 했어. 육체적인 사랑은 하지 않았어. 서로에 대한 존경. 뭐 그런 거 있잖아. 이매창이 에로스적 사랑을 함께 나눈 남자는 오직 한 남자였어. 이번에 이야기하려는 남자이지. 부모의 상중에도 기생집을 드나들며 여자와 잠자리를 같이 하는 등, 참으로 행실이 막되어 먹은 허균은, 소위 말해서 개차반이라 할 수 있는데, 이매창만은 건들지 못했어. 이매창의 고귀한 품성에 짓눌렸기 때문일 거야. 자신의 누이인 허난설헌과 같은 천재 시인임을 안 것이겠지.

그리고 중요한 것은 부안 사람들이 계랑 이매창을 기리며 제사를 지내주고 있다는 점이야. 지역에서 제사를 지내주는 일은 기녀로서는 최초의 일이야. 황진이처럼 뛰어난 기녀도 제사를 안 지내주고 있는데 말이야. 앞에서 말한('고아 소녀의 묏버들에 맺힌 사랑') 홍랑은 문중에서 문중의 집안 어른으로 모시고 제사를 지내주는 경우이고. 그만큼 이매창이 조선 기녀 중에 차지하는 비중이 크다는 거지. 그래서 필자가 이매창에 대한 사랑 이야기를 하기 전에 이매창의 이력에 대해 먼저 이야기를 풀은 거야.

그렇다면 이매창이 사랑한 남자는 과연 누구일까. 이매창이 사랑한 남자는 촌은 유희경이라는 남자야. 유희경은 서울 장안에서 어려서부터 효자로 이름이 났어. 조선 중기의 시인이며, 한시에 능통하고 학자이기도 했어. 허균이 그의 한시를 높이 샀지.

시를 잘 짓는 촌은 유희경이 있다 하여, 이매창은 그를 보고 싶어 했어. 그녀의 나이 19살 때였어. 요즘 아이들이 자기가 좋아하는 연예인을 보고 싶어 하는 것과 같다고 할 수 있겠지? 유희경을 꼭 만나고 싶었던 거야. 두 사람은 모두 한시에 능했어. 황진이가 시조에 능한 것과는 조금 다르지.

권력을 가진 권세가며, 돈이 많은 재력가며, 시깨나 쓴다는 한량들이며, 모두 이매창과 어울리고 싶었지만 단 한 사람도 받아들이지 않았어. 수없이 많은 남자들이 이매창을 유혹했지만 넘어가지 않았어. 그런데 다만 유희경이라는 대단한 시인이며 풍류객이 있다는 소리를 듣고 그를 만나보고 싶어 했어. 나중에는 혼자 짝사랑하기까지 하게 된 거야. 마음이 급해진 거야. 그를 사모하는 한시를 짓기도 했어.

당시 이매창은 기녀 생활을 접고 산속에 초막을 지어 살며 시를 짓고 거문고를 타며 풍류를 즐기고 있었어. 그런데 부안의 부사인 이귀가 유희경이 부안에 온다는 소식을 이매창에게 전한 거야. 5일 후 촌은 유희경이 왔어. 드디어 두 사람이 마주했어. 이매창이 거문고를 타며 노래를 했어. 유희경은 감탄하며 이태백이 듣지 못한 게 한이라고 하기도 했지. 비록 전라도 부안이라는 작은 동네에 사는 기녀였지만, 유희경 역시 이매창에 대해서는 익히 알고 있었어. 이매창 역시 조선 전국으로 유명한 명기였으니 아니 그러겠어? 왜 앞에서도 말했잖아. 조선시대에 황진이와 쌍벽을 이루는 기녀였다고.

그러하니 전국적으로 이매창을 모르는 이가 없었겠지. 그래서 수많은 한량들이 이매창을 찾았던 거고. 그때마다 이매창은 그 남자들을 거들떠보지도 않은 거고. 말하자면 이매창의 성에 차지 않았다는 거지. 이매창의 수준에 맞지 않은 거지. 한시를 지어 이매창에게 보냈지만 거절당한 선비들이 헤아릴 수 없이 많았어.

이매창과 유희경은 한시로 시를 서로 주고받고 거문고를 타며 시간 가는 줄 모르게 놀았어. 정말 띵까띵까 놀은 거지. 유희경 역시 이매창의 소문을 들은지라 그녀를 꼭 만나고 싶어 했고. 그런데 역시 만나니 대단한 여자였던 거야. 그래서 둘이 손발이 맞아, 시쳇말로 죽이 맞아 논 거야. 그리고 그날 밤 두 사람은 황촉불을 밝혀 둔채 이불 속에서, 원앙침을 베고 비취금을 덮고 사랑을 불태웠어.

이매창의 나이 19살. 유희경은 50대의 나이. 28살이나 연상이었어. 정말 사랑에는 국경도 나이도 상관없다더니, 조선시대에 이 두 사람이 사랑을 나눈 거야. 이매창은 19년 동안 닫아두었던 자신의 몸을 연 거야. 그토록 수많은 남자들의 유혹을 뿌리쳤던 몸을 아버지 같은 유희경에게 연 거야.

두 사람은 이렇게 열흘 동안 사랑을 나누었어. 유희경이 임금으로부터 발령장을 받아 부임해 온 것도 아니고, 이매창의 소문을 듣고 찾아왔으니 이별을 해야 하는 건 당연한 일. 그런데 두 사람의 이별은 이 때문에 찾아온 것이 아니었어. 임진왜란이 일어난 거야. 유희경은 나라를 위해 싸우러 떠나야만 했어. 물론 군인은 아니었지만 나라가 위기에 처했는데 가만히 있을 유희경이 아니었어. 나라가 존망에 달렸는데 한갓 사랑 놀음만 할 수는 없었어. 역시 유희경의 대인배다운 결정이었어. 하지만 이매창은 유희경과 단 하루라도, 아니 단 한 시간이라도 더 있고 싶었어. 물론 유희경도 그러했지만 나라를 위해 그는 떠나야만 했어. 대장부로서 나라를 구해야겠다는 일념으로 가득 찼어. 이별을 슬퍼하며 두 사람은 이렇게 헤어졌어.

> 울며불며 잡은 사매 떨떨이고 가들 마오
> 그대는 장부라 도라가면 잇건마는
> 소첩은 아녀자라 못내 잇씀네

풀이

① 울며불며 잡은 소맷자락 떨치고 가지 마오

② 그대는 장부라 돌아가면 나를 잊겠지만

③ 소첩은 아녀자라 잊지 못할 것이오

무명씨 시조야. 다시 말해서 지은이 이름이 밝혀지지 않은 시조란 말이지. 이매창의 마음이 이 시조와 같았을 거야. 이 시조를 쓴 시인도 이매창처럼 애끓는 이별을 했나 봐. 무명씨 시조가 말해 주듯, 이매창은 울며불며 촌은 유희경과의 이별을 아쉬워했지. 울며불며 유희경의 소맷자락을 잡았겠지. "사랑하는 임이여 제발 나를 두고 떠나지 마시오."라고. 유희경 그대는 장부라 떠나가면 나를 잊겠지만, 나는 아녀자인지라 그대를 잊지 못할 것이오. 어찌 이리 이매창의 마음을 그대로 나타냈을까. 비록 이매창이 지은 시조는 아니지만, 마치 이매창의 마음을 읽는 듯한 그런 작품이야.

유희경은 의병을 일으켜 싸웠어. 다시 말해서 이매창 역시 홍랑과 같은 시대 사람이라는 거야. 바로 앞의 글에서 홍랑 이야기를 하면서, 홍랑 역시 7년이라는 임진왜란의 그 긴 화마 속에서 고죽 최경창의 작품과 유품을 지켜냈다고 했잖아? 이매창과 홍랑은 같은 시대에, 이처럼 오직 한 남자만을 바라보는 일편단심인 명기로 살았던 거야. 마치 약속이나 하듯 같은 시대에 산 거야. 하늘이 이 둘을 한꺼번에 지상에 내려 보낸 건 아닐까?

다시 촌은 유희경의 이야기로 돌아와서, 유희경은 정말 대장부야. 아마 요즘에 전쟁이 났다면 모두 해외로 도피하려고 할 걸? 특히 국회의원, 장관, 차관, 실장, 국장 등 고위직에 있는 공무원들. 자식들은 미리 도피시켜 놓았을 테고. 자신들도 해외로 도피하려고 갖은 수단을 다 쓸 거야. 그런데 옛날에는 이렇게 의병을 일으킨 사람들이 많지. 유희경은 나라를 구하기 위해 의병을 일으켜 왜놈과 싸우느라 정신이 없었어. 그래서 이매창에 대한 사랑을 잊고 살 수밖에 없었어. 하지만 이매창은 창자가 끊어지듯 유희경에 대한 그리움은 더욱 커갔어.

창오산蒼梧山 붕崩코 상수湘水ㅣ 절絶이래야 이내 실음이 업쓸꺼슬
구의봉九疑峯 굴음이 갓이록 새로왜라
밤중中만 월출동령月出東嶺한이 님뵈온듯 하여라

역시 무명씨 시조야. 이매창이 촌은 유희경을 그리는 마음이 아마 이러했을 거야.

풀이

① 창오산이 무너지고 강바닥의 물이 다 말라야, 임을 그리는 내
   시름이 없어지겠는가

② 구의봉을 덮은 구름이 갈수록 더 덮는구나

③ 밤중에 동쪽 고갯머리에 달이 뜬 것을 보니, 마치 임을 본 듯하
   구나

촌은 유희경에게서 한시 한 편이 적힌 편지가 왔어. 자신의 마음
을 한시 한편에 담아 이매창에게 보낸 거지. 이매창은 눈물을 훔치
며 편지를 수없이 읽었어. 종이가 닳도록 읽고 또 읽었어. 그리고
다음 날 이매창은 서울로 유희경을 만나러 떠났어. 전라도 부안에
서 서울. 그 거리가 얼마야. 천 리 먼 길이야. 그 먼 길을 가녀린 여
자가 걸어서 간 거야. 요즘 여자들 같으면 과연 그렇게 할까? 걸어
서 그렇게 천 리 먼 길을 갈 자신이 있을까? 아마 없을 걸? 생각을
해 봐. 말이 전라도 부안에서 서울이지, 그 길을 걸어서 간다고 생
각해 봐. 아마 남자도 엄두가 안 날 거야. 그 먼 길을 여자 친구 만나
러 갈 사람 거의 없을 걸? 마치 홍랑이 고죽 최경창을 만나기 위해
함경도 경성에서 서울 천 리 먼 길을 찾아가듯 말이야. 이러한 일편
단심과 시적 재능, 미모, 춤, 음악, 학문, 서예, 그리고 풍류, 이러한
모든 것을 갖추었기에, 이매창을 황진이와 홍랑과 더불어 조선 3대
명기로 꼽는 거야.

　이렇게 천 리 먼 길을 떠났지만 의병을 일으켜 전장에서 싸우
는 유희경을 어떻게 만날 수 있겠어. 이매창은 유희경을 찾지도 못
하고 부안으로 돌아와야만 했어. 그도 그럴 수밖에. 전쟁터에 나

간 이를 어떻게 찾겠어. 그 먼 길을 사랑하는 임을 만나기 위해 걸어서 갔는데, 못 만나고 오는 심정이야 이루 말할 수 없겠지. 요즘처럼 KTX며 고속버스며 이런 걸 타고 찾아서 못 만나고 와도 속이 탈 텐데. 걸어서 전라도 부안에서 서울까지 갔는데, 못 만나고 다시 부안으로 또 걸어서 와야 하는 이매창의 마음을 어찌 우리가 헤아릴 수 있겠어. 만나고 온다 해도 그 애끓는 마음을 헤아릴 수 없을 텐데.

> 이화우梨花雨 훗뿌릴제 울며 잡고 이별離別한 님
>
> 추풍낙엽秋風落葉에 저도 날 생각는가
>
> 천리千里에 외로운 꿈만 오락가락 하노매

이제 진짜 이매창이 지은 시조를 감상했네. 이매창이 지은 시조로 촌은 유희경을 향한 그녀의 마음을 헤아려 볼 수 있어. 앞에서는 무명씨 시조로 그녀의 마음을 헤아려 보았는데. 이매창이 지은 이 시조는 우리 문학사에 길이 남을 작품이야. 교과서에도 나오잖아? 그치?

풀이

① 봄에 배꽃이 비처럼 흩뿌려지면서 떨어질 때 울며 잡고 이별한 임

② 이제 벌써 가을이 되어 가을바람에 낙엽이 떨어지는 계절이 되었구나. 이처럼 떨어지는 낙엽을 보며 임께서도 나를 생각하는가

③ 천 리 먼 길에 직접 가보지는 못하고, 꿈에서만 오락가락 하는
구나

계랑 이매창은 촌은 유희경을 이렇게 그리워하고 있어. 이매창은
전라도 부안에 있고, 사랑하는 임 유희경은 천 리 먼 길 서울에 있
어. 배꽃이 비 오듯 흩뿌려지며 떨어지는 봄에 임과 헤어졌어. 헤어
진 지 1년. 이매창은 낙엽 떨어지는 가을에 천 리 먼 곳으로 떠난 임
을 생각하고 있어. 쓸쓸하게 떨어지는 낙엽을 보면서, 내가 임을 생
각하듯 임도 나를 생각하는지. 꿈에서만 나타나는 임을 보고 그 임
도 자기를 생각해 주기를 바라고 있어. 애끓는 한 여인의 가련함이
너무나 슬프지 않아? 참으로 고귀한 사랑의 애절함이라 할 수 있어.
요즘 세태에 이처럼 한 사람만을 생각하는 그런 일편단심을 가진
사랑이 얼마나 될까. 요즘 현대인들은 본 받아야 할 거야.

부안으로 돌아온 이매창은 유희경을 생각하며 이 시를 짓고 평생
을 수절하며 살았어. 그리고 38세의 나이에 애처롭게 죽었어. 오직
한 남자만을 그리워하다가. 상사병……. 그거 앓아보지 않은 사람은
몰라.

그녀가 죽을 때 거문고도 함께 묻었지. 기녀의 죽음에 부안 사람
들이 왜 제사를 지내주는지 이제야 이해할 것 같지? 그녀의 숭고한
사랑. 이것이 그녀가 기녀임에도 불구하고 후세 사람들이 제사를
지내주는 이유야.

촌은 유희경 역시 이매창에 대한 그리움이 사무쳤지. 그래서 매
창을 생각하며 한시 한 수를 지었어.

그대의 집은 부안에 있고
나의 집은 서울에 있어
그리움 사무쳐도 서로 못 보고
오동나무에 비 뿌릴 제 애가 끊겨라

그리움이 사무치지만 부안과 서울 천 리 먼 길에 있어 볼 수 없으니, 창자가 끊어지듯 그립구나, 라고 노래하고 있어. 이 한시는 '매창공원'에 시비로 세워져 있어. 검색해 보면 바로 알 수 있을 거야.

촌은 유희경은 이매창의 죽음 소식을 듣고 한탄을 했어. 그리고 단숨에 부안으로 내려갔어. 어찌 자신만을 그리워하다가 죽은 여자의 소식을 듣고 가만히 있을 남자가 어디 있겠어. 유희경은 마지막으로 이매창을 생각하며 다음과 같은 한시를 썼어.

맑은 눈 하얀 이 이 푸른 눈썹 계랑아
홀연히 뜬 구름 따라 간 곳이 아득하구나
꽃다운 넋은 죽어 저승으로 갔는가
그 누가 너의 옥골玉骨을 고향에 묻어 주랴

이매창은 이렇게 한 남자만을 사랑하다가 세상을 떠났어.

이매창이 죽은 뒤 45년 후, 1655년 효종 6년에 묘비가 세워졌어. 그런데 글자가 마멸이 심하여 1917년에 다시 세워지게 돼. 그리고 1983년 '전라북도기념물 제65호'로 지정돼. 이매창의 묘가 전라북도 부안에 있는데, 부안의 시인묵객들로 구성된 '부풍율사'에서 수백 년 동안 제사를 지내왔어. 현재는 그 고장 사람들이 부안읍에

'매창공원'을 조성하고 매년 음력 4월 5일 제사를 지내주고 있으며, 2001년부터 전국 규모의 매창문화제를 부안군에서 시행하고 있어.

이러한 일들이 기녀로서는 최초의 일이라고 했지? 그 유명한 황진이도 후대 사람들에게 이런 대접을 못 받고 있는데 말이야. 이는 이매창이 오직 한 사람만을 사랑하고 몸을 주는 고결함이 후대에 널리 존경받기 때문이야. 이 남자 저 남자를 넘나들던 황진이와는 비교가 되지 않기에 오늘날까지 추모되고 있는 거야. 남겨진 작품의 수 또한 황진이와 비교가 되지 않을 만큼 많은 작품을 남겼어. 물론 이매창은 한시를 많이 남겼지만. 부안읍에 있는 '매창공원'은 마치 이매창의 시詩 공간처럼 느껴질 정도로 돌에 여러 개의 시가 새겨져 있어. 여러분에게 그곳 여행을 권해보고 싶어.

시^詩로 주고받은 사랑

시^詩로 주고받은 사랑……. 운치 있지 않아? 서로 시를 주고받으며 사랑을 했다는 말인데……. 물론 앞에서 이야기한 백호 임제와 기녀 한우^{寒雨}도 시^詩로 주고받은 사랑이었지. 임제와 한우처럼 시를 주고받으며 사랑을 나눈 사람이 있어. 조선 중기의 청치가이자 가사문학의 대가인 송강 정철이야. 한국 문학사에 영원히 남을 작품들을 쏟아낸 대문장가이기도 하지.

시조 〈어부사시사〉로 유명한 고산 윤선도가 시조의 대가라면, 송강 정철은 가사문학의 대가라 할 수 있지. 필자가 말 안 해도 다들 이 정도야 기본으로 알고 있지? 정철과 윤선도는 조선 문학에 쌍벽을 이루는 대가들이야. 정철 하면 〈관동별곡〉, 〈성산별곡〉, 〈사미인곡〉, 〈속미인곡〉 등의 가사문학을 남긴 것으로 유명하지. 학교에서 이미 배웠을 거야. 아직 중학생이 이 책을 읽는 거라면 고등학교에 올라가면 곧 배우게 돼. 정철은 가사문학뿐만이 아니라 시조도 무려 107수나 되는 작품을 남겼어.

고산 윤선도가 정치를 떠나 있을 때 많은 작품을 남겼듯, 정철 역

시 정치에서 떠나 있을 때 작품을 많이 썼어. 쉬운 예를 들자면 〈성산별곡〉 같은 것도 정치를 떠나 있을 때 지은 거야. 그러니까 이 두 사람은 정치가이면서도 요즘 말하는 소위 작가라고 할 수 있지. 예술가적 기질을 타고난 사람들이라 할 수 있지. 자연과 더불어 유유자적하며, 풍류를 즐기며, 수없이 많은 후대에 남을 문학 작품들을 쓴 사람들이야. 정철 이야기를 할 거면서 왜 윤선도 이야기도 함께 하냐고? 앞에서 말했잖아. 두 사람은 한국 문학사에 길이 남을 문학 작품들을 남긴 사람이라고. 조선시대에 쌍벽을 이루는 대문장가들이라고. 그러니 당연히 윤선도 이야기도 나올 수밖에.

앞에서 정철이 〈관동별곡〉, 〈성산별곡〉, 〈사미인곡〉, 〈속미인곡〉 등의 가사문학을 남겼다고 했지? 여기에서 강원도 관찰사로 발령받았을 때에 쓴 것이 바로 〈관동별곡〉이야. 45살에 발령 받았는데, 발령받자마자 내금강, 외금강, 해금강 등 관동팔경을 3개월 동안 두루 여행하면서, 그중에서 본 것 중 뛰어난 경치와 그에 따른 감흥을 표현한 작품이야.

정철의 작품 중 〈성산별곡〉의 창작 무대가 되었던 식영정(담양군 남면 지곡리 소재, 전라남도기념물 제1호)은 석천 임억령의 제자이자 사위인 서하당 김성원이, 장인인 임억령을 위해 지어 준 정자라고 해. 임억령의 제자는 사위인 서하당 김성원, 송강 정철, 제봉 고경명이야. 이들을 식영사선息影四仙이라 불렀어. 그래서 식영정을 '사선정四仙亭'이라고 부르기도 해. 이들 외에도 석천 임억령은 평소에 3천 수가 넘는 시를 지었으며, 그를 따르는 제자만도 수없이 많았어. 그러함에도 임억령에 대해 생소한 독자들이 많을 거야.

성산은 송강 정철이 〈성산별곡〉, 〈사미인곡〉, 〈속미인곡〉을 지었고 그러한 계기가 마련된 곳이기에, 정철의 가사문학에 중요한 장소이므로 이곳에 현재 '송강정철가사의터'라는 푯말을 세워두었어.

아무튼 정철이 강원도 관찰사로 발령 받았을 때 쓴 중요한 작품이 또 하나 있어. 자신이 직접 관할하는 강원도 백성들에게 가르침을 주기 위해 지은 〈훈민가〉라는 시조야. 16수로 된 연시조인데 아주 유명한 시조야. 높은 고위직 공직에 있다고 강압적으로 백성을 다스린 것이 아니라, 이 시조를 통해 백성들이 스스로 깨닫고 행동하기를 바라는 마음으로 지은 거야.

정철 집안은 대단했어. 유복한 집안에서 태어났어. 고조할아버지부터 시작해서 모두 높은 관직에 오른 집안에서 태어났어. 거기에 큰 누님은 임금의 후궁이었어. 어느 임금이냐고? 정철의 큰 누님이 인종의 후궁이었어. 그리고 막내 누이가 계림군의 부인이었고. 대단한 집안이지? 그래서 궁중에 자주 놀러갔어. 나중에 임금이 되는 명종과 동갑이라서 친구처럼 아주 친하게 지냈어. 궁중에서 함께 뛰어 놀며 지낸 거지. 요즘으로 치면 청와대에 자주 놀러가서 대통령 아들과 함께 놀았다는 거야. 그리고 이후에 그 대통령 아들이 대통령이 되는 거고. 대통령의 친구인 거지. 그렇다고 정철 집안에 늘 좋은 일만 있었던 건 아냐. 할아버지, 아버지가 유배를 떠나는 등 고충도 있었어. 정철이 정치적인 측면에서 옳고 그름을 평가받아야 할 것들이 물론 있어. 시인으로서 왜 당쟁의 중심에 있었는지는 역사학자들에게 맡기기로 하고, 여기서는 그의 문학에 대해서만 이야기하기로 하겠어. 다만 필자가 아쉬운 것은, 그가 정치적 권력욕에서 떠나 작품만을 썼더라면 지금보다 더 많은, 더 좋은 작품을 후세에 많이 남겼을 거라는 아쉬움이 있어. 그는 천재적인 문장가였으니까.

자, 이런저런 이야기를 다 하려면 한도 끝도 없고, 이제 여기서 정철 개인에 대한 이야기는 그만 하기로 하지. 지금까지 참고하라고 쓴 건데 이 정도면 충분할 거야. 지금은 정철의 사랑 이야기를 할 거니까.

송강 정철이 사랑한 여자는 황진이나 이매창, 홍랑처럼 유명한 기녀가 아냐. 그저 강계江界라고 하는 시골 촌구석에 묻혀 있는 아무도 모르는 기녀야. 진흙 속에 묻혀 있는 옥玉이라고나 할까?

정철은 이런저런 정치적 이유로 파직도 당하고 스스로 사표도 쓰고 유배 생활도 하고 그랬어. 그가 강계江界에서 유배 생활을 하고 있을 때였어. 아무도 찾아오는 이 없는 곳에서 마음이 얼마나 쓸쓸했겠어. 아무리 글을 쓰고 하는 자신만의 세계, 어느 한 곳에 집중하는 자신만의 일이 있었다고는 하나, 유배 생활은 어찌되었든 외롭고 적막하고 그런 거잖아. 술도 좋아하고 문학도 하고 스스로 자신을 잘 다스릴 줄 아는 사람이라고 해도 고적함을 달래기에는 힘든 나날들이지.

그런데 어느 날 밤이었어. 칠흑같이 어두운 밤이었어. 갑자기 한 여자가 갑자기 방문을 발칵 열고 정철의 방에 들어온 거야. 그러니 얼마나 놀랐겠어. 캄캄한 한밤중에. 바람마저 잠든 아주 깊은 한밤중에 말이야. 나뭇잎 소리조차 조심하여 조용한 한밤중에 말이야. 그것도 찾아올 이 없는 이 촌구석에, 그것도 유배 생활을 하고 있는 그 처지에, 누가 한밤중에 찾아오리라고 상상이나 했겠어. 50대 중반의, 후반에 접어드는 정철로서는 깜짝 놀라지 않을 수 없지. 아무리 대범한 남자라 할지라도 캄캄한 한밤중에 갑자기 방문이 '확' 하고 열렸으니. 조선시대에 50대면 할아버지야. 지금 현대사회의 50대를 생각하면 안 돼. 그래서 61살까지 살면 오래 장수했다고 해서 환갑잔치도 하고 난리법석을 떨었잖아. 이렇게 된 게 불과 얼마 안 돼. 1980년대까지도 환갑잔치하고 그랬어. 그런데 지금 환갑잔치해 봐. 욕 얻어 먹어. 지금은 100세 장수 시대잖아. 하지만 정철이 살았던 조선시대엔 50대, 그것도 중후반이면 완전 할아버지야.

마음을 가라앉히고 은은하게 비치는 황촉불에 가만히 보니 앳된 소녀였어. 소녀는 다소곳이 겉에 걸치고 온 장옷을 벗었어. 그러자 중국의 서시가 놀라 자빠질 정도로 아름다운 얼굴이 나타났어. 정철은 감탄하지 않을 수 없었어. '강계江界라고 하는 이 촌구석에 이처럼 아름다운 여인이 있다니' 하고 말이야. 그것도 이팔청춘 나이 어린 소녀가 말이야. 앞에서도 말했지만 진흙 속에서 빛나는 옥을 발견한 거나 마찬가지야.

소녀는 정철에게, 선비님의 높은 학식을 평소에 듣고 사모하여, 선비님이 이곳 강계에 와 계시다는 소문을 듣고 찾아 왔노라고 아주 야무지게 말하는 거야. 그러면서 다소곳이 정철에게 절하는 거야. 그러고는 자신은 강계에 사는 기녀라고 신분을 밝혔어. 그리고 자신의 이름이 진옥眞玉이라고 했지. '참 진'자에 '구슬 옥'……. 그리고 한시 한 수를 읊는 거야. 이 책은 고시조 책이니까 한시를 소개할 수 없음이 참으로 안타깝다. 그치? 뭐라고 읊었을까 궁금하지? 뭐 뻔한 거 아냐? 정철의 마음을 살살 녹이는 내용이었겠지. 안 그래? 맞아. 정철의 고적한 유배 생활의 쓸쓸함을 마치 알기라도 하듯, 정철의 마음을 읽기라도 하듯, 고적한 선비의 마음이 담긴 내용의 한시를 읊은 거야. 더구나 정치에서 쫓겨나 나라 걱정에 둘러싸인 정철의 마음을 노래한 거야. 유배 생활이란 게 얼마나 고통스러워. 이럴 때 나이 어린 진옥이라는 기녀가 나타나 자신의 고통스럽고 고적한 마음을 노래했으니. 거기에 미모는 서시를 뺨칠 정도로 아름다웠고, 자태며 학식까지도 갖추고 있었으니, 정철이 감탄하지 않을 수 없지. '이런 촌구석에 이렇게 미모가 뛰어나고 학식을 갖춘 기녀가 있다니……' 하고 정철은 감탄한 거야.

이렇게 하루 이틀, 한 달 두 달……. 정철이 요즘 말하는 소위 정계에 다시 복귀하기 전까지 오랜 동안 진옥과 시를 주고받으며, 때로는 거문고를 타며 지낸 거야. 정철은 자신의 본부인에게도 숨기지 않고, 기녀 진옥에 대한 이야기를 서찰에 적어서 보낸 거야. 아니지. 요즘은 편지도 우편으로 잘 안 쓰지. 이메일로 보낸 거야. 이메일을 받아 본 정철의 부인은 시기와 질투를 하지 않고 오히려 기뻐하며, 진옥으로 인해 남편이 잘 있다는 것에 고마워했어. 그 고마워하는 마음을 남편인 정철에게도 보냈지만, 진옥에게도 고마움의 마음을 서찰로 보내곤 했지. 역시 정철의 부인이야. 정숙한 부인이야. 이렇게 이해심이 많은 여자를 얻은 걸 보면 정철이 참 여복이 있나 봐. 이해심 많은 부인에 아리땁고 곱고 기품이 있는 기녀 진옥도 옆에 있으니. 진옥 때문에 정철은 심심하지 않게 귀양살이를 한 거지.

이렇게 서로를 의지하며 오랜 세월을 지냈으니 정이 들대로 다 들었겠지? 요즘 연인들 봐. 1년이 뭐야. 며칠만 만나도 금방 사귀고 몸 주고 마음 주고 다 하잖아?

어느 날, 정철이 마음이 동動했나 봐. 왜 안 그렇겠어. 하루 이틀도 아니고, 그것도 매일 하루도 빠지지 않고 둘이 만났으니. 아마도 그날뿐이 아니라 수시로 욕구가 생겼을 거야. 정철이 아무리 나이가 많아도 남자인데. 더구나 총명하고 아름다운 나이 어린 소녀가 매일 찾아와 함께 시간을 보내고 있으니. 그런데 이건 기녀 진옥도 마찬가지야. 처음에 정철의 학문적 명성을 익히 알고 존경하는 마음에 찾아왔노라고 말하긴 했지만, 이런 남자라면 나이와 상관없이 한 밤을 모시고 싶다는 생각을 하고 찾아 왔을 거야. 그런데 이렇게 하루도 빠짐없이 매일 만나 정을 쌓았으니, 진옥인들 왜 마음이 동動하지 않았겠어. 두 사람의 사랑이 이렇게 싹튼 거야. 아니, 처음 진옥이 정철을 찾아 왔을 때 이미 그때부터 사랑이 싹튼 거야.

아무튼 어느 날, 정철이 진옥에게 말했어. "내가 시를 한 수 노래할 터이니 네가 화답가를 불러다오."라고 말이야. 진옥이 그러겠노라고 대답했어. 자, 이제 진옥의 시적 재능을 여러분이 한껏 느낄 수 있는 시간이 왔어. 비록 시골에 묻혀 사는 이름 없는 기녀이지만 진옥의 진면목을 한번 느껴 봐.

정철이 진옥에게 시 한 수를 불렀어.

옥玉이 옥玉이라커늘 번옥燔玉만 너겨떠니
이제야 보아하니 진옥眞玉일시 젹실하다
내게 살송곳 잇던니 뚜러볼가 하노라

풀이

① 옥(보석 옥도 되고, 기녀 진옥도 되고)이 옥이라 하기에 가짜 옥으로만 여겼더니

② 이제 보니 진옥(보석 옥도 되고, 기녀 진옥도 되고)이 분명하구나

③ 내게(정철) 살송곳(남자의 성기) 있으니 뚫어 볼까 하노라(내게 성
기가 있으니 진옥 너의 성기에 넣어볼까 하노라)

임제가 한우를 품기 위해 한우의 마음을 떠 보았듯이, 정철 역시 진옥을 품기 위해 이렇게 시 한 수를 노래했어. 그런데 임제가 한우에게 부른 시는 점잖은 편이야. 정철이 부른 이 시는 아주 노골적이야. 이 시조를 분석해 볼까?

기녀의 이름이 '진옥眞玉'이잖아. '참 진'자에 '구슬 옥' 가짜 옥이 아닌 진짜 옥이란 뜻이지. 우리가 주시해야 할 점은, 정철과 진옥이 중의적 표현을 썼다는 거야. 다시 말해서 '진짜 옥'이라는 뜻도 되지만, 기녀 '진옥'을 가리키기도 해. 이런 것을 문법적으로 '중의법'이라고 해. 지금은 정철이 진옥에 대한 중의적 표현을 빌려 노래했지만, 이를 받아 화답한 진옥 역시 중의적 표현으로 화답을 하고 있어. 이에 대해서는 진옥의 화답가에서 다시 말하기로 하고. 아무튼 정철과 진옥이 주고받은 시를 상세히 이해하려면 이처럼 중의적 표현을 썼다는 것을 염두에 두고 감상해야 돼.

자, 그럼 우선 초장을 보자. "옥이 옥이라 하기에 가짜 옥으로만 여겼더니"라고 했어. 기녀 진옥의 이름은 '진짜 옥'을 뜻하잖아? 그래서 "옥이라 하기에 가짜 옥인 줄 알았더니"라고 한 거야. 원문에서 '번옥燔玉'은 돌가루를 구워 만든 옥을 뜻해. 다시 말해서 '가짜 옥'이란 뜻이지. 이제 중장을 보면, "이제야 보아하니 진옥일시 분명하구나"라고 하고 있어. 어? 가짜 옥인 줄 알았더니 이제 보니 진짜 옥이구나, 라고 노래한 것이지. 여기서 중의적 표현을 쓴 거야. 잡것이 석이지 않은 '진짜 옥'도 되고, 기녀 '진옥'을 가리키기도 하

고. 이해되지? 그러니까 초장에서 가짜 옥인 '번옥燔玉'이라고 했다
가, 중장에서 다시 진짜 옥인 '진옥眞玉'이라고 한 거야. 가짜 옥인
줄 알았더니 진짜 옥이구나 하고 말이야. 겉으로는 진짜 옥이냐, 가
짜 옥이냐, 라고 한 것 같지만, 여기에서의 속뜻은, '한갓 기녀'로
만 여겼는데, 다시 보니 '기품이 있는, 학문과 재주가 뛰어난 규수'
구나, 라고 말하고 있는 거야. 이렇게 시는 그 속뜻을 볼 줄 알아야
돼. 이번엔 종장을 보자. "나에게 살송곳 있으니 뚫어 볼까 하노라"
라고 하고 있어. '살송곳'이 뭐야? 살로 된 송곳. 에이~ 알면서 시
치미를 떼네. 남자의 성기를 은유하고 있는 거잖아. 다시 말해서 남
자의 성기를 여자의 성기에 넣어볼까 한다고 말하는 거야. 참으로
대단하지 않아? 우리나라 사대부 양반들이 쓴 시조에 이처럼 노골
적으로 표현한 시조는 단 한 편도 없어. 더구나 평시조에서 양반이
자신의 이름을 걸고 이처럼 노골적인 표현을 쓴 시조는 단 한 편도
없어.

　이처럼 노골적인 성적 표현을 하려면 대부분 자신의 이름을 감
춰. 그리고 평시조에는 없고, 사설시조에서 쓰이고 있어. 작자 이름
을 밝히지 않고 말이야. 그런데 정철은 아주 대담하게 자신의 이름
을 건 시조에, 음담패설적인 표현을 직설적으로 쓰고 있는 거야. 정
철이 정치적으로는 성품이 강직하였지만, 평소 성품은 자유분방하
고 술을 좋아하고 풍류를 즐기는 사람이었어. 오죽하면 정철의 작
품에 〈장진주사〉라는 작품이 다 있어. 그 왜 있잖아. 술을 노래한 시
조. 〈장진주사〉 다들 알지? 이렇게 풍류를 아는 선비였기에 이런 작
품이 나올 수 있는 거야. 이처럼 노골적이고, 직설적이고, 육담적인
표현을 쓴, 자신의 이름을 걸고 작품을 쓴 사람은 정철 오직 한 사

람뿐이야.

정철은 진옥을 품기 위해 아주 노골적이고 직설적이게 그리고 대담하게 진옥의 마음을 떠보고 있어. '나에게 살송곳이 있으니 뚫어' 보겠다고 하는 거지. 여자의 몸을, 다시 말해서 진옥의 몸속으로 자신의 성기를 넣어 보겠노라고 아주 노골적이고 육담적으로 표현하고 있어. 사설시조에서나, 그리고 작자의 이름이 없는 시조에서나 볼 수 있는 대담한 표현이야. 정철이 한마디로 '너를 갖고 싶다'고 한 거지. 이 한 가지만 놓고 본다면 음담패설이라고 할 수 있지만, 시 전체를 놓고 본다면 여자를 갖고 싶은 마음을 한 차원 끌어 올려 시詩적으로, 문학적으로 표현한 거지.

자, 그런데 정철은 대학자요 대문장가니까 이런 작품이 나왔다고 쳐. 그런데 진옥은 기녀잖아. 그것도 알려지지 않은 촌구석의 무명의 기녀. 정철이 이렇게 노래하자, 기녀 진옥이 바로 받아치는데 그 화답가가 정철을 뛰어넘는 수준이야. 그것도 며칠을 생각해서 받아친 게 아니라 정철의 시를 듣자마자 바로 받아친 거야. 또 그것도 아주 재치 있게 받아친 거야. 일개 촌구석의 무명의 기녀가 말이야. 진옥의 거문고 소리가 청량하게 울리고…….

정철이 노래한 초장, 중장, 종장에 대해 마치 하나하나 답변이라도 하듯. 문법적으로 말한다면 '대구법'이라고 해. 정철의 어조와 어구를 각각 초, 중, 종장마다 짝지어 받아치는 거야. 이는 기녀라기보다 시인이라고 하는 게 더 옳아. 그럼 어떻게 정철의 시에 화답가를 불렀는가 진옥의 시를 살펴볼까?

철鐵이 철鐵이라커늘 섭철鐵만 너겨떠니

이제야 보아하니 정철正鐵일시 분명하다

내게 골블무 잇던니 뇌겨 볼가 하노라

풀이

① 철(쇠 철도 되고, 송강 정철도 되고)이 철이라 하기에 가짜 철로만
여겼더니

② 이제 보니 진짜 철(쇠 철도 되고, 송강 정철도 되고)이 분명하구나

③ 내게(진옥) 골풀무(여자의 성기) 있으니 녹여 볼까 하노라(내게 성
기가 있으니 내 몸에 들어온 정철 너의 성기를 녹여 볼까 하노라)

참으로 기가 막힌 대구법이야. 정철이 초장에서 "옥이 옥이라 하
기에 가짜 옥으로만 여겼더니"라고 하니까 진옥이 "철이 철이라 하
기에 섭철로만 여겼더니"라고 해서 비슷한 어구로 짝지어서 화답을
하고 있잖아. 기녀의 이름이 '진옥'이라서 '옥이 옥이라 하기에'라
고 하니까, 송강의 이름이 정철이니까 '철이 철이라 하기에'라고 똑
같은 어구로 바로 받아치잖아. 앞에서도 말했지만 이런 것을 '대구
법'이라고 해. 중장을 볼까? 또 어떻게 같은 어구로 받아쳤는가? 정
철이 "이제야 보아하니 진옥일시 분명하구나"라고 하니까, 진옥이
"이제야 보아하니 정철일시 분명하구나"라고 역시 그대로 받아치고
있어. 대단한 재치야. 안 그래? 이제 종장을 보자. 정철이 "나에게
살송곳 있으니 뚫어 볼까 하노라"라고 하니까, 진옥이 "나에게 골풀
무 있으니 녹여볼까 하노라"라고 하고 있어. 이렇게 즉흥적으로 받
아치기 무지 힘든 거야. 역시 진옥은 기녀이기 이전에 시인이었던

거야. 물론 앞에서 백호 임제의 시를 받아친 한우도 대단한 재치를 가지고 있는 시인이야. 자, 그럼 진옥이 노래한 이 시조를 다시 한 번 더 깊이 있게 분석해 볼까?

초장에서 '철'이라고 한 것은 '정철'의 '철' 즉 사람 정철을 말한 것일 수도 있고, '쇠' 즉 '쇳덩이'를 말하는 그 철일 수도 있어. 원문에서의 '섭철'이란 잡것이 섞인 가짜 철이란 뜻이야. 정철이 '가짜 옥'으로만 여겼더니, 라고 하니까 진옥이 '가짜 철'로 화답한 거야. 중장에서는 한 단어에 두 가지 이상의 뜻을 가진 중의법을 사용하고 있어. "정철일시 분명하구나"라고 하고 있는데, 여기서 '정철'은 '송강 정철'을 가리키기도 하고, '진짜 철'을 가리키기도 해. 다시 말해서 여기에서의 속뜻은, '정말로 존경할 만한 사람이 분명하다'라는 뜻을 내포하고 있어. 정철이 진옥을 노래할 때 중장에서 겉으로는 진짜 옥이냐 가짜 옥이냐 라고 한 것 같지만, 실제로 속뜻은 '한갓 기녀로만 여겼는데, 다시 보니 기품이 있는, 학문과 재주가 뛰어난 규수구나'라고 말한 것과 같은 의미야. 이 구절만 가지고도 두 사람이 서로의 학문과 예술적 재능을 인정하고 있는 거지. 종장을 보자. 정철이 "나에게 살송곳 있으니 뚫어 볼까 하노라"라고 하고 있지? 그런데 진옥이 화답하기를 "나에게 골풀무 있으니 녹여 볼까 하노라"라고 하고 있어. 자, 그렇다면 여기에서 '골풀무'란 무엇일까? '골풀무'란 다른 말로 '풍로'라고도 해. 풍로……. 아마 젊은 사람들은 처음 들어보는 이름일 걸? 50대 이상에서나 알 수 있는 명칭일 거야. 1970년대까지도 이 풍로를 사용했어. 풍로가 무엇이냐면, 아궁이에 불을 땔 때 불이 잘 붙으라고 손으로 바퀴를 돌려 바람을 일으켜 아궁이에 바람을 불어 넣는 기구야. 물론, 바퀴에 손잡

이가 달려있어. 나뭇잎이나 나뭇가지, 또는 톱밥 같은 것을 아궁이에 넣고 이 풍로를 돌리면 아궁이에 바람이 들어가면서 불이 더 활활 타올라. 다시 말해서 진옥이 한 이 말은, 남자의 성기(정철의 성기)를 여자의 성기(진옥의 성기)로 받아들여 녹여 보겠다고 하고 있는 거야. 사랑을 불태워 보겠다고 말하고 있는 거야. 정철이 살송곳으로 뚫어 보겠다고 한 말을 이처럼 역시 노골적이고 직설적이게, 대담하게 받아치고 있어. 시 한 수 전체를 놓고 볼 때, 조선조의 대학자요 문장가인 정철을 능가하는 화답가라 할 수 있어.

본래 처음에 먼저 시를 던지는 사람은 쉬워. 하지만 이것을 받은 시에 맞게 화답하기란 무지 어려운 거야. 그런데 진옥은 이처럼 정철 못지 않게 대담하게 즉흥적으로 곧바로 받아치고 있어. 기녀라기보다 수준 높은 대단한 시인이라고 말해도 좋을 여자야.

시골 촌구석에 묻혀 살던 기녀 진옥은, 이렇게 송강 정철을 만남으로 해서 한국문학사에 남는 작품을 남기고, 자신의 이름을 남기게 되지. 그리고 기록에 '정철의 첩'으로 남아 있어. 기녀가 누구의 첩으로 기록되어 있는 사람은 진옥이 처음이자 마지막이야. 최초의 기녀란 말이지.

선조 26년 58세의 나이로 강화에서 자연과 유유자적하며 생활하다가 정철은 죽게 돼. 진옥은 그 자리에 있었고, 흐느껴 울었어. 그러고는 어디론가 훌쩍 떠났고, 그 이후로 진옥에 대한 소식을 아는 이는 아무도 없어.

사랑이 거짓말이

님 날 사랑

거짓말이

앞의 사랑 이야기에서는 연인 간의 사랑 이야기를 했어. 다시 말해서 사랑하는 상대가 있어서 그 사람과의 사랑 이야기를 했어. 지금부터 하는 사랑 이야기는 앞에서와는 달리 누군가를 사랑하는 사랑 이야기가 아닌 일반적인 사랑의 시조야. 따라서 앞에서와 같이 특별한 사연이 없어. 사랑하는 상대방과의 사랑 이야기가 아니기 때문에. 앞에서의 사랑 이야기는 사연이 있어서 재미가 있어. 양반과 기녀와 얽힌 사랑 이야기들이었어. 그리고 그들이 주고받은 시조를 감상했어. 하지만 지금부터 하는 사랑 이야기는 그냥 편하게 감상할 수 있는 사랑을 노래한 시조들이야. 누군가와의 특별한 사연에 얽힌 시조가 아니야. 자, 그럼 지금부터 편하게 사랑의 시조를 감상해 보기로 하자.

참, 여러분 모두 그거 알지? 시조에서 벼슬아치들이 노래한 작품에서 '님'은 '임금'을 말하는 거라는 거. 하지만 여기서의 '님'은 사랑하는 '임'을 말하고 있음이야. 다시 말해서 사랑을 노래한 시조들이지.

사랑思郎 거즛말이 님 날 사랑思郎 거즛말이

꿈에 뵌닷말이 긔 더옥 거즛말이

날갓치 잠 아니 오면 어내 꿈에 뵈이리

풀이

① 임이 나를 사랑한다는 말은 거짓말이다

② 꿈에 와 보인다는 말은 더욱더 거짓말이다

③ 나처럼 임이 그리워 잠이 오지 않으면 어찌 어느 꿈에 보이겠
   는가

이 시조는 김상용의 작품이야. 여인이 작자를 너무 사랑한 나머지 꿈에서도 보인다고 했어. 얼마나 사랑하면 꿈에서도 보일까. 잠을 자지 않을 때 생각나는 것은 당연한 거고, 너무너무 그리워 꿈에서조차 임이 보인다고 하고 있어. 그러자 작자는 '그 말은 거짓말이다. 임이 나(작자)를 사랑한다는 말은 거짓말이다'라고 하고 있어. 아예 잠을 못 잔다면 어찌 꿈을 꾸겠냐는 거야. 너무나 그리워하는 마음에 작자는 잠마저 이루지 못하고 있는 거야. 내가 너를 더 사랑하고 있다는 거야.

이 시조를 지은 김상용(1561~1637)은 선조 15년(1582)에 진사가 되었고 승지가 되었어. 광해군 때에는 도승지, 대사헌, 형조판서 등을 지냈어. 광해군 때 북인과 서인으로 나뉘어 당파 싸움이 있었는데, 북인에 의해 인목대비 폐비론이 있었잖아? 특히 북인에는 대북파와 소북파로 또 나뉘어 붕쟁을 일삼고 있었고. 이때 정권을 잡고 휘두른 것은 대북파였어. 광해군 마저 그들의 권력에 자신의 뜻을 다

펴지 못할 정도였으니까. 인목대비 폐비론에 대해서는 이 책에서도 다루고 있어. 잘 살펴서 읽어 봐.

김상용은 인목대비 폐모론이 일자 이를 반대하여 벼슬을 버리고 원주로 내려가 화를 면했어. 병자호란 때에는 봉림대군을 모시고 강화도로 피란하였으나, 강화도가 함락되자 성의 남문루에 있던 화약에 불을 지르고 자살했어.

김상용의 시조를 한 편 더 살펴보기로 하겠어. 역시 사랑에 관한 시조야.

> 금로金爐에 향진香盡하고 누성漏聲이 잔殘하도록
> 어듸 가이셔 뉘 사랑 밧치다가
> 월영月影이 상난간上闌干 케야 맥바드라 왓나니

풀이

① 금향로에 향이 다 타버리고 물시계 소리도 다해지도록 밤이 깊었는데

② 어디에 가서 누구에게 사랑을 바치다가

③ 달 그림자가 곱게 비치고서야 속을 떠 보려고 왔는가

사랑하는 임이 바람을 피웠는가? 밤이 깊어가도록 오지 않는 임에 대한 원망을 그리고 있어. 이 원망은 그 사람이 미워서가 아니라 그만큼 그리움이 깊다는 뜻이지. 그리움이 깊기에 밤이 깊어지도록 오지 않는 임을 원망하고 있는 거야. 혹시나 이렇게 늦게 오는 것은 다른 사람하고 사랑을 하다가, 요즘으로 말하면 바람을 피다

가 뒤늦게 찾아와서는 사랑한다고 말하는 건 아닌가 생각하고 있는 거야.

한문으로 된 원문을 쉽게 풀어서 적었으므로 따로 해설이 필요 없을 거야. 그래서 시조 풀이는 하지 않았어.

그런데 이 시조는 중국의 왕안석의 야직시夜直詩와 내용이 비슷해. 거기서 시상詩想을 따오지 않았을까 생각해. 고시조 중에 한시를 완전히 해석하여 시조 형식으로 바꾸었거나, 한문에 토를 달아 시조처럼 사용한 예들이 있어. 왕안석의 한시 야직시 내용을 한 번 살펴볼까? 이것 역시 한시漢詩 원문은 생략하고 풀이만 적어 볼게.

향불 꺼지고 물시계 소리도 조용한데
가벼운 바람 따라 추위가 스며든다
괴로운 봄 밤 잠들지 못하는데
달 옮아 꽃 그림자는 난간 위에 올랐다

어때. 내용이 비슷하지? 요즘 같았으면 표절했다고 난리가 났을 거야. 그런데 고시조에서는 이런 경우가 가끔 있어. 그 당시에는 큰 논란이 아니었나 봐.

님을 미들것가 못미들슨 님이시라
미더온 시절時節도 못미들줄 아라스라
밋기야 어려와마는 아니 밋고 어이리

풀이

① 님을 믿을 것인가 못 믿을 것은 님이시라

② 믿어왔던 그 시절도 못 믿을 줄 알았도다

③ 믿기야 어렵지마는 님을 아니 믿고 어찌하리

이 시조는 이정구의 작품이야. 작품은 쉽게 이해할 수 있겠지? 역시 따로 설명은 하지 않겠어. 이 시조에서도 앞의 시조와 같이 초장과 중장에서 사랑하는 임에 대한 의심을 하고 있어. 하지만 어찌하겠는가. '믿기는 어렵지만 사랑하는 임을 믿지 않고 어찌하겠는가'라고 하고 있어. 사랑하는 임에 대해 갈등하고 있는 거지. 아마도 이 두 사람은 요즘 말하는 밀당을 하고 있는 듯해. 거 왜 있잖아. 밀고 당기는 거. 이런 밀당을 잘 하는 사람이 연애를 잘 하는 사람이라며? 그리고 밀당에 성공해야 결혼까지 할 수 있고.

이정구(1564~1635)의 호는 월사月沙야. 문장으로 이름이 높은 가문에서 태어났어. 선조 10년(1577) 14세의 나이에 승보시라는 과거에 장원을 할 정도였으니까. 인조 때에는 우의정, 좌의정을 지냈어. 선조 25년(1592)에는 세자에게 경전과 역사를 가르치기도 했어. 선조 26년(1593)에 명나라의 사신 송응창을 만나 《대학》을 강론했는데 아주 높은 평가를 받았어. 이것이 후에 《대학강어》라는 저서를 남기게 되었어. 그 외에 수많은 시문집이 있어.

꿈에 단니는 길이 자최 곳 나랑이면
님의집 창窓밧기 석로石路] 라도 달으련만는
꿈ㅁ길이 자최 업스니 그를 슬허 하노라

풀이

① 꿈에 다니는 길이 자취가 날 것 같으면

② 님의 집 창 밖에 있는 돌길이라도 닳으련마는

③ 꿈속에서 다닌 길이 자취가 없으니 그것을 슬퍼하노라

임을 그리워하는 작자의 마음이 참으로 처절해. 얼마나 그리웠으면 꿈속에서 임의 창 밖에 있는 돌길이 닳아 없어질 만큼 임의 집을 들락거렸을까. 그러함에도 임에게로 가는 길이 표시가 나지 않아. 그러하니 그것이 슬픈 거야. 임에게로 가는 길이 아무리 돌길이라도 닳아 없어질 만큼 다니겠으나, 그것이 꿈속이다 보니 다닌 흔적이 하나도 남지 않는 거야. 임에 대한 그리움을 곱게 노래하고 있어.

이 시조를 쓴 이명한(1595~1645)은, 광해군 2년(1610)에 사마시에 합격하면서 벼슬길에 올랐어. 사가독서를 할 만큼 유능한 인재였어. 병자호란 때 볼모로 잡혀간 소현세자를 모셔 오기도 했어. 자신 또한 척화파斥和派로 몰려 청나라 심양에 잡혀 가기도 했어. 이조판서와 예조판서 등을 지냈어. 저서로는 《백주집》 20권이 있어.

서산西山에 일모日暮하니 천지天地 가히 업다

이화梨花에 월백月白하니 님생각이 새로애라

두견杜鵑아 너는 눌을 글여 밤새도록 우나니

풀이

① 서쪽 산으로 해가 저무니 하늘과 땅이 끝이 없다

② 배꽃에 달이 밝으니 님 생각이 간절하구나

③ 두견아, 너는 누구를 그리워하기에 밤새도록 우느냐

이 시조 역시 이명한의 작품이야. 역시 임에 대한 처절함을 노래하고 있어. 우리 선조들은 배꽃, 매화, 달, 두견이 등의 소재를 많이 빌려 시조를 지었어. 이 시조 역시 배꽃과 두견새를 소재로 임에 대한 그리움을 노래하고 있어. 종장에 보면, "두견아, 너는 누구를 그리워하기에 밤새도록 우느냐."고 하고 있어. 이걸로 보아 작자 역시 임에 대한 그리움으로 밤새도록 잠을 못 이루고 있는 거야. 정말 기가 막히도록 곱고 아름답게 시를 노래하고 있어.

사랑思郞 사랑思郞 고고庫庫히 매인 사랑思郞

왼 바다흘 다 덥는 금을쳐로 매즌 사랑思郞 왕십리往十里라 답십리踏十里 참왓너출이 얽어지고 틀어져서 골골이 둘우 뒤트러진 사랑思郞

암아도 이님의 사랑思郞은 가업쓴가 하노라

풀이

① 사랑 사랑 그물 코마다 맺힌 사랑

② 온 바다를 다 덮는 그물처럼 맺은 사랑. 왕십리와 답십리의 참외 넝쿨이 얽혀지고 틀어져서 골마다 두루두루 뒤틀어진 사랑

③ 아마도 이 님의 사랑은 끝이 없는가 하노라

이 시조는 김두성의 작품으로 사설시조야. 시조 원문을 보면 초장과 종장은 일반 평시조와 같으나 중장이 길어졌지? 이런 걸 사설

시조라고 해. 평시조와는 달리 사설시조는 대체적으로 직설적인 표현을 잘 써. 이 시조 역시 직설적인 표현으로 사랑을 노래하고 있어. 평시조가 벼슬아치들, 즉 선비와 양반들이 주로 노래했다면, 사설시조는 평민들, 일반 백성들이 노래하고 있어. 그래서 사설시조가 평시조보다도 더 편안하게 다가올 수 있어. 일반 백성들이 노래한 것이기에 용어 선택도 일상적인 언어를 마음껏 사용하고 있어. 앞으로 사설시조를 감상할 때는 이런 점들을 유념하여 읽으면 좋을 거야.

초장을 보면, 작자는 사랑을 그물의 코가 서로 얽혀 있듯 그렇게 얽혀져 있는 사랑으로 보고 있어. 그물을 보면 서로 얽히고 설켜 있잖아. 남녀 간의 사랑이 그렇게 서로 얽히고 설킨 것으로 보고 있는 거지. 역시 중장에서도 작자는 사랑을 그물코에 비유하고 있어. 온 바다를 다 덮는 그물처럼 서로 얽히고 설킨 사랑이라고 하고 있어. 또한 참외 넝쿨처럼 얽혀지고 틀어져서 두루두루 뒤틀어진 사랑이라고 했어. 역시 서민이 쓴 시조라 언어도 평시조와는 달리 서민적이야. 그치? 그런데 조선시대에는 서울의 왕십리와 답십리에 참외가 많이 났었나 보지? 왕십리와 답십리의 참외를 비유한 걸 보니. 이처럼 '서로 얽히고 설킨 사랑은 끝이 없는가 하노라'고 종장에서 마무리하고 있어. 정말 말을 비틀지 않고 직설적으로 표현하고 있지?

앞으로 사설시조 작품이 몇 작품 더 나올 거야. 이 시조는 김두성이라고 하는 지은이가 밝혀진 시조라서 그렇지 대부분 사설시조는 무명씨 시조가 많아. 그래서 표현이 이 시조보다 더 노골적이고 육담적이고 직설적이야. 아주 야한 표현도 있지.

이 시조를 지은 김두성(1863~1907)은, 가객歌客으로 김천택, 김수장과 더불어 '경정산가단'의 일원으로 시조와 풍류를 즐긴 사람이야.

갈제는 옴아타니 가고 안이 오매라

십이난간十二欄干 바잔이며 님 계신듸 발아보니 남천南天에 안진雁

盡하고 서상西廂에 월락月落토록 소식消息이 긋혀졌다

이 뒤란 님이 오셔든 잡고 안자 새오리라

이 시조 역시 김두성의 작품으로 사설시조야. 내용을 풀어볼까?

풀이

① 갈 때는(떠날 때는) 다시 돌아오겠다고 하고는, 떠나고 나서는 다시 아니 오는구나

② 열두 굽이나 꺾인 난간을 부질없이 오락가락하며 임 계신 곳을 바라보니, 남쪽 하늘에는 기러기조차 다 날아가고, 서쪽 마루에는 달이 지도록 임의 소식이 끊어졌구나

③ 이제 임이 다시 오면 꼭 붙잡고 앉아 밤을 새우겠노라

참으로 얼마나 임이 원망스러울까. 다시 오겠다고 떠난 임이 오지 않고 있으니. 열두 굽이나 꺾인 난간을 바장이면서 임을 기다리는데 임은 오지 않고 있어. 작자는 사랑하는 임을 하루 종일 기다리고 있는 거야. 남쪽의 기러기도 다 날아가고 해는 서산으로 기울었어. 밤이 어두워졌어. 그런데도 임에게서는 소식이 없어. 작자는 굳

게 다짐을 해. 나중에 임이 온다면 다시는 가지 못하게 붙잡아 두고는 임을 품고 밤을 새워보겠노라고 하고 있어. 작자의 애타는 심정을 임에게 이야기하겠노라고 하고 있어.

> 님의게셔 오신 편지片紙 다시금 숙독熟讀하니
>
> 무정無情타 하려니와 남북南北 머러세라
>
> 죽은후後 연리지連理枝되여 이 인연夤緣을 이오리라

풀이

① 임에게서 오신 편지 다시금 상세히 생각하며 읽어 보니

② 무정하다 하겠지만 남북이 멀었구나(남과 북, 끝에서 끝으로 거리가 너무 멀구나)

③ 죽은 후 연리지 되어 이 인연을 이으리라

이 시조는 유세신의 시조야. 임에게서 온 편지를 읽고 또 읽는 거야. 임이 보낸 편지의 뜻을 잘 생각하며 차분차분하게 하나하나 다시 또 읽고 또 읽는 거야. 아주 자세하게 읽는 거야. 오지 않는 임을 원망했지만 임이 보낸 편지를 이렇게 자세히 읽어 보니, 임이 오지 못하는 까닭을 이해할 수 있어. 무정하리만치 남북으로 너무 멀리 떨어져 있어. 서로 정반대로 너무 멀리 떨어져 있어. 그러하니 임이 오지 못하고 이렇게 편지만 보내고 있는 거야. 그래서 죽은 후에는 연리지가 되어 서로 엉켜있어 영원히 헤어지지 않겠노라고 하고 있어. 임을 만나지 못하는 애끓는 마음이 잘 담겨진 시조야. 연리지. 연리지가 뭔지 알지? 두 나무가 서로 맞닿아서(서로 꼬여서) 결이 통

한 나무를 연리지라고 해. 작자는 그 나무처럼 그렇게 연리지가 되어 인연을 잇고 싶은 마음을 드러내는 거야. 연리지란, 사랑하는 남녀 사이를 뜻할 때 많이 사용하는 말이야.

유세신(생몰년 미상)은 영조 시대의 가객歌客이야. 호는 묵애당. 《악부》에 2수, 《병와가곡집》에 4수, 모두 6수의 시조가 전해 내려오고 있어.

자, 다음 시조를 볼까?

공산空山에 우는 뎝똥 너는 어이 우지는다
너도 날과 갓치 무음 이별離別하엿는야
아무리 피나게 운들 대답對答이나 하더냐

풀이

① 빈산에서 우는 접동새야 너는 어이 우짖느냐

② 너도 나와 같이 무슨 이별 하였느냐

③ 아무리 피나게 운들 대답이나 할까 보냐

박효관의 시조인데, 이 시조 역시 임과의 이별로 인한 슬픔을 노래하고 있어. 접동. 접동새는 두견새라고도 하고 소쩍새라고도 하지. 빈산에서 구슬피 우는 접동새를 감정이입 시켜, 임과 이별한 자신의 애달픔을 노래하고 있어. 너도 누구와 이별하겠기에 그렇게 피나게 우느냐. 네가 빈산에서 아무리 피나게 운들 대답이나 있겠느냐고 비유하고 있어. 따라서 작자 자신이 아무리 임을 그리워한들 이미 떠난 임이 되돌아 올 리가 있겠느냐고 자포자기하고 있어.

여러분도 사랑하는 사람과 이별해 본 적이 있을 거야. 이미 떠난 사람 다시 돌아올 리 없고. 아무리 그리워한들 한 번 떠난 사람이 다시 돌아올 리 없는 거야. 사랑하는 사람과의 이별. 겪어보지 않은 사람은 모를 거야. 이별의 상처를 입어 본 사람이라면 이 시조의 내용이 처절하게 다가 올 거야.

박효관(1863~1907) 역시 가객歌客이야. 호는 운해. 조선 고종 때의 사람으로 제자 안민영과 함께 《가곡원류》를 편찬한 사람이야. 그 당시까지의 가곡을 총정리 했어. 문학으로서의 시조뿐 아니라, 음악으로서의 이론도 정리한 사람이야. '시조창'이라는 소리 들어봤지? 그냥 시조는 문학이지만, 가객歌客들은 이를 '창'으로 부르기도 했어. 이를 '시조창'이라고 하는데, '가곡'이라고도 해. 다시 말해서 박효관은 문학으로서의 시조를 음악으로서의 이론, 즉 가론歌論을 확립한 사람이라 할 수 있어. 따라서 문학과 음악 발전에 크게 공헌한 사람이야.

그의 호가 '운애'라고 했지? 이 호는 흥선대원군이 그를 총애하여 내린 호야. 박효관이 가객으로서 얼마나 뛰어난 인물이었는가를 알 수 있지. 풍류를 좋아하는 남녀들을 모아 '승평계'라는 것을 조직하여 가단歌檀을 이끌었어. 요즘으로 말하자면 가수들을 키워내는 연예 기획사? 본래 시조가 문학으로서의 명칭이라기보다 음악으로서의 명칭이었어. 이것이 근대에 들어와서 서양문학의 영향을 받아 문학으로서의 명칭이 생겨나게 되었지. 물론 현재 문학으로서의 시조도 있거니와, 이것을 창으로, 즉 음악으로서 시조로 하는 이들도 있어. 다시 말해서 문학으로서의 시조시인들이 있는가 하면, 현재에도 음악으로서의 시조창을 하는 이들이 있다는 이야기야. 이 책에선 뭐 이런 이론을 말하려는 게 아니니 생략하기로 하고.

아무튼 박효관은 흥선대원군과 같은 당대의 최고 실력자들과 교유하였어. 앞에서도 말했거니와 그가 호를 내려 줄 정도였으니. 이처럼 가객으로서는 그 명성이 유명하였으나, 작품은 시조 13수가 전해 내려오고 있어. 가단을 이끄는 등 풍류를 즐기고, 흥선대원군과 같은 당대 실력자들과 교유하면서도 자신의 시조집은 남기지 않았어. 창작은 많이 하지 않았다고 볼 수 있지. 시와 노래, 술과 거문고를 좋아하는 풍류객이었어. 그의 가곡창(시조창)은 하준권, 하규일을 거쳐 오늘에까지 이어져 내려오고 있는 거야. 박효관이 시조를 문학과 음악으로 발전시키는데 얼마나 큰 역할과 공헌을 했는지 알수 있지.

님글인 상사몽相思夢이 실솔蟋蟀이 넉시되야
추야장秋夜長 깁푼 밤에 님의방房에 드럿다가
날닛고 깁히 든 잠을 깨와볼ㄱ가 하노라

풀이

① 임을 그리워하는 상사하는 마음이 귀뚜라미(실솔蟋蟀)의 넋이
　되어

② 긴 가을밤(추야장秋夜長)에 사랑하는 임의 방에 들었다가

③ 나를 잊고 깊이 든 잠을 깨워볼까 하노라

이 시조 역시 박효관의 작품이야. 박효관은 주로 남녀 간의 상사에 얽힌 노래, 술과 함께 하는 전원의 흥취, 기녀 시조처럼 임과 이

별하는 여인을 주제로 한 시조들을 남겼어.

지금 보고 있는 이 시조 역시 마치 기녀의 시조 같지 않아? 마치 여인이 쓴 작품 같지 않아? 앞의 시조 "공산空山에 우는 뎝뚱 너는 어이 우지는다……."도 마치 여인이 쓴 시조 같은데.

마치 한 여인이 사랑하는 한 남자를, 깊어가는 가을밤에 상사相思하는 마음을 노래한 시조 같아. 상사병에 걸린 한 여인의 작품 같아.

> 사람이 사람을 그려 사람이 병病드단말가
> 사람이 언마 사람이면 사람 한나 병病들일랴
> 사람이 사람 병病들이는 사람은 사람 안인 사람

풀이

① 어찌 사람이 사람을 그리워하다가 병이 든단 말인가

② 네가 사람이라면 나를 병 들게 할 수 있단 말인가

③ 이렇게 내 마음을 몰라주고 병 들이는 사람은 사람이 아니다

이 시조는 안연보의 작품이야. 이 시조는 이희승본 《청구영언》에 수록된 시조야. 이와 비슷한 내용의 시조가 또 하나 더 있어. 이 시조 바로 다음에 소개할 건데, 그 시조의 출전은 《시가요곡》에 수록되어 있어. 그 시조는 무명씨 작품이야. 비슷한 내용의 시조라서 출전을 밝히는 거야.

안연보는 생몰연대가 미상인 사람이야. 다만 시조 4수가 《청구영언》에 전해 내려오고 있어.

사람이 사람 그려 사람 하나 죽게 되니

사람이 사람이면 설마 사람 죽게 하랴

사람아 사람을 살여라 사람이 살게

풀이

① 어찌 사람이 사람을 그리워하다가 죽는단 말인가

② 네가 사람이라면 나를 죽게 할 수 있단 말인가

③ 아, 내가 이렇게 죽게 되었으니 나를 살려라 내가 살게

앞에서 이미 말했거니와, 앞에 시조는 안연보라는 지은이가 있는 작품이고, 이 시조는 지은이가 누군지 모르는 무명씨 작품이야. 《시가요곡》에 수록된 시조야. 두 시조가 모두 사랑하는 사람에 대해 원망하는 것 같지만, 이는 역설적인 표현이고 그만큼 그 사람을 간절하게, 애통하리만치 그리워하고 사모하고 있다는 거야. 병이 들 정도로. 죽을 정도로 사랑하고 있다는 거야.

상사병……. 두 시조 모두 상사병을 노래하고 있어. 젊은 시절, 청소년 시절, 상사병을 안 앓아본 사람 없을 거야. 특히 남자들이 한 소녀를 마음에 두고, 말도 못 걸어보고 애만 태우던 시절이 있을 거야. 상사병에 걸리면 밥맛도 없고, 아니 밥도 먹기 싫어지고, 기운도 빠지고 왜 그렇잖아. 요즘 사람들이야 상사병을 앓는 사람들이 어디 있을까? 기면 기고 말면 말고 톡 까놓고 다 고백하잖아? 싫으면 그만 두는 거고. 뭐 요즘 사람들은 그렇잖아? 미디어의 발달로 만나기도 쉽고, 고백하기도 쉽고, 무엇이든 쉽게 이루어지고 쉽게 깨지는 세상이잖아? 그러하니 요즘엔 짝사랑이라는 게 있을 리

없지. 아, 물론 요즘에도 마음에 두고 말은 못하는 사람들이 있기야
하겠지. 하지만 예전처럼 그렇게 병이 나고 밥도 먹지 못하고 사람
이 죽을 정도로 짝사랑하는 그런 짝사랑은 없다는 이야기야.

앞에 두 시조는 이렇게 상사병에 걸린 사람을 살려내라고 하고
있어. 사람이 사람을 그리워하여 병이 들었다고 하고 있어. 다른 한
작품은 더 나아가, 사람이 사람을 그리워하여 사람이 죽게 생겼다
고 하고 있어. 사람이 병이 들고, 죽을 것만 같은 거야. 육체적인 병
이라면 약이라도 먹으면 낫겠지만, 고칠 약도 없는 것이 바로 상사
병이야. 사람이 이렇게 병 들이는 사람 너는 사람이 아니다. 사람이
사람을 그리워하여 죽게 생겼다고 두 작품이 그렇게 말하고 있어.
이게 바로 상사병이야. 황진이를 짝사랑하다가 죽은 총각 이야기도
있어. 이 이야기도 해 줄까? 알았어.

짝사랑이 얼마나 처절한가 들어 볼래? 자, 그럼 황진이를 짝사
랑하다가 죽은 홍윤보라는 총각 이야기를 지금부터 해 볼게. 황진
이를 향한 떠꺼머리총각 홍윤보의 애끓는 사랑 이야기 보따리를
풀어 보겠어. 앞에 소개한 두 시조를 생각하며 읽어 봐. 필자가 소
설가는 아니지만 소설처럼 한번 놀아볼게. 양념이라 생각하고 읽
어 봐. 자, 독자 여러분! 그럼 지금부터 짝사랑의 판을 한 판 벌여
볼까?

홍윤보는 황진이와 같은 마을에 산 총각이었어. 어린 시절부터
한마을에 살면서 황진이를 홀로 사모하며 지내왔어. 그리고 그는
결국 황진이를 짝사랑하다 죽고 만 거야.

홍윤보는 성품이 온순했으며 집안이 가난했어. 어린 시절부터 어
여쁘기 만한 진이를 보면서, 늘 남루한 차림에 궂은 일만하는 자신

의 모습이 초라해, 감히 그런 진이한테 말을 건네는 것은 둘째 치고라도 그녀 앞에 나설 수가 없었어. 그녀와 마주치기라도 할라치면 얼굴을 푹 수그리고 땅만 보고 지나치기 일쑤였어. 홍윤보는 그런 자신의 초라함과 가난함이 원망스러웠어.

이렇게 진이에 대한 사모의 정을 한 해, 두 해 가슴에 키워가며 성장해 갔어. 그러면서 홍윤보의 가슴에 진이가 영원히 자리하게 되었어. 이렇듯 진이를 가슴에 품고 자라온 홍윤보는 사랑을 느낄 나이가 되자 진이에 대한 연모의 정이 불타오르기 시작했어. 진이와 길에서 마주치기라도 하거나, 그녀의 집 앞을 지나다 우연히 그녀의 목소리가 담장 밖으로 넘어오기라도 하면, 담장 너머로 몰래 진이의 모습을 훔쳐보곤 했어. 그런 날에는 집에 돌아와 밥도 먹지 못하고 멍하니 넋을 잃곤 했어. 오직 떠오르는 것은 진이의 고운 목소리요, 진이의 어여쁜 모습이었어.

이팔청춘이라고 했던가. 한참 벙글기 시작하는 나이였기에 진이의 모습은 아무렇게나 꾸며도 싱싱하고 아름다웠어. 홍윤보 역시 남자답게 성장했고. 이러한 때이니 홍윤보의 가슴은 사랑의 열기로 식을 줄 몰랐어. 더욱이 아름다운 여인 앞에서야 오죽했으랴. 한 겨울의 동장군인들 그의 가슴을 식힐 수 있겠는가. 산을 뽑아 올릴 만한 기개를 가진 초패왕, 항우인들 그의 사랑의 불을 식힐 수 있겠는가.

한 해, 두 해 세월은 흘러 나이가 들수록 진이의 아리따움은 성숙해 졌고, 그런 진이는 기녀가 되어 있었으니, 홍윤보로서는 점점 접근할 방법이 없었어.

진이에게 사랑을 고백하려함이 몇 번이던가. 아니 하루에도 몇 수십 번을 마음먹었던가. 그러하기를 수년이 흐르고. 진이를 볼 때마다 두근거리는 마음에 용기가 나지 않았어. 진이의 아름다움 앞에 홍윤보는 감히 어찌 할 수 없었어. 진이를 향한 연모의 정은 날로 더해 갔고 홍윤보의 애간장은 썩기만 했어. 지게나 지고 나무나 하러 다니는 자신의 초라한 모습에 홍윤보는 더욱더 가슴앓이만 해야 했어. 자신과 진이와는 다른 세계의 사람처럼 느껴졌어.

날이 가면 갈수록 진이의 모습은 점점 보기 힘들어졌어. 보기 힘들어지니 그의 상사는 더욱 깊어만 갔어. 진이 생각에 밥도 못 먹고, 잠을 이루지 못하기를 밥 먹듯 하니 그의 몸은 점점 쇠약해져 갔어. 사모하는 마음만 가슴 가득 안고 하루하루를 지냈어.

해 지면 장탄식하고 촉백성에 단장회라
일시一時나 잊자터니 궂은 비는 무슨 일고
가뜩에 다 썪은 간장肝腸이 봄눈 스듯 하여라

잠깐이나마 진이를 잊으려 했지만 두견이의 울음소리가 더욱 애끓게 하고, 긴 한숨과 탄식만이 나오니, 그러하지 않아도 수많은 나날 진이 생각에 다 썩은 간장이 봄눈 녹듯 모두 썩어 없어지려 하고 있는 거야.

이제 떠꺼머리총각 홍윤보는 진이에 대한 사모하는 마음이 병이 되었고, 그것이 심해져 기력마저 잃고 자리에 눕고 말았어.

사람이 죽어지면 어디메로 보내는고
저승도 이승같이 임한테로 보내는가
진실로 그러할직시면 이제 죽어 가리라

홍윤보에게 기다려지는 것은 오직 하나 뿐이었어. 진이가 아닌 죽음……. 바로 그것이었다. 그래서 홍윤보는 앞에 시에서처럼 "사람이 죽어지면 어디로 보내어 지는가. 저승도 이승같이 임한테로 보내어 주는가. 참으로 그러할 것 같으면 이제 죽어도 한이 없어라."라고 생각했어. 죽어서 진이한테로만 보내어 진다면 죽어도 한이 없는 것이었어. 홍윤보의 애끓는 짝사랑은 이처럼 처절하기만 했어.

며칠 후, 이 마을에 상엿소리가 들렸어. 그러나 이 상엿소리는 진이의 집 앞에서 떠날 줄을 몰랐어.

어~허 딸~랑 어~허 딸~랑

이제가면 언제오나 명년삼월 돌아오마

간다간다 나는간다 북망산천 나는간다

병은점점 깊어가고 염라대왕 호출만나

부르나니 아버지요 찾으나니 어머니라

불쌍토다 불쌍토다 청춘죽음 불쌍토다

불쌍하다 가련하다 상사병에 죽은청춘

임을두고 어찌가나 북망산천 어찌가나

잘가시오 잘가시오 미련버리고 잘가시오

어~허 딸~랑 어~허 딸~랑

요령 소리와 함께 초라하기만 한 상여는 진이의 문 앞에서 떠나지를 않았어. 진이는 자기의 집 문 앞에서 상엿소리가 떠나지 않고 계속 들려오자 시비를 시켜 어찌된 일인지 알아보라 했어. 잠시 후

시비가 달려왔어.

"어쩐일이더냐! 해괴망측하게 어찌하여 우리 집 문 앞에서 상여가 떠나가지 않고 있다더냐."

"예, 저어……."

시비가 얼른 말을 하지 못하고 있었어. 그러자 진이는,

"왜 그러느냐. 어서 말하지 않고."

"아씨. 말씀드리기가……."

시비는 잠시 뜸을 들이다가 말을 이었어.

"아씨. 상여가 우리 집 문 앞에 오자 갑자기 움직이려하지 않는답니다. 상여꾼들이 아무리 밀고 당겨도 꼼짝을 하지 않는답니다."

진이는 그 말을 듣자 더욱 궁금하여 다그쳐 물었어.

"무슨 소리냐. 상여가 우리 집 문 앞에서 갑자기 꼼짝을 않는다니. 어서 상세히 말해 보거라."

"죽은 사람은 상사병을 앓다 죽은 홍윤보라는 총각이라 하옵니다."

"그래서?"

"마을 사람들이 수군거리는 소리를 들었는데, 그 죽은 총각이 짝사랑하던 여자가 아씨라 하옵니다."

"뭐라고? 지금 나 때문이라고 했느냐?"

진이가 놀라며 물었다.

"예, 어려서부터 아씨를 짝사랑해 왔다 하옵니다. 그래서 그게 한이 되어 아씨가 살고 있는 집 앞에서 움직이질 않고 있답니다. 혼자서만 맘 졸이다 죽었다 하옵니다."

진이는 시비가 아뢰는 말을 듣고 맥이 빠졌어. 어릴 적부터 한마

을에서 같이 자라왔기에 홍윤보가 누구라는 정도는 알고 있었으니까. 자신을 보면 얼굴이 빨개져 얼굴을 들지도 못하고 지나가던 그 아이가 아니었던가. 이런 그가 자신을 사모하고 있다는 것을 어찌 짐작이나 할 수 있었겠는가.

> 사람이 사람 그려 사람 하나 죽게 되니
> 사람이 사람이면 설마 사람 죽게 하랴
> 사람아 사람을 살려라 사람이 살게

　홍윤보의 진이에 대한 마지막 애절한 간청인가, 원망인가. "어찌 사람이 사람을 그리워하다가 죽는단 말인가. 진이가 사람이라면 나를 죽게 할 수 있단 말인가. 아, 내가 이렇게 죽게 되었으니 나를 살려라. 내가 살게." 홍윤보의 원망은 진이에 대한 그리움과 사랑으로 가득찼어.

　진이로서는 통탄할 노릇이었어. 어찌 자기를 사랑해 주는 이가 있음을 모르고 사랑을 찾아 이 남자 저 남자를 헤맸단 말인가. 혼자서만 애태우다 죽어야만 했을 홍윤보를 생각하니 가엾기만 했어. 이사종과의 아쉬운 사랑의 이별 뒤에, 진이는 자신을 사랑해 주는 사람과 평범한 여인네로 한평생을 살리라 마음먹고 집에서 근신하고 있던 차였어. 그런데 이렇듯 자신을 흠모하다 상사병에 걸려 죽었다는 소리를 들으니 뒤늦게 깨달은 자신이 미워졌어.

　자신만을 흠모하다 아까운 청춘을 잃은 총각이 죽어서도 시신이 되어 자기 집 앞에 이르러 떠나려 들지 않고 있다니……. 이토록 자신을 사랑해 주는 이가 있었던 것을 왜 몰랐던가.

진이는 자신이 입고 있던 속적삼과, 자신이 자주 신고 다녔던 꽃신을 들고 맨발로 밖으로 나갔어.

초라한 상여가 떠나지 못하고 길에 놓여 있었어. 상여꾼들은 밀고 당기던 일을 중단하고, 혼백을 달래주기 위해 요령을 흔들며 상엿소리를 하고 있었어. 그리고 마을 사람들은 수군거리며 모여 있었어.

진이가 나오자 상여꾼들은 다시 상여를 메고 만가輓歌를 불렀어. 진이는 가지고 나간 곱고 흰 속적삼을 운구에 덮어주고 꽃신을 올려놓았어. 그러자 상여가 움직였어. 진이의 살내음이 밴 속적삼과 작고 예쁜 발이 디디던 고운 꽃신을 운구에 올리자 그제야 상여가 움직이기 시작했어. 개나리, 진달래꽃이 핀 길을 따라 상여는 동구 밖을 지났어.

진이는 그날 일찍 자리에 들었어. 그리고 자기를 짝사랑하다 죽은 홍윤보를 생각하며 눈물지었어. 얼마나 혼자서 애태워 왔으면, 얼마나 자신에 대한 흠모가 한이 되었으면, 죽어서도 자기 집 문 앞에서 떠나지 않았겠는가. 비록 죽은 영혼이었지만 얼마나 자기를 애절하게 그리워했기에 그 영혼마저도 떠나지 못하였던가. 진이는 자기가 알지 못하였더라면 저승에 가지 못하고 구천九泉을 떠돌 영혼을 생각하니, 가슴이 미어져 눈물이 왈칵 쏟아졌어. 자신이 그토록 몹쓸 년인가 생각하니 자기가 죽도록 미워졌어.

어찌 한 사내의 가슴을 저토록 울려왔던가. 자기가 무엇이관대. 썩어 문드러질 몸뚱이를 가지고 방탕한 생활을 해 왔으니, 나의 미모만 믿고 사내들을 희롱하여 왔으니, 나를 이토록 진정 사랑하는 이를 옆에 두고 지금껏 모르고 살아왔으니…….

어져 내일이야 그릴 줄을 모르더냐

이시라 하더면 가랴마는 제 구태여

보내고 그리는 정은 나도 몰라 하노라

"아! 내가 저지른 일이여. 어찌하여 보내 놓고 그리워할 줄을 몰랐더냐. 있으라고 붙들었더라면 죽었을 리 없건마는 제 구태여 보내놓고 그리워하는 정은 나도 모르겠구나."

이제 후회한들 무엇 하겠는가. 이사종과의 이별 뒤에, 앞으로는 지아비를 섬기며 가정을 갖고 평범한 여인으로 살고 싶었던 진이의 간절한 소망이었지만, 그녀는 지금껏 그것을 이루지 못하고 살아왔어.

달 밝고 바람은 찬데 밤 길고 잠 없어라

북北녁다히로 울어녜는 져 기력아

짝일코 우는 정情이야 네오내오 다르랴

진이는 홍윤보를 생각하며 자신의 어리석음을 한탄했어.

앞에서 이사종과의 이별 뒤에 홍윤보의 죽음을 이야기 했는데, 이는 필자의 가설假設일 뿐이야. 야담野談으로 전해오는 이야기로는, 홍윤보의 일로 황진이가 기녀가 되었다는 말이 있어. 하지만 이 역시 사실인지는 확인할 수 없어. 말 그대로 야담일 뿐이야. 황진이는 생몰년 미상으로 언제 태어나서 언제 죽었는지 몰라. 생몰년 미상인데 어찌 알겠어. 다만 중종 때의 명기名妓였으며, 비교적 단명했던 것으로 보고 있어. 황진이에 대한 직접적인 사료는 없어. 야담으로 전해오는 이야기만 있을 뿐이야.

지금까지 한 남자의 한 여자에 대한 짝사랑을, 황진이와 그녀를 사랑한 한 총각의 이야기를 풀어보았어. 짝사랑……. 정말 약도 없는 병이야. 요즘 사람들은 짝사랑을 바보짓이라고 할 거야. "뭐야, 말하면 되지. 되면 되고, 말면 말고."하고 말이야. 설상 말은 못하고 마음속에 두고 있는 여자가 있다 해도 이처럼 죽을 정도로 짝사랑하지는 않을 거야. 아마도 '짝사랑'이라는 말이 요즘은 사라지지 않았을까 하고 필자는 혼자 생각해 봐.

뫼흔 노프나 놉고 믈은 기나 기다
높흔 뫼 긴 믈에 갈길도 그지업다
님그려 저즌 소매는 어니저긔 마를고

풀이
① 산은 끝없이 높고 물은 끝없이 길다
② 높은 산, 긴 물에 갈 길도 끝이 없다
③ 임이 그리워 흘린 눈물로 젖은 소매는 어느 때나 마를꼬

이 시조는 허강의 작품이야. 여기서의 '산'은 '임'을 말함이고, '물'은 '나'를 말함이야. 산은 높고 물은 끝없이 기니, 이 두 사람 사이에 놓인 어떤 험한 세파가 있나 보다. 이렇게 험한 세파에 두 사람이 만나려니 그게 쉬운 일인가. 그러하니 임을 그리워하여 매일 흘리는 눈물을 소맷자락으로 닦으니 매일 젖어 있을 수밖에. 이렇게 젖은 소맷자락이 언제나 마르겠는가, 라고 노래하고 있어.

허강(1520~1592)은 조선 중기의 학자야. 호는 강호거사江湖居士인데, '강호江湖'란 강과 호수를 말함이잖아. 즉, 자연을 의미하는 거지. 허강의 호가 강호거사江湖居士인 것은, 아마 이처럼 자연을 벗 삼아 유유자적하며 유랑생활을 해서 그런 호가 붙여지지 않았나 생각해. 명종 즉위년(1545) 을사사화 때, 문정왕후 쪽의 이기의 모함으로 좌찬성을 지냈던 그의 아버지 허자가 홍원洪原에 귀양을 가서 죽자, 40년 동안 유랑생활을 하면서 학문에 전념했어. 나라에서 '전함사 별제'라는 벼슬을 내렸으나 이를 거절했어.

허강은 박학다식하였으며, 역시 만물의 변에 능통한 토정비결을 쓴 이지함이라든가, 양사언, 김태균, 정작 등과 교분이 두터웠어. 아쉽게도 임진왜란 때 토산兎山에서 피란하던 중에 죽었어.

아버지가 편찬하던 《역대사감》을 이어서 30권을 완성하였어. 저서로는 《송호유고》가 있으며, 시조 7수를 남겼고, 가사 〈서호사〉 일명 〈서호별곡〉은 양사언의 친필사본 첩책牒責에도 들어있어.

한송정
달 밝은 밤의
경포대에
물결 잔제

몇 명 기녀들의 사랑 시조를 살펴볼 거야. 앞에서도 양반과 기녀의 사랑 이야기가 나왔지?

조선시대에는 기녀들이 시조를 많이 지었어. 요즘으로 치면 여류 시인이라고 할 수 있지. 조선시대에는 기녀들이 시詩, 서書, 예禮, 학문, 창唱(노래), 춤, 거문고, 가야금, 피리 등 이 모든 것을 배웠으며, 재능을 가지고 있었어. 만능이라 할 수 있지. 또한 그냥 즐기고 놀기만 하는 것이 아니라 진정한 풍류가 무엇인지 알고 풍류를 즐겼지. 요즘 연예인들보다 더 수준이 높았어. 그리고 요즘 술집 여자들이 다만 몸만 파는 것과는 달랐어. 한마디로 학식과 예능을 갖춘 지식인이자 예술인이라 할 수 있어. 임금과 권문세가들 앞에서도 창과 학문을 논하는 기녀들도 있었으니. 앞에서 글을 읽어봐서 알겠지만, 교양과 절개, 지조, 지혜를 모두 갖춘 기녀들이 많았어. 물론 몸을 파는 기생들도 있었어. 이 여자들은 하급 기녀들이라 할 수 있지.

조선시대의 기녀는 오직 한 남자만을 사랑하는 일편단심도 가지고 있었어. 이 남자 저 남자에게 몸을 주지 않았어. 자신이 사랑하는 남정네가 나타나기 전까지는 수절을 했어. 아무리 높은 고관대작이 요구한다 해도 절대 수절을 지켰어. 한 번 사랑을 준 남자에게는 죽을 때까지 수절을 지키며, 그 남자만을 그리워하다 죽었어. 앞에서 읽어 봐서 잘 알 거야.

> 한송정寒松亭 달 밝은 밤의 경포대鏡浦臺예 물결 잔제
> 유신有信한 백구白鷗는 오락가락 하것만은
> 엇덧타 우리의 왕손王孫은 가고 안이 오는이

풀이

① 한송정 달 밝은 밤에 경포대에 물결이 잔잔한데
② 유신한 백구(갈매기)는 오락가락 하것마는
③ 어찌하여 우리의 왕손은 가고 아니 오느니

'한송정'과 '경포대'는 강원도 강릉에 있어. '경포대'는 관동팔경 중의 하나이지. 이 시조의 작자인 홍장은 강릉 기녀야. 그래서 강릉의 명소가 나왔다는 것은 당연한 거야. 기녀 홍장은 달 밝은 밤에 경포대 누각에 올랐나 봐. 유신有信한, 즉 믿음이 있는, 신의가 있는 백구白鷗(갈매기)는 왔다 갔다 하건만, 어찌하여 우리의 임은 한 번 가고는 다시 오지 않는가, 라고 노래하고 있어. 종장의 '왕손王孫'은 뜻 그대로 해석하면 왕의 후손인데, 여기서는 사랑하는 임을 그처럼 귀한 사람으로 표현한 거야. 그리운 임을 그리워하는 시조야.

홍장은 생몰연대 미상이야. 다만 고려 말에서 조선 초에 활동했

던 기녀로 알려져 있어. 송강 정철의 〈관동별곡〉에 나오는 '홍장고
사'의 주인공이기도 해.

서거정의 《동인시화》에 기녀 홍장과 조선 개국공신인 박신과의
일화가 적혀 있어. 그 일화를 소개해 볼게.

혜숙공 박신은 젊을 때부터 명망이 있었다고 해. 강원도 안렴사
로 갔을 때 강릉의 기녀 홍장을 사랑해서 정이 자못 진중했대. 임기
가 차서 돌아오려 할 때 부윤인 석간 조운흘이 거짓으로 말하기를
"홍장이 이미 죽어서 신선이 되어 떠나갔다."고 하니, 박신이 슬퍼
하고 그리워하여 스스로 즐겁게 지내지 못했어.

강릉부에는 경포대가 있었는데 경관이 뛰어나 관동지방에서 제
일이었지. 부윤 조운흘이 안렴사 박신을 맞이하여 놀러 나가면서
홍장에게 곱게 단장하고 화려한 옷을 입도록 은밀히 명을 내렸어.
그리고 따로 그림으로 치장한 배를 마련한 후, 수염과 눈썹이 하얗
고 풍채가 거룩한, 모습이 처용과 비슷한 늙은 관인 한 사람을 선발
하여 홍장과 함께 배에 태우고 채색 비단 위에,

> 신라 태평성대의 노신선 안상
> 천 년의 그 풍류 아직도 잊지 못하네
> 안렴사가 경포에 노닌다는 말 들었으나
> 목란배에 차마 홍장을 태우지 못하였네

이런 시를 써서 높이 내걸고, 천천히 노를 저어 경포대로 들어와
모래톱을 배회하니, 관현악 소리가 맑고 원만하여 마치 천상에 있
는 것 같았어. 부윤이 안렴사에게 말하기를 "이곳에는 옛 신선의 유

적이 있어서 산 정상에는 차를 끓이던 화덕이 있고, 여기서 수십 리 떨어진 곳에 한송정이 있는데 정자에 또 사선비가 있다네. 지금도 신선들이 무리지어 그 사이를 왕래하여, 꽃 피는 아침과 달 밝은 저녁에 사람들이 간혹 보기도 하는데, 단지 바라볼 수만 있고 가까이 갈 수는 없다고 한다."고 했어. 그러자 박신이 말하기를 "산천이 이같이 아름답고 풍경이 빼어나지만 마침 저는 구경할 정황이 없습니다." 하고는 눈에 눈물이 가득 고였지. 조금 뒤 배가 순풍을 타고 별안간 앞에 이르러 배를 대고 서로 보니 모습이 기괴하였으며, 배안에는 붉은 옷 입은 기녀가 노래하고 춤을 추는데 매우 아름다웠어. 박신이 놀라 말하기를 "반드시 신선 중 사람이다."하고 자세히 살펴보니 바로 홍장이었던 거야. 그래서 온 자리에 있던 사람들이 손뼉을 치며 크게 웃고 매우 즐거워하며 여회를 마쳤다고 해.(조연숙 저, 《한국고전여성시사》, 국학자료원, 2011년)

　　상공相公을 뵈온 후後에 사사事事를 밋자오매
　　졸직拙直한 마음에 병病들가 염려念慮 ㅣ 러니
　　이리마 져리차 하시니 백년동포百年同抱 하리이다

풀이

① 상공을 뵈온 후에 모든 일을 믿었는데
② 고지식하고 변통이 없는 마음에 정을 주지 않을까 걱정이 되어
　　병이 들까 염려하였더니
③ 임께서 이렇게 하마 저렇게 하마 하시니, 나 또한 백년해로할
　　까 하노라

이 시조는 소백주라는 기녀의 시조야. 광해군 때 평양감사 박엽이 손님과 함께 장기를 두며, 옆에 있던 기녀 소백주에게 시조 한 수를 지으라 이르니, 장기의 이름을 빌려 박엽에 대한 자기의 연정을 고백하고 있어. 매우 재치 있는 시조라 할 수 있지.

시조에서 장기와 같은 음音을 찾아보면 다음과 같아. 시조 원문을 잘 살펴보면서 다음의 음音을 연결 지어 생각해 봐.

相公의 相 = 象

相公의 公 = 宮

事事의 事 = 士

拙直의 拙 = 卒

病들가의 病 = 兵

이리마의 마 = 馬

져리차의 차 = 車

百年同抱의 抱 = 包

이번에는 이와 비슷한 풍으로 쓴, 작자가 없는 무명씨의 시조를 살펴보겠어.

하날쳔 따지터의 집우 집주 집을 짓고

날일짜 영창문을 달월짜로 거러두고

밤중만 졍든 님 뫼시고 별진 잘숙

풀이

① 하늘 아래 땅 위에 아늑하고 예쁜 집을 짓고

② 날일자日로 생긴 영창문(방을 밝게 하기 위하여 방과 마루 사이에

　낸 두 쪽의 미닫이문)을 달월자로 걸어두고

③ 밤중에 정든 임을 모시고 함께 자고 싶구나

　앞에서 소개한 소백주의 시조가 장기에 비유하여 노래했다면, 이 시조는 천자문에 나오는 글자를 따와 임에 대한 그리움을 노래하고 있어. 말 장난 같기도 하지만, 또 다른 면으로는 역시 재치가 넘치는 작품이야. 이 시조도 소백주 시조처럼 천자문의 음音을 살펴볼까?

　　하날천(하늘 천) = 天

　　따지 = 地

　　집우 = 宇

　　집주 = 宙

　　날일 = 日

　　달월 = 月

　　별진 = 辰

　　잘숙 = 宿

　다음은 평양 기생 매화의 시조를 살펴보기로 하자. 기생 중에서 평양 기생을 조선시대에는 최고로 쳤지.

매화梅花 녯 등걸에 봄졀이 도라오니

녯 퓌던 가지柯枝에 픠염즉도 하다마는

춘설春雪이 난분분亂紛紛 하니 필동말동 하여라

풀이

① 매화나무 줄기를 잘라 낸 나무의 밑동에 봄철이 돌아오니

② 그 전에 피었던 가지에서 다시 꽃이 필만도 하련마는

③ 봄눈이 하도 어지럽게 흩날리니 매화꽃이 필지말지 하여라

송강 정철과 진옥도 그러했고, 임제와 한우도 자신들의 이름을 중의적으로 표현했듯, 이 시조 역시 자신의 기명인 매화와 작품의 매화를 일치시켜 노래하고 있어. 앞에서 풀이를 했지만, 이것을 다시 풀어본다면 이렇게 풀어볼 수도 있어. "매화 본인이 늙었지만 추운 겨울은 가고 따뜻한 봄철이 왔으니, 떠났던 임이 다시 찾아올 수도 있건마는, 내 머리가 희끗희끗해질 만큼 늙었기에 떠났던 임이 다시 돌아올지 말지 하여라."

역시 떠난 임에 대한 그리움을 노래하고 있어.

매화는 평양 기녀이며, 생몰연대를 알 수 없어. 다만 17세기 후반의 기녀로 추정할 뿐이야. 《청구영언》에 시조 8수가 전해 내려오고 있으나 이 중에서 2수는 매화의 시조인지 불확실 해.

장송長松으로 배를 무어 대동강大同江에 띄워 두고

유일지柳一枝 휘여다가 굿이굿이 매얏는듸

어듸셔 망령妄伶옛 거슨 소해 들라 하는이

풀이

① 큰 소나무로 배를 만들어 대동강에 띄워 두고

② 버드나무 가지를 휘어다가 굳게굳게 배를 묶어 놓았는데

③ 어디서 망령된 것이 나타나 물살이 빠른 연못에 들어가라고 하느냐

기녀 구지의 시조야. 중장의 '유일지柳一枝'는 작자가 사랑하는 임을 은유한 표현이야. 다시 말해서 사랑하는 임을 말해. 그 임에게 자신을 굳게 매어놓았는데 어디서 망령스러운 것이 나타나서, 즉 뭇 남성들이 나타나서 저들에게 오라고 꼬시느냐고 하고 있어. 기녀이지만 자신은 일편단심 오직 한 남자만을 사랑하겠다는 작자의 각오가 담겨있어. 작품에서 대동강이라고 한 것으로 보아 아마도 작자는 평양 근교 어디에서 살았나 봐.

구지 역시 생몰연대 미상의 기녀야. 《해동가요》, 《청구영언》 등에 시조 1수가 전해지고 있어.

북두성北斗星 기울어지고 경오점更五點 자자간다

십주가기十洲佳期는 허랑虛浪타 하리로다

두어라 번우煩友한 님이니 새와 무슴 하리오

풀이

① 북두성 기울어지고 밤이 깊어만 간다

② 신선이 산다는 섬에서 만나기로 한 약속은 믿음이 가지 않는구나

다복이라는 기녀의 시조야. 돌아오지 않는 임을 원망하고 있어. 밤이 깊어지도록 홀로 외롭게 기다리고 있지만, 그리고 신선이 산다는 섬에서, 즉 행복한 보금자리에서 만나기로 했지만 임은 자신에게 돌아오지 않고 있어. 마침내 종장에선 그 임을 체념하고 있어. 친구도 많고 하는 일도 많은 사람이니 그 사람을 기다려 무엇 하겠느냐고 체념을 하고 있어. 체념이기도 하지만 어찌 보면 넓은 마음으로 그 사랑하는 임을 이해하고 있다고 해석할 수도 있어. 자신을 사랑해 주기만을 기다리는 기녀의 한숨을 노래하고 있어.

중장에 '십주가기十洲佳期'라고 했는데 이는 신선들이 산다는 열 군데의 섬을 뜻해. 하지만 이 시조에서는 '십주가기十洲佳期'에서의 '가기'는 '가객'을, '십주'는 '김수장'을 뜻하는 게 아닌가 생각해. 김수장(1690~?)이 가객이잖아. 서울대학본 《악부》에 보면 '십주'는 '노가재'를 가리키는 것이라고 되어 있어. 노가재는 숙종 때의 사람으로 《해동가요》의 편찬자이자 '경정산가단'을 이끌었던 김수장의 호인데, 그는 '십주'라는 호도 사용했어. 그렇다면 이 시조에서 작자의 임은 김수장을 가리키는 것이겠지. 김수장과 사랑을 약속했는데, 워낙에 바쁜 사람이다 보니 못 오고 있을 것이다, 하여 그렇게 바쁜 임(번우煩友한 님)을 기다려 무엇 하겠느냐고 하고 있어. 그래서 그와의 사랑의 약속이 허랑하다고 하고 있어. 허황되고 미덥지 못한 약속이라고 하고 있어.

다복 역시 생몰연대 미상의 기녀야. 다만 '십주'가 김수장을 가리키는 것이라면 숙종 때의 기녀가 아니었나 짐작할 수 있지. 《해동가

솔이 솔이라 한이 므슨 솔만 넉이는다
천심절벽千尋絶壁에 낙락장송落落長松 내 긔로다
길알에 초동樵童의 졉낫시야 걸어 볼쭐 잇시랴

풀이

① 솔나무(송이松伊) 솔나무라하니 무슨 하찮게 자란 솔나무로만 여
  기느냐

② 천 길이나 되는 높은 절벽 위에 긴 가지가 멋들어지게 축축 늘
  어진 키 큰 소나무(송이松伊)가 바로 나로다

③ 길 아래 나무꾼 아이의 작은 낫 정도로 감히 이러한 소나무(내
  몸)에 걸을 수 있을 줄 알았더냐

  기녀 송이松伊의 시조야. 자신의 기녀 이름인 송이와 비유하여 시
를 노래하고 있어. 이 시조를 다시 한 번 해석해 볼까? "뭇 사내들
이 날 보고 솔아 솔아(송이야 송이야)하니 아무나 꺾을 수 있는 길가
의 소나무(송이)로만 여겼더냐. 내 몸은 비록 기녀일망정, 의연히 세
상을 내려다 보고 있는, 감히 못난 한량들이 접근할 수 없는 저 높
은 곳의 지조 있는 송이로다. 못난 한량들이 감히 내 몸에 접근할
수 있을 줄 알았더냐. 같잖은 한량들이 나를 가질 수 있을 줄 알았
더냐."

  '솔松' 그 자체가 곧은 절개를 뜻하잖아. 따라서 이 시조는 자신
의 지조 있는 사랑을 노래하고 있는 거야. '솔松'이 곧은 절개를 뜻

한다면, 작자의 기명 또한 송이松伊이니, 그녀의 의지도 그러할 것이며, 그녀의 성품이 어떠하리라는 것도 충분히 짐작하고도 남음이 있어. 이렇듯 이 시조는 작자의 지조를 노래하고 있는 거야.

송이 역시 생몰연대 미상의 기녀야. 《해동가요》에 시조 1수가 전하고 있어.

사랑이 어떻더냐!
둥글더냐
넓적하더냐

지금부터는 무명씨 시조들을 많이 살펴볼 거야. 무명씨 시조들은 평시조도 있지만 주로 사설시조들이 많아. 여기서는 골고루 살펴보자. 그리고 지금부터 나오는 시조들은 모두 무명씨 시조들이야. 지은이가 없는 지은이 미상인 시조들이야. 따라서 시조마다 따로 지은이 이름을 밝히지 않을 터이니 그리 알고 읽도록.

사랑이 엇더터니 두렷더냐 넙엿더냐

기더냐 쟈르더냐 발을러냐 자힐러냐

지멸이 긴 줄은 모로되 애 그츨만 하더라

풀이

① 사랑이 어떻더냐 둥글더냐 넓적하더냐

② 길더냐 짧더냐 발로 밟겠더냐 자로 재겠더냐

③ 지루하게 긴 줄은 모르되 애 끊어질 만하더라

사랑이란 정말 무엇일까? 도대체 무엇이기에 사람의 애간장을

다 녹여 놓는단 말인가. 현대사회처럼 아무 때나 원할 때 연락할 수 있는 지금도 사랑으로 인해 상처를 받는데, 조선시대에야 오죽했으랴. 서로 떨어져 있는 사랑하는 사이라면 연락할 방법이라고는 서찰밖에 없었으니, 사랑하는 사람을 그리워하는 마음은 지금 현시대보다 더 했으리라. 이 시조의 종장이 사랑에 대한 정의를 잘 내려준 것 같아. 사랑의 모양이 어떠하든지 간에 애(창자)가 끊어질 것만 같다는 말 한 마디로 사랑에 대한 정의를 내리고 있어.

　　시비柴扉에 개 즛거늘 님 오시나 반겻더니

　　님은 아니 오고 닙 디는 소래로다

　　뎌개야 추풍낙엽秋風落葉을 즛져 날 놀랠르줄 이시랴

풀이

① 사립문에서 개가 짖기에 님이 오시나하고 반겼더니

② 임은 아니 오고 잎이 지는 소리로다

③ 저 개야 추풍낙엽을 보고 짖어서 나를 놀라게 하느냐

　이 시조는 무명씨 시조야. '시비柴扉'는 사립문을 뜻해. 사립문에서 개가 짖기에 임이 오시나하고 방문을 열고 반겼더니, 임은 아니 오고 잎이 지는 소리였어. 그래서 작자는 개에게 낙엽 지는 소리에 짖어서 나를 놀래키느냐고 하고 있어. 임을 기다리는 마음이 잘 나타나 있어.

창窓밧기 어룬어룬컬늘 님만 넉여 펄떡 뛰여 뚝 나셔보니

님은 아니 오고 우수름 달ㅂ빗체 열구름이 날 속여고나

맛초아 밤일썻만경 행여 낮이런들 남 우일 번 하여라

풀이

① 창밖에서 어른어른하여 임이 온 줄 알고 펄떡 뛰어 얼른 밖에
  나가보니

② 임은 아니 오고 구름에 가려진 달빛이 날 속였구나

③ 때마침 밤이었기에 망정이지 행여 낮이었더라면 남들이 내 이
  런 행동을 보고 웃었을 뻔하였어라

　작자는 창밖을 보고 임을 생각하며 누워 있었으리라. 아니, 무의
식적으로 얼핏 창문 쪽으로 눈을 돌렸으리라. 그때 하늘에 떠 있던
달이 구름에 가리어지니 달빛은 어스름해지고, 달빛을 받은 구름이
그림자를 만들어 창문에 어른어른하니 이것이 임이 온 줄로만 알았
으리라. 그래서 밖으로 뛰어 나가보니 임은 아니 오고 달빛에 비친
구름이 작자를 속였던 거야. 마침 밤이었기에 망정이지 만약 이런
행동을 남들이 보았더라면 얼마나 웃었을까, 하고 작자는 걱정하고
있는 거야.

　임을 생각하며 기다리는 작자의 마음이 참으로 순수하게 잘 그려
져 있는 시조야. 이 얼마나 소박한 심정인가.

　님이 오마 하거늘 저녁밥을 일지어 먹고 중문中門나서 대문大門나
가 지방地方우희 치다라 안자 이수以手로 가액加額하고 오는가 가는가

건넌산山 바라보니 거머횟들 셔있거늘 져야 님이로다

　보션 버서 품에 품고 신 버서 손에 쥐고 곰븨님븨 님븨곰븨 천방 지방 지방천방 즌듸 마른듸 갈희지 말고 워렁충창 건너가셔 정情엣말 하려하고 겻눈을 흘긧보니 상년칠월上年七月 사흔날 갈가벅긴 주추리 삼대 살드리도 날소겨라

　모쳐라 밤일식만졍 행여 낫이런들 남 우일번 하괘라

풀이

① 임이 온다하기에 저녁밥을 일찍 지어 먹고 중문 나서 대문 나가 문지방 위에 치올라 앉아, 손으로 이마를 가리고 오는가 가는가 건넌 산 바라보니, 검은 듯 흰 듯 한 것이 저 것이 임이로다

② 버선 벗어 품에 품고 신 벗어 손에 쥐고, 곰븨님븨 님븨곰븨 천방지방 지방천방 진 데 마른 데 가리지 않고, 워렁충창 건너가서 정엣말 하려하고 곁눈으로 흘긧 보니, 지난해 7월 사흔날 갉아 벗긴 삼대 줄기 살뜰히도 날 속였구나

③ 아서라, 밤이었기에 망정이지 행여 낮이었더라면 남 웃길 뻔 했어라

　따로 풀이가 필요 없을 것 같아. 그치? 읽으면 척~ 하고 무슨 내용인지 금방 알 수 있는 시조야. 참으로 재미있는 시조야. 한마디로 해학적이야. 중장에서 '곰븨님븨 님븨곰븨 천방지방 지방천방'이라고 하여, 작자의 다급한 마음을 리듬을 주어 표현한 것도 재미있고. 그에 앞서 '버선 벗어 품에 품고 신 벗어 손에 쥐고'도 참으로 재미있는 표현이야. 임을 기다리는 작자의 마음이 얼마나 조급한가를

잘 나타내고 있어.

임이 온다고 하기에 초저녁부터 밥을 일찍 지어 먹고 임을 기다리는 작자의 소박하면서도 순수한 마음이 필자를 더욱 마음 아프게 하네. 임인 줄 알고 보니 작년 7월에 심어놓은 삼대 줄기였어. 하, 밤이었기에 망정이지 낮이었더라면 이런 작자의 행동을 남이 볼 수도 있었을 테고, 그랬다면 남이 웃었을 것 같다고 하고 있어.

사설시조는 이처럼 해학적인 표현들이 많아. 일반 백성들의 심정이 잘 나타나 있어.

> 귓도리 져귓도리 에엿부다 져귓도리
> 어인 귓도리 지는 달 새는 밤의 긴소릐 쟈른소릐 절절節節이 슬픈 소릐제 혼자 우러녜어 사창紗窓 여윈 잠을 살드리도 깨오는고야
> 두어라 제 비록 미물微物이나 무인동방無人洞房에 내뜻 알리는 저뿐인가 하노라

풀이

① 귀뚜리 저 귀뚜리 가엾어라 저 귀뚜리
② 어인 귀뚜리 지는 달 새는 밤에, 긴 소리 짧은 소리 절절이 슬픈 소리 제 혼자 울어 예어, 비단 창 아래 설핏 든 잠을 살뜰히도 깨우는구나
③ 두어라, 제 비록 미물이나, 임 없는 외로운 방에서 홀로 밤을 새우는 내 마음을 알아 줄 이는 귀뚜리 너뿐인가 하노라

앞에서도 읽었지만, 평시조와는 달리 사설시조는 내용을 쉽게 이

해할 수 있어. 이유는 평시조는 은유적 표현을 많이 사용하는 반면, 사설시조는 직설적으로 표현하기 때문이야. 물론 한자어로 쓰인 시조라면 현대인이 해석하기에 어려움이 있지. 하지만 그렇지 않은 거라면 사설시조는 쉽게 해석하고 이해할 수 있을 거야.

작품에서 '사창'이라 함은 여자가 거처하는 방을 말해. 또한 '무인동방'도 임이 없는 여인의 방이란 뜻이야. 그걸로 보아 작자가 여자인 듯해. 긴 가을밤 귀뚜라미의 울음소리는 절절히 슬프게 들려오고 있어. 더구나 임이 없이 홀로 밤을 새우고 있는 작자에게 귀뚜라미의 울음소리는 더욱 구슬프게 들려와. 임에 대한 그리움을 더욱 사무치게 해. 긴 가을밤 애절하게 울고 있는 귀뚜라미 소리에 작자는 더욱 외로움과 그리움이 뼛속까지 사무쳐. 종장에 와서 귀뚜라미와 작자는 하나가 되어 있어. 자신의 외로움을 알아 줄 이는 귀뚜라미 너뿐인가 하노라고 하고 있어. 여성의 섬세한 표현을 느낄 수 있는 시조이야.

　　　드립더 바득 안으니 셰허리지 자늑자늑
　　　홍상紅裳을 거두치니 셜부지풍비雪膚之豊肥하고 거각준좌擧脚蹲坐하니 반개半開한 홍목단紅牧丹이 발욱어춘풍發郁於春風이로다
　　　진진進進코 우퇴퇴又退退하니 무림산중茂林山中에 수용셩水舂聲인가 하노라

풀이

① 뼈가 부서질 정도로 아주 세차게 들입다 바드득 안으니 가는 허리가 자늑자늑하구나(너무나도 부드럽구나)

② 붉은 치마를 걷어 올려 부치니 눈처럼 희고 포동포동한 살결이
풍만하고, 그 위에 걸터앉으니 성욕을 느껴 반쯤 벌어진 여자
의 성기가 성교를 간절히 원하도다

③ 남자가 성기를 여자의 성기에 넣었다 뺐다하며 성교性交를 하
니, 음모가 수풀처럼 무성한 여인의 음부에서 유액이 흘러나오
는 소리가 나더라

남녀 간의 정사를 노골적이고 대담하게 표현하고 있어. 폐쇄된
조선시대에 현대의 그 어느 정사를 다룬 연애 소설보다 더 외설적
이야. 조선시대의 유교적 윤리로 보아 겉으로 표현할 수 없는 내용
들이 묘사되고 있어. 참으로 놀라운 일이야. 그러하기에 거의 대부
분의 이런 시조가 작자가 없는 무명씨로 되어 있어. 그리고 주로 양
반이 아닌 평민, 일반 백성들이 썼어. 물론 양반이 쓴 시조도 있겠
으나, 설상 양반이 썼다 하더라도 이처럼 노골적이고 외설적인 작
품에 이름을 밝힐 양반은 없을 거야. 이러한 내용의 시조들은 사설
시조에서만이 찾아볼 수 있는 독특한 특징이야.

이처럼 육정적이고 노골적인 표현은 사설시조가 동적인데 있어.
또한 그 계층의 대부분이 평민층이고 작자 또한 지은이 미상이 많
다는데 있어. 양반들이 즐겨 부르던 평시조는 그 표현 방법이 정적
이고 감탄, 도덕, 임금에 대한 충절, 교훈적인데 반해, 사설시조는
동적이고 노골적이며 해학적이고 사실적이야.

박을수 교수가 "수집한 445수의 사설시조의 내용만 보아도 남녀
간의 애정, 육담을 노래한 것이 74수로 가장 많고, 사랑의 애틋한
정을 노래한 것이 69수로 평시조에서 볼 수 없는 많은 시조가 노골

적으로 남녀 간의 성행위의 묘사, 육담 등을 표현하고 있음은 사설
시조의 성격의 일단을 말해 주는 것"이라고 말한 것을 보았을 때 사
설시조의 성격을 알겠지? (박을수 저, 《한국시조문학전사》, 109쪽)

양반이 쓴 작품으로, 양반이면서 평시조임에도 불구하고 위 시조
의 내용처럼 노골적이고 육담적으로 쓰인 시조가 있어. 바로 조선
조의 대학자요 시인인 송강 정철의 작품이야. 정철은 기녀 진옥과
사랑을 나누며 시를 주고받은 적이 있는데, 양반으로서는 그리고
평시조로는 정철의 시조가 유일해.

시조에 한자어가 많으니 어구 하나하나 그 뜻을 풀어볼까? 그러
면 이 시조를 이해하는데 많은 도움이 될 거야. 그리고 이 시조가
얼마나 노골적이고 육담적인가를 알 수 있을 거야.

'세허리지'는 가는 허리란 뜻이야. '세' 자가 가늘다는 뜻의 '細
(세)'잖아. '홍상紅裳'은 붉은 치마란 뜻인데, 여기서 붉은 치마라는
뜻의 紅裳(홍상)으로 한 것은 내용을 한층 더 고조시키기 위한 의도
적인 표현이야. '설부지풍비雪膚之豊肥'는 눈처럼 희고 깨끗한 살결
이란 뜻이야. '거각준좌擧脚蹲坐'는 다리를 들고 걸터앉음이란 뜻이
고. '반개半開한 홍목단紅牧丹'은 성욕을 느껴 반쯤 벌어진 여자의 성
기를 말해. '발욱어춘풍發郁於春風'은 봄바람이 향내를 발하며 자욱
하게 나타나다란 뜻이니 곧, 성욕을 느끼다의 뜻이야. 대부분의 작
품에서 '춘풍春風'이라함은 '색色'을 말해. '진진進進코 우퇴퇴又退退
하니'는 남자가 성기를 여자 성기에 넣었다 뺐다한다는 뜻으로 쓰
이고 있어. 곧, 남자와 여자의 성기가 서로 교합하여 성교를 맺으니
란 뜻이야. 성교 모습을 정말 노골적이고 사실적으로 묘사하고 있
지? 현대 소설에서도 아마 이처럼 노골적으로 표현한 책을 찾아보

기 힘들 거야. '무림산중茂林山中'은 숲이 우거진 산 속. 곧, 여자의 음부를 상징한 말이야. '수용성水舂聲'은 직설적으로 설명하면 물 절 구질하는 소리란 뜻인데, 여기서는 성교 시 흘러나오는 여자의 유액 소리를 말하고 있어. 이 시조는 정말로 그 어떤 시조보다 더 노골적으로 성교性交를 노래하고 있어. 어때? 어구 하나하나를 살펴보니 시조만 읽었을 때보다 더욱 실감이 나지?

바람도 쉬여 넘는 고개 구름이라도 쉬여 넘는 고개

산진山眞이 수진水眞이 해동청海東靑 보라매라도 다 쉬여 넘는 고봉高峰 장성령長城嶺 고개

그넘어 님이 왔다하면 나는 아니 한번番도 쉬여 넘으리라

풀이

① 바람도 쉬어 넘는 고개 구름이라도 쉬어 넘는 고개

② 산지니 수지니 해동청 보라매라도 다 쉬어 넘는 높은 산봉우리 장성령 고개

③ 그 넘어 님이 왔다하면 나는 아니 한 번도 쉬지 않고 넘으리라

'산지니'는 산에서 자란 매를, '수지니'는 사람의 손에 의해 키워진 매를, '해동청'은 송골매를, '고봉高峰'은 높은 봉우리를 말해.

'보라매'까지 포함해서 이처럼 매서운 매들마저 쉬어 넘는 높은 봉우리인 장성령 고개라 할지라도, 바람도 구름도 쉬어 넘는 높은 봉우리일지라도, 사랑하는 임이 왔다고 하면 한 번도 쉬지 않고 넘으리라고 하고 있어. 사랑하는 임이 왔다는데, 그 사랑하는 임을 만

나러 가는데 그까짓 높은 봉우리야 무슨 대수겠어. 예나 지금이나 사랑의 힘은 대단하다고 생각해.

> 닷뜨쟈 배 떠나가니 이졔 가면 언졔 오리
>
> 만경창파萬頃蒼波에 가는듯 단녀옴셰
>
> 밤중中만 지국총地菊叢 소릐에 애긋는듯 하여라

풀이

① 닻이 뜨자마자 배가 떠나가니 이제 가면 언제 오리

② 넓고 푸른 바다에 가자마자 곧바로 돌아오소서

③ 한밤중 노 젓는 소리에 나의 애간장이 끊어지는 듯하여라

이 시조에서 '바다'가 주는 의미는 영원한 이별을 뜻하는 거야. 그 넓은 바다를 건너가니 언제 다시 돌아올 수 있겠어. 지금이야 비행기를 타고 금방 돌아오면 되겠지만, 조선시대에 느려터진 목선을 타고 바다를 건너갔으니 언제 돌아오겠어. 따라서 이 작품에서의 '바다'는 곧 영원한 이별을 뜻하는 거지. 하지만 작자는 떠난 임에게 곧바로 돌아오라고 하고 있어. 밤중에 노 젓는 소리가 나면 임이 떠났을 때가 떠올라 작자의 애간장이 다 끊어지는 듯한 거야. 이 시조는 사랑하는 임과의 별리別離의 정한情恨를 노래하고 있어.

> 설월雪月이 만창滿窓한듸 바람아 부지마라
>
> 예리성曳履聲 아닌줄을 판연判然히 알건마는
>
> 그립고 아쉬온 적이면 행여 긘가 하노라

풀이

① 눈 쌓인 밤에 비치는 달빛이 창가에 가득한데 바람아 불지 마라

② 신발을 끄는 소리가 아닌 줄을 내 분명히 알 것마는

③ 그립고 아쉬울 적이면 행여 그이(임)인가 하노라

시조 원문을 가지고 해석을 해 볼게. 초장의 "설월雪月이 만창滿窓한데"에서의 시각적 표현과, 중장의 "예리성曳履聲 아닌 줄을"에서의 청각적 표현이 마치 한 폭의 동양화를 보는 듯해. 어떤 풍경이 선명하게 떠오르면서 그곳에서 외롭게 임을 기다리는 애절한 심정이 느껴지네.

곳아 색色을 밋고 오는 나뷔 금禁치 마라

춘광春光이 덧업슨 줄 년들 아니 짐작斟酌하랴

녹엽綠葉이 성음成陰 자만지子滿枝하면 어늬 나뷔 오리요

풀이

① 꽃(여자)아! 너의 그 젊고도 아름다운 자태에 반해 찾아오는 나비(남자)일랑 거부하지 마라

② 그 아름다움이 잠깐 동안인 줄 너인들 아니 짐작 못하느냐

③ 초록빛 푸르던 잎사귀(젊음)가 그늘(늙음)을 이루고, 열매(자식)가 가지마다 가득하면 어느 나비(남자)가 찾아오리오

이 시조는 꽃과 나비에 비유하여 작자의 생각을 은유적으로 표현하고 있어. 이 시조의 작자는 남자야. 그래서 여자에게 너의 젊음이

영원할 줄 아느냐. 네가 나이를 먹고 시집을 가서 아이를 낳으면 늙어질 터이니 그때 어느 남자가 찾아 올 것인가, 라고 하고 있어. 남자인 작자가 자신을 거부하고 있는 여자(임)에게 사랑의 구원을 청하고 있는 시조야.

비는 온다마는
님은 어이
못 오는고

이번에도 지은이 미상의 사랑에 관한 시조들을 살펴볼 거야. 사랑이란 것은 인간에게 있어서 아주 중요한 주제거리가 되고 있지. 인류가 멸종하지 않는 한 영원한 주제거리가 될 거야.

> 비는 온다마는 님은 어이 못오는고
> 믈은 간다마는 나는 어이 못가는고
> 오거나 가거나 하면 이대도로 셜우랴

풀이

① 비는 온다마는 임은 어이 못 오는고
② 물은 간다마는 나는 어이 못 가는고
③ 오거나 가거나 하면 이토록 서러울까

비도 오고 물도 가는데, 임은 어이 오지도 가지도 못 하는가. 비나 물처럼 마음대로 오거나 갈 수만 있다면 이토록 서러웁지 않을 텐데, 하고 노래하고 있어. 순수한 우리말로 이루어진 시조로, 임에

137

대한 그리움이 잘 나타나 있는 시조야.

물네는 줄노 돌고 수래는 박회로 돈다

산진山陳이 수진水陳이 해동창海東蒼 보라매 두죽지 녑희 끼고 태백
산太白山 허리를 안고 도는고나

우리도 그러던 임任 만나 안고 돌까 하노라

풀이

① 물레는 줄로 돌고 수레는 바퀴로 돈다

② 산진이 수진이 해동창 보라매 두 죽지 옆에 끼고 태백산 허리
를 안고 도는구나

③ 우리도 그러던 임 만나 안고 돌까 하노라

남녀가 서로 부둥켜 앉고 춤을 추는 모습을, 여러 가지 비유를 끌
어들여 아주 시원스럽게 노래하고 있어. 애정에 대한 비유가 노골
적이지만 천박하지 아니하고 재미있게 비유하여 노래하고 있어. 줄
을 감아 돌리는 물레, 바퀴가 있는 수레 그리고 매라는 새가 태백산
허리를 앉고 도는 모습을 비유하여, 작자도 사랑하는 임과 함께 그
렇게 얼싸안고 돌고 싶다는 작자의 활기찬 사랑 고백을 느낄 수 있
어. 마치 임과의 사랑 놀음을 실상實像을 보는 듯 그리고 있어.

바독이 검동이 청삽사리중靑揷沙里中에 조 노랑 암캐갓치 얄밉고
잣믜오랴

믜운임任 오게되면 꼬리를 회회 치며 반겨 내닷고 고은임任 오게

되면 두발을 벗띄듸고 코쌀을 찡그리며 무르락 나오락 캉캉 즛는 요

노랑 암캐

잇틋날 문밧긔 개 사옵새 웨는 장사_{匠事} 가거드란 찬찬 동혀 내

야 쥬리라

① 바둑이 검둥이 청삽바리 중에 저 노랑 암캐 같이 얄밉고 잔미

오랴(얄미우랴)

② 미운 임 오게 되면 꼬리를 홰홰 치며 반겨 달려가고, 고운 임

오게 되면 두 발로 버티고 콧살을 찡그리며 물러갔다 나아갔다

하며 캉캉 짖는 요놈의 노랑 암캐

③ 이튿날 문밖에서 개 삽니다 하고 외치는 장사 가거들랑 칭칭

동여매어 주리라

‘하하’하고 웃음이 나오는 시조야. 임에 대한 사랑을 생활 속에서

끄집어내어 재미있게 그리고 있어. 집에서 개를 키우고 있는데, 이

놈의 개가 작자의 마음을 몰라주는 거야. 미운 임이 오면 꼬리를 치

고, 작자가 사랑하는 임이 오면 ‘컹컹’ 짖어대고 있으니, 이놈의 개

가 얄밉기만 한 거야. 개장사가 오면 팔아 버리고 싶은 마음이 드는

거야. 이는 실제로 판다는 것이 아니라 그만큼 임을 기다리는 작자

의 마음을 사실적으로 표현한 거지. 아주 익살스럽게, 참 재미있게

잘 노래한 시조야.

웃는 양樣은 닛밧에도 죠코 흘긔는 양樣은 눈씨도 더욱 곱다

안거라 셔거라 것거라 닷거라 온갖 교태嬌態를 다 해여라 허허허
내 사랑思郞 되리로다

네 부모父母 너 샹겨 내올쩨 날만 괴게 하로다

풀이

① 웃는 양은 잇바디(이)에도 좋고 흘기는 양은 눈매도 더욱 곱다

② 앉거라 서거라 것거라 달려가거라 온갖 교태를 다 하거라 허허
허 내 사랑 되리로다

③ 네 부모가 너를 낳을 때 나만 사랑하게 하였도다

필자는 이 시조를 읽으면서 마치 춘향전의 일부를 읽는 듯한 느낌이 들었어. 임이 얼마나 사랑스러우면, 웃는 모습도 예쁘고, 웃을 때 보이는 이도 예쁘고, 눈을 흘기는 모습의 눈매가 곱게 느껴질까. 앉거나, 서거나, 걷거나, 달리거나 그 어떤 행동도 다 예쁜 거야. 사랑하는 임이니 그 어느 모습인들 안 예쁘랴. 그래서 작자는 중장에서 사랑하는 임에게 온갖 교태를 다 부려보라고 하고 있어. 너무 너무 사랑스러운 거야. 중장에서 '허허허'라고 웃는 그 호탕한 웃음 속에 임에 대한 사랑스러움이 담겨있다고 할 수 있어. 그래서 종장에서 네 부모가 너를 낳았을 때 나만 사랑하라고 낳았나보다고 하고 있어.

천한天寒코 설심雪深한 날에 님 차즈라 태산泰山으로 갈제

신 버서 손에 쥐고 보션 버서 품에 품고 곰븨님븨 님븨곰븨 쳔방

보션 버슨 발은 아니 스리되 념의온 가슴이 산득산득 하여라

풀이

① 날씨가 춥고 눈이 많이 쌓인 날에 임 찾으러 높고 큰 산으로 갈 때

② 신 벗어 손에 쥐고 버선 벗어 품에 품고, 자꾸자꾸 연거푸 앞뒤 계속하여 천방지축 한 번도 쉬지 않고 허위적 허위적 올라가니

③ 버선 벗은 발은 아니 시리되 옷깃을 여민 가슴이 산득산득 하여라

'곰븨님븨', '천방지방', '허위허위' 등의 표현은 작자의 다급한 심정을 말해 주고 있어. 특히 '곰븨님븨 님븨곰븨', '천방지방 지방천방'이라고 반복하여 표현함으로써, 임으로 향한 발걸음(마음)이 한층 더 숨 가쁘게 고조되고 있어. 또한 종장에서는 작자의 허전하고 쓸쓸한 마음을 읽을 수 있어. 하늘이 얼고 눈이 깊이 쌓인 쌀쌀한 날씨에 산을 올라가 보았으나 임은 없었기에 더욱 그러한 거야. 하여, 종장에서 '산득산득'하다고 한 것은 실제로 추운 날씨에 신을 벗고 버선을 벗어 눈을 밟아가며 높은 산꼭대기까지 올라갔기 때문에 그럴 수도 있겠으나, 그리던 임이 그곳에 없었기에 작자의 쓸쓸한 마음은 마침 쌀쌀한 날씨로 하여금 더욱 산득산득하게 느껴진 거야. 그리던 임이 그곳에 있었더라면 작자는 '산득산득'하다는 기분을 느끼지 않았을 거야.

중놈도 사람이냥 하여 자고 가니 그립다고

중의 송낙 나 벼읍고 내 쪽도리 중놈 베고 중의 장삼長衫 나 덥습

고 내 치마란 중놈 덥고 자다가 깨다르니 둘희 사랑이 송낙으로 하나

쪽도리로 하나

이튿날 하던일 생각하니 흥글항글 하여라

풀이

① 중놈도 사람인양 하여 자고 가니 그립구나

② 중의 송낙 나 베고 내 족두리 중놈 베고, 중의 장삼 나 덥고 내

　치마로는 중놈 덮고, 자다가 깨달으니 둘의 사랑이 송낙으로

　하나 족도리로 하나

③ 이튿날 하던 일 생각하니 흥글항글 하여라

　여자가 스님과 성관계를 맺었네? 황홀감에 빠져 정신이 나간 모습을 아주 실감 있게 잘 그리고 있네? 종장에 봐. "이튿날 하던 일 생각하니 흥글항글 하여라"라며 관계 후 이 여자가 얼마나 황홀감에 빠져 있는가를 잘 보여주고 있어. 뭐 따로 해설이 필요 있겠어? 시조를 읽어만 봐도 그냥 이해할 수 있겠지? 그만큼 실감나게 노래하고 있어. 마치 음담패설을 늘어놓은 것 같지? 남녀의 교합을 노골적으로 표현하고 있어. 성性의 유희遊戲를 즐긴 후의 황홀감에 어찌할 바를 모르는 한 여인의 모습이 아주 선하게 보여 지고 있어.

　'중의 송낙'은 승려의 모자를 말해. 그 송낙은 여자가 베고, 여자의 족두리는 '중놈'이 베고, '중의 장삼'은 여자가 덥고, 여자의 치마는 '중놈이 덮고' 함께 나뒹군 거야. 두 몸이 하나가 된 거야. 결국

성관계를 가진 거지. 다음날, 엊저녁 일을 생각하니 기분이 너무 좋아 흥글항글 하고 있어. 정신이 없을 정도로 너무 좋아서 마음이 들떠 있는 거야.

이거 스님들한테는 참으로 민망한 시조이나 어쩌겠는가. 조상들이 이런 시조를 지어 놓았으니. 조선시대이든 현대이든 일부 땡추중이 있기는 마련이지. 거 왜 있잖아. 몇 년 전에 스님들이 고스톱 화투 놀음을 한 것이 뉴스에도 나왔잖아? 필자는 스님이 노래방에서 여자를 끌어안고 나오는 것을 직접 보기도 했어. 뭐 새삼스러울 것도 없지만. 노래방에서 별짓 다해 가며 실컷 노래하며 놀았겠지. 무슨 짓을 했는지 필자는 모르지만 상상은 할 수 있잖아? 이 자체로도 수행하는 사람으로서 잘못인데, 밖으로 나오면서까지 여자를 끌어안고 나오고 있으니 노래방에서 무슨 짓인들 안했겠어. 이 두 사람의 마지막 행선지는 어디였을까. 독자 여러분의 상상에 맡기겠어.

바람 브르소셔 비올 바람 브르소셔
가랑비 긋치고 굴근비 드르소셔
한길이 바다히 되여 님 못가게 하소셔

풀이
① 바람 불으소서 비 올 바람 불으소서
② 가랑비 그치고 굵은 비 내리소서
③ 한길이 바다이 되어 님 못 가게 하소서

사랑하는 임을 보내고 싶어 하지 않는 작자의 마음이 잘 담겨 있어. 바람이 불라고 하고 있어. 그것도 비 올 바람이 불으라고 하고 있어. 그 비도 가랑비가 아닌 소나기처럼 마구 퍼붓는 그런 억센 비가 내리게 해 달라고 하고 있어. 종장의 '한길'이란 '큰 길' 또는 '넓은 길'을 뜻해. 지금은 '도로', '대로'라는 말을 많이 쓰지만, 예전엔, 1970년대 이전 까지만 해도 사람이나 차가 많이 다니는 넓은 길을 '한길' 또는 '행길'이라고 주로 불렀어. 언제부터 이 좋은 순수 우리말을 버리고 한자어인 '대로'가 사용되었는지 모르겠어. 참으로 안타까운 일이야. 비가 억수로 많이 내려 그 큰 길이 바다처럼 되도록 비가 많이 내려 달라고 하고 있어. 그렇게 해서 임이 못 가게 해 달라고 하고 있어. 이 얼마나 간절하고 애절함이야.

02

정치

먹구름이
햇빛을
가리는구나

때는 고려 말 공민왕(1330~1374) 시절. 요사스러운 승려가 있었으니 그 이름 편조 신돈(?~1371). 앞에 붙은 편조는 그의 별칭이야. 공민왕은 신돈에게 청한거사라는 호를 내려 줬어. 그리고 신돈은 공민왕의 스승이 되었어. 공민왕이 신돈을 얼마나 아끼고 강한 믿음을 주었는가를 알 수 있는 대목이지. 그리고 공민왕은 정치 일선에서 물러나 신돈에게 모든 것을 맡겼어. 완전히 왕권을 의탁 받았다고 할 수 있지. 신돈이 정치계에서 실세가 된 거지. 왕이 신하들한테 하례를 받듯, 신돈은 마치 자신이 왕인 것처럼 다른 신하들의 하례를 받았으니 이건 완전 왕이나 다름없는 거지.

왕과 신하들이 모일 때에도 신돈은 공민왕과 같은 위치에 앉았어. 그게 가당한 일이라고 생각해? 요즘 현대 사회에서도 대통령이 장관들이나 청와대 수석들과 회의를 하면 대통령이 상석에 앉잖아? 그런데 신돈은 신하로서 왕 밑에 앉지 않고 왕과 나란히 앉았다는 거야. 그러니 왕을 왕으로 보지 않고 오히려 자신이 원하면 왕도 자기 마음대로 가지고 놀 수 있다고 자만한 거지. 그러니 왕과

같은 위치에 앉아서 신하들을 대했지. 그뿐만이 아냐. 한 번은 공민왕이 신돈의 집에 행차했는데 왕으로 대접하지 않고 친구가 온 듯 대했어. 요즘 현대사회에서도 장관이 감히 대통령한테 그렇게 못할 일인데. 신돈은 행차할 때에도 왕이 행차하듯 백 명이 넘는 수행원을 데리고 다녔대. 왕이 신하들과 함께 능을 찾아 절을 올리는데도 신돈은 꼿꼿이 서 있었대. 이럴 정도였으니 왕을 얼마나 우습게 여긴 거야. 왕과 신하들이 의관을 정제하는 자리에서도 신돈은 반소매 차림으로 왕 옆에 나란히 앉아 있었다고 하니……. 입는 옷도 왕의 복장을 했어. 누가 왕인지 모를 정도로. 이런 일들이 한두 가지가 아냐. 신돈의 건방짐은 이루 말할 수 없을 정도로 많아. 자신을 왕과 신하의 신분으로 생각한 게 아니라 완전히 똑같은 위치에 있는 사람으로 생각한 거지.

신돈이 권력을 잡기 전에 궁중에 드나들 때였어. 정세운이 그를 요사스러운 중이라 단정하고 죽이려고 했으나 왕이 몰래 피신시키기도 했어. 이승경은 신돈을 가리켜 '나라를 어지럽힐 자는 바로 저 중놈'이라고 했어. 공민왕을 현혹하여 얼마나 요사스럽게 굴었으면 이렇게 막말까지 했을까. 신돈이 나중에 나라를 어지럽힐 것이라는 것을 미리 예측한 거야. 그래서 미리 죽이려고 했던 거고. 이들의 예측대로 결국 신돈이 권력을 잡자 나라가 엉망이 되어 버렸고.

신돈이 정치에 본격적으로 나서고 왕과 같은 무소불위의 실권을 가진 것은, 정세운이나 최영 같이 자신을 없애려는 신하들을 제거하면서야. 무소불위가 무슨 뜻이야. 하지 못할 일이 없다는 뜻이잖아. 이들을 제거하면서 신돈은 고려라는 나라에서 자기가 하지 못할 일은 없었어. 자신이 원하는 것은 모두 할 수 있었어. 자기한테 마음에 안 드는 신하들은 모두 벼슬을 빼앗고 품계도 빼앗거나 낮추고 또는 귀향도 보내고 뇌물도 받고. 말 그대로 무소불위의 권력을 휘둘렀지. 이들을 제거하면서 나라의 모든 권력을 휘어잡게 된거지. 최영 장군마저 모함하여 훈작도 삭탈시키고 유배까지 보냈을 정도였으니 그 위세가 대단했던 거지. 나중에 신돈이 처형되고 최영 장군은 복직되었지만.

공민왕의 신임을 등에 업고, 중이라는 사람이 첩을 얻고 아기까지 낳고 주색에 빠져 제멋대로 놀아났어. 과부며, 여염집 여자며, 사대부의 여자며, 자신의 설법을 들으러 오는 여자들까지 간음하고 그랬어. 그 어떤 신분의 여자를 구분하지 않고 자신이 취하고 싶은 여자가 있으면 자기 마음대로 모두 가졌어. 주색⋯⋯. 말 그대로 술과 여자에 빠져 살았어. 정치만 망친 게 아니었어. 포악하고 탐욕스럽고 음란하고 음탕하기 이를 데 없었어. 사치가 극에 달했으며, 중이라는 사람이 고기도 먹고 여자들을 불러 흥청망청 놀고 풍악을 울리고 그랬어. 하지만 공민왕을 만나면 헤진 옷을 입고, 세속에 아무런 욕심이 없는 듯 행동했을 뿐 아니라 왕에게는 고상한 말만 했지. 그래서 붙은 별칭이 요승, 요물⋯⋯. 아주 사악하기 이를 데 없었어. 사악한 요물이었어. 얼마나 사생활이 문란하고 정치적으로 횡포를 부리고 어지럽혔으면 이런 별칭이 붙었을까. 신돈이 요사스러운 짓을 저지른 것은 헤아릴 수 없이 많지만 이 책이 역사책이 아니므로 다 적지는 않겠어. 하지만 신돈의 명이 길게 가진 못했어. 나중에 공민왕에 의해 권력을 잡은 지 6년 만에 역모 죄로 죽임을 당하게 되니까.

신돈은 워낙 역사적으로 유명한 사람이라 여러분도 잘 알 거야. 그에 대한 역사적 평가는 이 책을 읽는 독자에게 맡기겠어. 신돈이 한 일 중에는 여러 가지 긍정적인 측면도 있었으므로. 주색잡기와 오만불손함만 없었더라면 아마도 신돈의 개혁 정치는 성공했을 거라 생각해. 공민왕의 업적도 더욱 빛을 발했을 텐데 말이야. 하긴 달리 언청이인가. 입술이 찢어졌으니 언청이이지.

자, 서두가 좀 길었지? 여기서는 이런 신돈의 무소불위의 권력과 나라를 어지럽히고 다니는 그에게 상소문을 올린 이존오(1341~1371)의 시조를 살펴볼 거야. 그런데 이존오의 시조를 살펴보기 전에 그가 어떤 내용으로 상소문을 올렸는지 우선 먼저 알아볼까?

이존오는 그와 친척이 되는 정추와 함께 상소문을 올렸다가 사형을 당할 뻔 했어. 그 당시 이존오의 나이는 25살이었어. 이존오가 올린 상소문의 내용을 잠깐 살펴보자.

3월 18일 궁궐 안에서 문수회가 열렸을 때 저희들이 목격한 바로는, 영도첨의 신돈이 재상의 반열에 앉지 않고 감히 전하와 아주 가까이서 나란히 앉아 있었으니, 이를 안 나라 사람들은 모두 놀라고 해괴히 여긴 나머지 인심이 흉흉해졌습니다. 무릇 예법이란 위아래를 구분함으로써 백성의 뜻을 안정시키는 것이니 만약 예법이 존재하지 않는다면 무엇으로 군신관계와 부자관계와 나라와 집의 관계를 만들 수 있겠습니까? 성인이 예법을 제정하여 위아래의 구분을 엄격히 만드신 것은 깊은 의도와 원대한 생각에서 나온 것입니다.

저희들이 보건대 신돈은 주상의 은총을 과만히 입고서 국정을 전횡하면서 아예 임금의 존재를 안중에 두고 있지 않습니다. 당초 영도첨의·판감찰으로 임명되던 날에는 국법대로 조복차림으로 대궐에 와 감사를 올려야 함에도 불구하고 반 달이 되도록 나오지 않았습니다. 대궐 뜰에 와서는 무릎을 아예 굽히지도 않고 늘 말을 탄 채 홍문을 출입하며 전하와 함께 의자에 기대어 앉곤 합니다. 자기 집에 있을 때는 재상이 뜰 아래에서 절을 해도 모두 앉은 채로 대하니, 과거 최항·김인준·임연도 감히 이런 행동을 하지는 못했습니다. 옛날 그가 승려의 신분일 때는 아예 도외시하고 그의 무례함을 구태여 꾸짖을 필요도 없었지만, 지금은 재상이 되어 관직과 관계가 이미 정해졌는데도 감히 예를 잃고 지켜야 할 도리를 이처럼 훼손하고 있습니다. 만약 그 연유를 캐고 들어가면 그는 필시 자기가 주상의 스승이라는 명분을 내세울 것입니다. 그러나 유승단은 고종의 스승이었고 정가신은 충선왕의 스승이었지만 저희들은 그 두 사람이 감히 이런 식으로 행동했다는 말을 들은 적이 없습니다. (하략). (《국역 고려사 열전》, 민족문화, 2006년)

이존오는 이처럼 신돈의 시건방짐을, 아니 도에 지나친 행동에 대해 아주 긴 상소문을 올린 거야. 이로 인해 공민왕이 분노를 하고 신돈과 함께 그를 처형하려고 하였으나, 다행히 이춘부가 공민왕에게 간언하여 처형을 면했어. 이춘부가 공민왕에게 간언을 하게 된 것은 이색이 이춘부에게 간청을 했기 때문이야. 뭐라고 했냐고? "고려가 태조 이래 5백 년이 되도록 아직까지 단 한 명의 간관도 처형된 적이 없습니다. 이런 일로 간관이 처형당하게 된다면 백성들이 왕에 대한 원성이 높을 것입니다." 뭐 대충 이런 내용이었어. 그래서 이춘부가 공민왕에게 간언하게 된 거지.

어쨌든 이로써 이존오는 벼슬에서 물러나게 되었지. 그 후 이존오는 나라를 걱정하며, 신돈의 요망함이 공민왕의 눈을 가리고 귀를 막는 것을 한탄하며 다음과 같은 시조를 지었어.

구름이 무심無心탄 말이 아마도 허랑하다

중천에 떠이셔 임의任意 단니며셔

구태야 광명光明한 날빗츨 따라가며 덥나니

이 시조의 뜻을 풀어 볼까? 이존오가 벼슬에서 물러나면서 어떻게 한탄을 했는가?

풀이

① 먹구름이 아무 생각 없이 떠다닌다는 것은 아무리 생각해도 믿어지지 않는 말이다

② 하늘 한가운데 떠 있으면서, 제멋대로(임의로) 흘러 다니면서

③ 일부러 밝은 햇빛(광명한 날빛)을 따라다니며, 그 밝은 빛을 덮고 가려 어둡게 하는구나. 세상을 어둡게 하는구나

어때? 여기에서 먹구름은 간신배 신돈을 가리켜. 밝은 햇빛(날빛)은 평화로운 고려를 말해. 다시 말해서 밝은 대낮에 먹구름이 햇빛을 가린다는 뜻으로, 간신배인 신돈이 세상을 또는 궁궐을, 임금의 눈과 귀를 가려 어둡게 한다는 뜻이야. 이존오는 이렇게 요사스러운 신돈에 의해 고려가 점점 어두워지고 있는, 어지럽혀지고 있는 고려를 걱정하며 이 시조를 지었어.

　바로 앞에서 이색과 이춘부의 간언에 의해 이존오가 살아남았다
고 했지? 이번에는 바로 그 이색의 시조에 대해 살펴볼까 해.

　이존오의 처형을 막아 준 이색에 대해 알아볼까? 우선 먼저 이색
(1328~1396)은 여러분도 잘 알다시피 고려 말의 '삼은三隱'이야. '삼
은'이 뭐냐고? 에이~ 잘 알면서. 학교에서 다 배웠잖아. 고려 말에
호 끝 자가 '은隱'으로 끝나는 사람이 세 사람이 있었어. 그래서 그
들을 가리켜 '삼은三隱'이라고 하는 거야. 지금 소개하고 있는 이색
의 호는 '목은'이었고, 정몽주가 '포은', 길재가 '야은'이었어. 이제
이해가 되지? 이정도야 뭐 기본적인 지식이니까 필자가 말 안 해도
이미 다들 잘 알 거야. 이들 셋은 모두 고려 말의 신하로서 충신들
이었지. 정몽주와 길재의 시조에 대해서도 당연히 이 책에서 다룰
거야. 아주 중요한 인물들인데. 그리고 정치가이면서 문인이기도
한 사람들인데.

　목은 이색은, 요승妖僧 신돈으로 인하여 정치가 문란해지는 것을
보아 온 사람이기에 불교 억제 정책을 왕에게 상소를 올리기도 한

사람이야. 불교를 배척했지. 불교의 폐단을 고치고 개혁하려고 했어. 승려의 수를 제한하는 등 억불정책을 펴는 도첩제 실시도 이때 시행되었지. 정몽주와 함께 성리학을 연구하기도 하는 등 그는 학자이기도 했어.

원나라에서도 한림원을 비롯해 여러 벼슬을 했어. 하지만 그는 원나라가 망하고 명나라가 일어설 거라 생각하고 명나라를 지지했어. 원나라는 하늘의 운이 다 했다고 생각한 거지. 더구나 이색은 100년 동안 고려를 괴롭혀 온 원나라를 아주 싫어했어. 곧 친명파였던 거야. 거 왜 있잖아. 요즘에도 친미파다, 친한파다, 친일파다 등등. 그런 거 말이야. 요즘 말로 실리 외교라고 해야 하나? 아니지. 세상이 어떻게 돌아가고 있음을 읽는 현명한 사람인 거지. 그래서 자신의 조국인 고려에 이익이 되게.

목은 이색은 고려 말 우왕의 스승이기도 해. 또한 그 유명한 포은 정몽주의 스승이기도 해. 정몽주 외에도 고려 말의 충신 신진사대부들의 스승이었어. 그런데 당시에 이성계가 요동 정벌을 위해 떠났다가 위화도 회군을 하게 돼. 위화도 회군은 여러분도 잘 알지? 이로써 이성계가 실권을 잡게 되지. 최영 장군도 이때 유배되었다가 결국 이성계에 의해 살해되었지. 여하튼 이로 말미암아 우왕이 이성계에 의해 폐위되고 유배되자, 이색은 이성계를 경계하기 위해 우왕의 아들인 창왕을 옹립해. 9살의 어린 나이로 창왕이 왕위에 오르게 돼. 하지만 군권을 장악한 이성계를 어찌 이길 수 있겠어. 안 그래? 현대사에서도 박정희, 전두환 두 전직 대통령이 그랬잖아? 군권을 장악한 후에 대통령이 되었잖아? 이성계는 우왕과 창왕을 왕씨가 아니라 신돈의 아들인 신씨라는 이유로 폐위시킨 뒤 유배 보내. 그런 후 우왕은 강릉에서, 창왕은 강화에서 살해를 해. 고려의 마지막 왕 제34대 왕인 공양왕을 허수아비로 세운 뒤 결국 공양왕마저 사사를 해. 이렇게 함으로 해서 이성계가 고려를 멸하고 조선을 건국하고 태조가 되지.

결국 이색은 벼슬에서 쫓겨나게 돼. 후에 이성계는 조선을 개국하고, 이색이 인재임을 알고 등용하려 하였지만 거절을 하고 벼슬자리에 나서지 않아. 조선조에서는 벼슬을 하지 않았어. 절개가 굳은 학자이자 선비, 정치가라 할 수 있어.

이제 시조를 볼까? 이색은 이성계에 의해 정몽주를 비롯한 고려의 충신들이 피를 흘리게 될 것을 예감하고 다음과 같은 시조를 짓게 돼. 다시 말해서 이성계가 조선을 개국하기 이전에 고려조에서 이성계에 의해 피바람이 불 것을 예감한 거야. 또한 고려의 운명이 다했음을 예감하고 있어. 이색이 벼슬에서 물러나 있으면서 암담한 고려의 현실과 고려의 충신들이 죽어나갈 것을 예감하며 이런 시조를 짓게 돼.

> 백설白雪이 자자진 골에 구루미 머흐레라
> 반가운 매화梅花는 어내 곳에 피엿는고
> 석양夕陽에 홀로 셔 이셔 갈곳 몰라 하노라

풀이

① 백설이 녹아 없어진 골짜기에 구름이 험악하구나
② 반가운 매화는 어느 곳에 피었는가
③ 석양에 홀로 서 있어 갈 곳 몰라 하노라

　이색은 혼탁해지는 고려 왕조를 보며 회한에 잠겨 노래하고 있어. 원문의 초장에서 '백설'이라는 깨끗함은 곧 고려를 말함이요, '구루미 머흐레라'라는 것에서, '구름'은 곧 이 시조에서 어두움을 뜻하므로 앞으로 세차게 불어 닥칠 피바람을 예고하고 있어(초장). 그래서 작자는 굳은 절개와 혹독한 추위 속에서도 피어나는 매화를 생각하며(중장), 해질 무렵 홀로 서서 마음 둘 곳을 몰라 하고 있는 자신의 심정을 노래하고 있어(종장). 나라(고려)를 걱정하고 있는 거야.

　매화는 사군자의 하나로, 지조가 높고 불의에 굴하지 않는 선비의 정신을 뜻하잖아? 사군자가 뭔지 알지? 왜 우리가 학교에서 배웠잖아. '매난국죽'이라고. 매화, 난초, 국화, 대나무……. 조상들이 굳은 절개와 지조, 정절을 가리키는 선비의 정신으로 삼았잖아? 매화는 봄, 난초는 여름, 국화는 가을, 대나무는 겨울을 가리켜. 우리 조상들이 참으로 현명하게 각 계절 중에서 선비의 지조를 나타내는 대표적인 것을 선택했어. 이들은 모두 고결하고 지조가 높음을 뜻해.

　특히 매화는 겨울의 혹독한 추위를 이기고, 눈도 다 녹기도 전에 흰 눈이 수북이 쌓인 그 속에서도 피어나는, 얼음이 꽁꽁 어는 추위에서도 이를 이겨내고 이른 봄에 제일 먼저 피는 꽃이야. 그만큼 끈기와 참을성이 있는 꽃이지. 그래서인지 고시조에 보면 사군자 중에서 매화가 가장 많이 나타나고 있어. 선조들의 그림에도 매화는 많이 나타나고 있지. 지금 보고 있는 이색의 시조에서도 중장에서 "반가운 매화는 어느 곳에 피었는가"라고 하고 있어. 간신배들이 판을 치는 고려 말의 정치 상황을 보면서, 매화처럼 고결하고 정결하고 혹독한 추위를 이기고 피어나듯, 이처럼 지조를 가진 선비들은 모두 어디에 가 있느냐며 한탄하는 거지. 작자 이색의 한(恨)스런 마음이 잘 나타난 시조야. 목은 이색의 예감대로 정몽주를 비롯한 고려의 충신들이 죽어나갔지.

이 몸이
죽어죽어
일백번
고쳐죽어

　제목 보고 여러분도 눈치 챘지? 누구 이야기 하려고 하는지. 맞
아. 정몽주와 이방원의 이야기를 하려고 하는 거야. 정몽주는 고
려 말의 '삼은三隱'이라고 했지? 정몽주의 호는 '포은'이야. 포은
정몽주.

　정몽주와 이방원의 시조, 그리고 그들의 이야기는 너무 많이 알
려져 모르는 사람이 없을 거야. 때는 고려 말이었지. 고려가 흥망
의 존망에 놓여있던 때. 정치적으로 아주 어지러운 때. 진흙탕과
같은 시기. 신흥세력인 이성계 일당이 정권을 휘두를 때였지. 그래
서 정몽주의 어머니는 자신의 아들에게 다음과 같은 시조를 남기
게 돼.

　　가마귀 싸호는 골에 백로白露 ㅣ 야 가지마라

　　셩낸 가마귀 흰빗츨 새올셰라

　　청강淸江에 잇것 시슨 몸을 더러일까 하노라

159

풀이

① 까마귀 싸우는 골에 백로야 가지마라

② 성난 까마귀 흰 빛을 시기할 것 같구나

③ 청강淸江(중국에 있는 맑고 푸른 강)에 기껏 씻은 몸을 더럽힐까
   하노라

이 시조는 정몽주의 어머니가 아들 정몽주에게 지어준 시조야. 정몽주 어머니의 작품이야. '까마귀'는 검고, '백로'는 흰 빛을 가지고 있어. 우리가 보통 나쁜 것, 악마 뭐 이런 것을 상상할 때 검은 것을 떠올려. 그 반면에 깨끗함을 상상할 때에는 흰 빛으로 표현하곤 해. 이 시조에서도 '까마귀'는 고려를 구하려하지 않고 새로운 나라를 세우려고 하는 신흥세력인 이성계 일당을 뜻해. 정몽주의 어머니는 혹시나 자신의 아들이 이런 검은 야심을 가진 까마귀들과 어울릴까봐 걱정을 하고 있어. 그래서 그들과 어울리지 말라고 하고 있어. 자신의 아들인 정몽주를 '백로'에 비교하면서.

초장에서 "까마귀 싸우는 골에 백로야 가지마라"라고 하고 있어. 검은 야심에 가득찬 이성계 일당들이 노는 곳에 내 아들 정몽주야 가지마라, 하고 있는 거야. 중장에서는 험악한 이성계 일당이 정몽주 너를 시기하여 해할까 두렵다고 하고 있고. 종장에서의 '청강淸江'은 중국에 있는 맑고 푸른 강이야. 권력자들의 더러운 소리를 들었을 때 지조 있는 선비들이 이 강에서 귀를 씻었다고 해. 정몽주의 어머니는 자신의 아들이 이처럼 맑고 깨끗한 물에서 씻은 몸을 혹시나 그들과 어울려 더럽힐까 염려하고 있는 거야. 이들과 어울리지 말고 깨끗한 삶을 살라는 어머니의 간곡한 마음이 나타난 시조

이지. 정몽주는 어머니의 뜻을 저버리지 않았어. 아니, 어머니의 이런 부탁이 아니었더라도 본시 절개와 지조가 있는 선비였기에 스스로 알아서 처신했을 거야.

이성계 일당의 위상이 날로 높아지고 정도전, 남은, 조준 등 그의 일당들이 그를 왕으로 세우려는 조짐이 보였어. 그리고 고려를 폐하고 조선을 개국하려는 것을 안 정몽주는 이를 막기 위해 온 힘을 쏟아. 정몽주는 이성계를 비롯한 정도전, 조준 등 주요 인물들을 제거하려는 계획을 세워. 때마침 명나라에 사신으로 갔다가 돌아오는 세자 석奭을 마중하러 나갔던 이성계가 황주에서 사냥을 하다가 말에서 떨어져. 그래서 벽란도에서 드러눕게 되지. '기회가 왔다'라고 생각한 정몽주는 사냥에 함께 했던 이성계 일당을 제거하려고 해. 주요 인물들이 모두 황주에 이성계를 따라 갔으니 이때 이들을 제거하면 모든 것이 제자리로 돌아오리라고 생각했지. 그런데 이방원이 누구야. 이방원도 만만찮은 인물이잖아? 이를 눈치 챈 거야. 그래서 이방원은 아버지인 이성계에게 이 사실을 알리고 그날 밤 개성으로 옮기게 돼. 참으로 아까운 순간이야. 이방원이 눈치만 채지 않았더라면 이들 일당을 모두 제거할 수 있는 좋은 기회였는데 말이야. 그래서 고려를 다시 재건할 수 있는 기회를 가질 수 있었던 건데 말이야. 이방원이 눈치가 빨라서 탄로가 났으니.

정몽주는 이들의 동태를 살피기 위해 이성계를 문병하러 가는 척하고 그에게 가게 돼. 호랑이를 잡기 위해 호랑이 굴에 들어간 셈이지. 이방원은 정몽주가 찾아올 것을 이미 눈치 채고 있었어. 정몽주가 찾아올 것까지 이방원은 이미 알고 있었던 거야. 눈치가 100단이야. 계략이 뛰어난 사람이야. 그러니까 후에 조선 제3대 임금 태종이 되었겠지만. 이방원은 정몽주를 마지막으로 회유해 보고 안 되면 살해할 계획을 세우고 있었어.

하지만 정몽주 또한 누구야. 고려의 충신이자 백성들로부터 존경을 받고 있는 사람이야. 또한 학식이 높은 인재이고. 그런 정몽주를 자신들이 세운 조선에 끌어들인다면 백성들로부터 지지를 받기에 유리할 것이라는 생각을 한 거야. 그러한 사람을 조선에서 인재로 쓴다면 이방원으로서는 더할 나위 없는 성과인 거지. 이것이 바로 그를 진즉에 죽일 수도 있었지만 정몽주를 마지막까지 놓지 못한 이유야. 다른 인물들 같았으면 벌써 죽음을 면치 못했겠지. 자신들을 죽이려고 하는 반대파인 정몽주를 살려둘 리 없지. 하지만 이방원은 자신의 말을 듣지 않으면 단숨에 죽이겠다는 각오도 하고 있었던 거야. 피를 보겠다는 거야.

드디어 이방원과 정몽주가 마주했어. 이런저런 세상 돌아가는 이야기를 했겠지? 그러다가 이방원이 일명 〈하여가〉라고 하는 시조한 수를 즉흥적으로 그 자리에서 읊게 돼. 정몽주의 마음을 마지막으로 떠보기 위함이었지. 마지막으로 정몽주를 회유한 거야.

이런들 엇더하며 저런들 엇더하리

만수산萬壽山 드렁츩이 얼거진들 엇더하리

우리도 이갓치 얼거져 백년百年까지 누리리라

풀이

① 이런들 어떠하며 저런들 어떠하리

② 만수산의 칡넝쿨이 얽혀진 것처럼, 그렇게 고려와 조선도 얽혀

③ 우리도(고려와 조선도) 칡넝쿨이 얽혀지듯, 이 같이 얽혀져 오래
　도록 함께 누려보면 어떠하리

　이방원은 정몽주에게 개성에 있는 만수산의 칡넝쿨이 서로 얽혀
져 함께 자라고 있듯, 고려와 조선이 서로 얽혀져 함께 누리자고 하
고 있어. 정몽주에게 만수산의 얽혀진 칡넝쿨처럼 조선에서도 함께
어우러져 살자고 하고 있어. 이에 정몽주는 다음과 같이 시조 한 수
를 읊게 돼. 일명 〈단심가〉라고 하지.

　　　이몸이 주거주거 일백 번一百番 고쳐 주거
　　　백골白骨이 진토塵土ㅣ 되여 넉시라도 잇고 업고
　　　님향向한 일편단심一片丹心이야 가실줄이 이시랴

풀이
① 이 몸이 죽고 죽어 일백 번 고쳐 죽어
② 백골이 진토되어 넋이라도 있고 없고
③ 님 향한 일편단심이야 가실 줄이 있으랴

　이방원이 정몽주를 설득하려하자 정몽주는 이렇게 받아친 거야.
백골이 흙이 되어 설상 넋이 없더라도, 고려 임금을 향한 내 마음은
변함이 없다. 일백 번을 죽었다 깨어나도 나는 고려만을 섬길 것이
다. 한 왕조만을 섬길 것이라는 굳은 결의가 묻어 있어.
　이방원은 정몽주를 회유하려다 실패하자, 정몽주가 집으로 돌아

가는 길에 자신의 문객 조영규를 시켜 선죽교(선지교)에서 살해해. 조영규는 무사들을 이끌고 가 정몽주를 무참하게 죽이게 되지. 선죽교가 피로 물들게 돼. 이방원이 고려 백성들에게 존경 받는 그를 마지막까지 회유하려 하였으나 그의 절개를 이겨내지 못한 거야. 죽을 때까지 한 왕조(고려)에 대한 절개를 지킨 거야.

참으로 찰나의 순간인데, 이때 정몽주가 이방원의 뜻을 받아들였다면……. 〈단심가〉가 아닌 〈하여가〉로 같이 받아쳤더라면……. 정몽주의 지조로 보아 그럴 리 없겠지만, 필자는 이랬을 경우 정몽주의 인생이 어떻게 되었을까 생각해 보았어. 조선 개국의 1등 공신인 정도전도 결국 이방원에 의해 살해되었는데……. 여러 가지로 생각하게 하는 대목이야. 결국 조선 건국의 최종 승자는 이성계도 아니고 정도전도 아닌 이방원이 아니었나 생각해. 이성계도 상왕으로 이방원에 의해 쫓겨나고, 정도전도 결국은 이방원의 손에 의해 죽으니 말이야. 함흥차사란 말도 이때 생겨난 말이고.

벽해갈류후碧海渴流後에 모래 모혀 섬이 되여

무정방초無情芳草는 해마다 푸르로되

엇더타 우리의 왕숀은 귀불귀歸不歸를 하나니

풀이

① 푸른 바닷물이 다 말라버린 후에 모래 모여 섬이 되어

② 무정한 풀은 해마다 늘 푸르러지는데

③ 어떻다(어찌하여) 우리의 고려 왕손은 한 번 가고는 오지 않는가

역시 정몽주의 시조야. 정몽주는 망해버린 왕조를 푸른 바닷물에 비유하여 고려 왕조에 대한 그리움을 노래하고 있어. 바닷물이 모두 말라버리면 그것이 모래가 되어 모여서 섬이 되는데, 그리고 말라버렸던 풀도 시절이 되면 다시 푸르러지는데, 어찌하여 한 번 가버린 왕조(고려)는 다시 돌아오지 않는가, 하고 한탄하고 있어.

　이번에는 최영 장군의 시조를 살펴볼까 해. 고려의 멸망과 함께 한 장군이기에 여기에 소개하는 거야. 여기서 정몽주와 이방원의 주제와는 조금 다르지만, 역시 이방원의 아버지인 이성계에게 유배당하고 살해당한 아까운 인물이지. 지금 소개하는 시조는 무인으로서의 기개가 넘치는 작품이야.

　이성계에게 옛 고구려 땅인, 우리 조상들의 땅인 요동을 다시 되찾기 위해 요동 정벌을 명령 내렸지만, 이성계의 위화도 회군으로 실패로 돌아가 결국 그에게 유배당하고 죽임을 당한 정말 안타까운 장군이지. 만약 그때 최영의 뜻대로 요동 정벌을 했더라면, 지금 우리나라의 땅이 더 커졌을 텐데. 그리고 그 국력으로 나라를 빼앗기는 암울한 시대를 맞지도 않았을 텐데. 필자는 최영 장군의 원대한 포부가 꺾인 게 한스러워. 무인으로서의 기개가 담긴 최영 장군의 시조를 한 편 감상해 보자고.

녹이상제綠耳霜蹄 살지게 먹여 시내ㄷ물에 싯겨타고

용천설악龍泉雪鍔을 들게 갈아 두러메고

장부丈夫의 위국충절爲國忠節을 셰워볼ㄱ가 하노라

위 시조는 최영 장군의 시조로 《화원악보》에 실린 시조야. 시조 원문의 초장 첫머리의 '녹이상제'에서 '綠'자가 '초록빛 녹'으로 되어 있는데, 필자 생각으로는 '말이름 녹騄'의 오류가 아닌가 생각해. 그래야 '빠르고 좋은 말. 준마. 하루에 천리를 달린다는 말.'이라는 뜻에 맞거든. 사전에도 한자가 그리 나오고 있고. 어떻든 시조의 뜻을 한 번 살펴볼까?

풀이

① 하루에 천리를 달리는 빠르고 좋은 준마를 살찌게 잘 먹여 시냇물에 깨끗이 씻겨 타고

② 용천검(옛날 무사들이 쓰던 보검)을 잘 들게 갈아서 둘러메고

③ 사나이 대장부의 나라를 위한 충성스러운 절개를 세워 볼까 하노라

무인으로서의 기개가 아주 잘 나타난 시조야. 나라(고려)를 위한 충절도 잘 나타나 있고. 이런 대장군이 이성계에 의해 그 뜻이 꺾였으니 참으로 아쉽고 안타까운 일이야. 이런 기개가 있었으니 옛 고구려 땅인 요동을 정벌할 생각을 했겠지. 이성계의 위화도 회군만 아니었더라면, 최영 장군의 기개로 자손인 우리가 더 강국이 되었을 텐데. 땅덩어리도 더 큰 나라가 되었을 텐데. 이 좁은 한반도에

머물지 않고 저 넓은 대륙까지도 우리나라의 땅이 되어 있었을 텐데. 그렇다면 임진왜란도 없었을 테고, 병자호란도 없었을 테고, 일제강점기(일제시대)도 없었을 텐데. 필자는 이것이 참으로 아쉬워. 우리 땅을 넓힐 수 있는 아주 좋은 기회였는데. 우리 조상들의 땅을 되찾을 수 있는 아주 좋은 기회였는데. 고구려의 기상을 펼칠 수 있는 아주 좋은 기회였는데. 물론 그 당시 고려의 힘으로 중국 원나라를 칠 수 있었느냐의 의문이 없지는 않지만.

하지만 원나라와 명나라의 힘 겨루기가 벌어진, 그래서 요동에 신경 쓸 수 없는 상황이었기에 가능성은 있지 않았나 생각해. 최영 장군도 그것을 노렸을 테고. 역사에 만약이란 없는 것이지만, 그때 만약 이성계에게 맡기지 않고 최영 장군이 직접 참전하여 진두지휘했더라면 어떤 결과가 나왔을까……. 필자는 아쉬움에 이런저런 생각을 하게 되네.

고려 말에 '성여완'이라는 신하가 있었어. 성여완은 이방원이 정몽주를 살해하자 고려의 운명이 다했음을 알고 경기도 포천 왕방산으로 들어가 여생을 마쳤어. 태조 이성계가 조선을 개국한 후 성여완에게 벼슬을 내려 다시 불렀으나 고사하고 고려의 충신으로서 절개를 지켰어. 다음의 시조를 보면 성여완의 지조와 절개를 알 수 있을 거야.

이제 여기서는 고려가 망한 것을 한탄하는 시조에 대해 이야기해 볼 거야. 고려에 대한 회한을 노래한 시조이지. 땅을 치고 통곡하며 한탄한 마음을 담은 시조들이야. 우선 우리에게 잘 알려져 있지는 않지만 성여완의 시조를 시작으로 이야기를 풀어볼까 해.

일심거 느껴퓌니 군자君子의 덕德이로다

풍상風霜에 아니지니 열사烈士의 절節이로다

세상世上에 도연명陶淵明 업스니 그를 슬허하노라

풀이

① 일찍 심었는데도 꽃은 늦게 피었나니, 이것이 모든 일에 조심스러운 군자의 덕행이로다

② 거친 비바람 눈서리에도 떨어지지 아니하니 열사의 절개로다

③ 하지만 고려가 멸망해 가고 있는 이 세상에, 진나라가 멸망했을 때 벼슬에서 물러난 도연명과 같은, 절개가 굳은 이가 없으니 그것을 슬퍼하노라

성여완은 시조의 뜻풀이에서도 보았듯이, 이성계 일당이 휘두르는 권력 앞에 당당히 맞서는 이가 없는 고려의 신하들을 보며 한탄하고 있어. 나라(고려)를 다시 일으켜 세우려는 의지가 없고 오직 자신의 영달만을 위한 간신배들이 득실거림을 한탄하고 있어. 어찌하면 이성계 일당에 붙어 출세를 해 볼까 하는 신하들. 혹여나 자신의 목숨이 날아갈까 봐 겁이 나서 말 한 마디 못하고 눈치만 살펴보는 신하들. 자신들이 섬기던 고려에 대한 지조와 절개를 저버린 그들을 보며 한탄하고 있어. 그래서 종장에서 중국 진나라가 망했을 때 벼슬을 버리고 떠난 도연명과 같은 충신이 없음을 한탄하고 있는 거야. 성여완은 도연명처럼 벼슬을 버리고 산에 은거하며 여생을 마쳤어. 조선이 건국되고 이성계가 그를 다시 불렀지만 그는 이를 단호히 거절했어. 정몽주와 같은 고려의 충신이라 할 수 있지.

오백년五百年 도읍지都邑地를 필마匹馬로 도라드니

산천山川은 의구依舊하되 인걸人傑은 간듸 업다

어즈버 태평연월太平烟月이 꿈이런가 하노라

아주 유명한 시조이지. 교과서에도 나오고. 아마 이 시조를 모르는 사람은 없을 거야. 고려의 충신 길재가 쓴 작품이야. 고려의 도읍지였던 개성을 돌아보며, 옛 고려를 생각하며 썼다고 해서 일명 〈회고가〉라고도 해.

풀이

① 고려의 도읍지 서울이었던 개성 땅을 한 필의 말을 타고 둘러보니

② 산천은 옛날과 같이 변함이 없는데, 고려시대의 뛰어난 신하들은(뛰어난 인재들은) 간 곳을 알 수가 없구나

③ 아! 태평스러웠던 지난날들(고려시대)의 그날들이 꿈이 아닌가 싶구나

고려의 신하였던 길재는 조선이 건국되자 모든 벼슬을 버리고 일반 평민이 되어, 한 필의 말을 타고 고려 도읍지인 개성 땅을 둘러보며, 조선의 건국으로 고려의 흔적이 사라짐을 한탄하고 있어. 태평스러웠던 고려가 이렇게 허망하게 망했음이 마치 꿈이었던 것처럼 느껴지고 있는 거야. 허무감을 느끼고 있는 거지.

길재는 고려 말과 조선 초의 성리학자이며 문인이었어. 호는 야은. 포은 정몽주, 목은 이색과 함께 고려 말 '삼은三隱'으로 불린다고 앞에서 말했지? 조선이 건국된 뒤 정종 2년(1400)에 이방원이 태상박사에 임명하였으나, 두 왕조를 섬기지 않겠다는 뜻을 밝히며 거절하였어. 참으로 대단하지 않아? 이렇게 자신의 뜻을 밝힌 길재는 고향에서 후학을 양성하는데 힘썼어.

흥망興亡이 유수有數하니 만월대滿月臺도 추초秋草ㅣ로다

오백년五百年 왕업王業이 목적牧笛에 부쳐시니

석양夕陽에 지나는 객客이 눈물계워 하더라

이 시조는 원천석이 지은 시조로, 역시 모른다면 간첩? 아니 다른 나라 사람이지? 그만큼 우리에게 익숙한 시조이지. 시조의 뜻을 살펴보자.

풀이

① 흥하고 망함은 정해진 운수가 있으니, 화려했던 만월대(고려 왕실의 궁궐 터)도 이제 시들어버린 가을의 풀만이 황폐하게 남았구나

② 고려의 오백년 왕업이 이제는 목동의 피리 소리에 불리어지고 있으니(목동의 피리 소리에 불과하니)

③ 해질 무렵 지나는 객이 슬퍼서 눈물겨워 하더라

사람 사는 인생이 정해진 운명에 따라 흐른다면, 한 나라의 흥하고 망함 역시 정해진 운명에 따라 흐르는가. 오백 년을 이어온 그 화려했던 만월대도 이제 가을철의 시들어버린 풀만이 황폐하게 남아 있고, 기껏 해 보아야 그 화려했던 왕업도 목동의 피리 소리에 불과하니, 해질 무렵 그곳을 지나가는 객(작자)이 눈물만 나오는구나, 라고 노래하고 있어. 인생무상. 허무함을 느끼게 하는 시조야.

이 시조 역시 길재처럼 고려의 서울이었던 개성 땅을 둘러보며,

황폐해진 고려의 왕업에 대한 회한에 젖어 있어. 그래서 이 시조도 〈회고가〉라고 해.

이 시조를 지은 원천석은 태종 이방원의 스승이기도 해. 문장과 학문에 뛰어난 사람이야. 고려 말에 진사를 지냈으나, 당시의 문란한 정치를 개탄하며 치악산에 들어가 부모님을 봉양하고 농사를 지으며 은거 생활을 해. 나중에 이방원이 왕위에 오르자 자신의 스승이었던 원천석의 집을 여러 차례 직접 찾아 벼슬을 내리려 했어. 하지만 그때마다 응하지 않고 이방원이 온다는 소리를 들으면 일부러 피했어. 고려 왕조만을 섬기겠다는 그의 굳은 의지를 읽을 수 있는 대목이지.

아희야
고국흥망을
물어 무엇 하리오

　바로 앞의 글에서, 고려 충신들이 오백 년 도읍지였던 개성 땅을
돌아보며, 고려를 회고하는 노래를 하였어. 이번에는 정도전, 조준,
이지란 등과 같은 조선 개국공신들이, 고려를 회고하는 시조를 살
펴 볼 거야. 이들은 이성계를 왕으로 세우려 했던 인물들이지. 따라
서 같은 고려를 회고하고 있지만, 고려 충신들은 망해버린 왕조에
대한 서글픔에 잠겨 있는 반면, 이들 세 사람의 시조는 오히려 고려
의 흥망을 따져서 무엇 하겠느냐며, 조선에 어울려 살자는 내용이
야. 같은 회고가라도 그 정신이 다르지.

　우선 먼저 정도전의 시조를 살펴보기로 하지. 정도전은 여러분도
잘 알다시피 이성계와 함께 조선 개국의 1등 공신이야.(1차 왕자의 난
때 이방원에 의해 살해당했지) 조준, 남은, 이지란 등과 함께 이성계의
최측근이라고 할 수 있지. 그러니 앞에서 고려를 회고한 성여완이
나 길재, 원천석과는 그 감성이 사뭇 달라.

선인교仙人橋 나린 물이 자하동紫霞洞에 흐르르니

반천년半千年 왕업王業이 물르소래 뿐이로다

아희야 고국흥망故國興亡을 무러 무엇 하리요

정도전의 시조로 역시 유명한 시조야. 독자들에게 널리 알려진 시조이지. 이 시조도 〈회고가〉야. 망해버린 고려를 회고하는 작품이지. 시조의 뜻을 풀어보자.

풀이

① 선인교(개성 자하동에 있는 다리)에서 흘러내린 물이 자하동(송악산 아래에 있는 마을)에 이르니

② 고려의 오백 년 왕업이 이제 물소리만 남았구나

③ 아이야! 옛 고려의 흥망을 따져본들 무엇하리오

이성계와 함께 조선을 건국한 정도전이 옛 고려의 서울이었던 개성에 와서 고려의 흥망을 회고하며 부른 노래야. 고려의 오백 년 왕업도 이제 물소리만 남았구나. 고려는 망하고 조선이라는 새 시대가 열렸는데 이미 망해버린 고려를 생각하면 무엇 하겠는가, 라고 노래하고 있어. 즉 이미 망해버린 왕조는 잊어버리고 새로운 시대를 열어보자는 작자의 마음이 담겨있어.

정도전은 고려의 충신 목은 이색의 제자야. 이때 이색 밑에서 함께 수학한 사람들로는 역시 고려의 충신인 정몽주가 있고, 그 외 이숭인, 윤소종, 박의종 등이 있어. 이때 친원파와 친명파가 있었는데 정도전은 친명파였어. 창왕을 폐위하고 공양왕을 옹립하는데 적극

가담하게 돼. 이성계와 함께 정치, 경제, 군사, 외교의 권력을 거머쥐게 되는, 이성계 다음 가는 실세라 할 수 있지. 요즘 정치에도 실세가 있잖아? 대통령이 있지만 권력을 휘두르는 실세들 말이야. 정도전의 위치가 그 정도 되었어. 이성계가 있었지만 그의 마음까지도 움직이게 할 정도의 실세 말이야.

정도전은 조준, 남은 등과 함께 이성계를 중심으로 조선 건국의 주역이 되지. 실질적인 조선 건국의 기틀을 만든 사람이라 할 수 있어. 조선 건국의 정신을 만든 사람이라 할 수 있어. 조선의 정신적 지주라 할 수 있어. 쓰러져가는 원나라를 배척하고 부흥하는 명나라를 쫓은 실리외교를 한 개혁파라고 할 수 있어. 아니, 100년 동안 고려를 괴롭혀 온 원나라보다는 명나라를 쫓았다고 할 수 있지. 그렇다고 명나라를 섬기려던 것은 아니었어. 최영 장군이 이성계를 보내 요동 땅을 정벌하려 했듯이, 정도전 역시 조선 건국 후 요동 땅을 되찾으려고 했어. 우리 조상들의 땅인, 고구려의 땅인 요동을 되찾으려 했어.

> 술을 취醉케 먹고 오다가 공산空山에 지니
> 뉘 날 깨오리 천지즉금침天地即衾枕이로다
> 광풍狂風이 세우細雨를 모라 잠든 나를 깨와다

시조 원문에는 초장 끝이 '지니'로 되어 있으나 시조 전체의 내용상 '자니'가 맞아. '자니'가 '지니'로 잘못 표기된 거지. 이처럼 잘못 표기되어 내려오는 경우가 간혹 있어. 시조 뜻을 풀이한 것을 보면 이 말이 무슨 말인지 이해할 수 있을 거야. 시조 뜻을 풀어 보자.

① 술을 거나하게 취하게 먹고 오다가 아무도 없는 산속에 쓰러져 잠이 드니

② 조선의 개국공신인 나를 누가 감히 깨우겠는가. 천지즉금침, 즉 하늘과 땅이 이불이고 베게로다

③ 아! 그런데 미친 듯이 불어오는 바람이 가랑비를 몰고 와서 잠든 나를 깨우는구나

이 시조는 정도전, 남은과 함께 조선 개국 공신인 조준의 작품이야. 이성계의 최측근이지. 작품이 겉으로는 술에 취한 한 선비의 일상을 노래한 것 같지만, 속뜻은 조선의 건국과 고려를 배신한 작자 자신의 회억이 담긴 시조야. 어떤 죄책감이라고나 할까. 그런 것이지. 조선이 건국되고 이제 조선이라는 나라가 자리를 잡아가고 태평성대가 펼쳐지고 있지만, 작자의 마음 한 편에는 고려를 배신한 죄책감을 느끼고 있는 거야. 그 마음은 종장에 잘 나타나 있어. 초장에서 술에 취해 있었다는 것은 정신없이 오직 조선 건국에만 충심을 다했다는 뜻이고, 종장에서 광풍이 가랑비를 몰아 잠든 작자 자신을 깨운다는 것은, 미친 듯 불어오는 바람이 가랑비를 몰고 와서 잠든 자신을 깨운다는 것은, 다시금 정신을 차리게 했다는 뜻이야. 곧 자신의 조선 건국에 참여한 것에 대한 후회 같은 것을 종장에서 내비치고 있는 거야. 이 시조는 이런 속뜻이 있는 작품이야. 그냥 그저 작자가 술에 취해 읊은 애주가가 아냐. 이 시조에서 주의할 점은 시조의 속뜻을 잘 살펴야 해.

그렇다면 조준이란 사람은 누구인가. 조준은 경제에 아주 밝은

사람이었어. 조선이 건국되고 조선 경제의 기반을 마련한 사람이라고 할 수 있어. 《경제육전》이라는 책을 편찬할 정도였으니까 그가 얼마나 경제에 밝았는가를 짐작할 수 있지. 또한 토지제도에도 밝은 사람이었어. 정도전은 이방원에 의한 1차 왕자의 난 때 죽임을 당했지만, 조준은 이방원을 세자로 세우는 데 공헌하고 태종 임금으로 옹립하는 데 큰 공헌을 한 사람이야. 영의정을 비롯한 영상의 자리를 8년이나 지낸 사람이야. 대단한 권력가라 할 수 있지. 감히 누가 이런 사람을 건들 수가 있겠어. 안 그래? 나는 새도 떨어뜨리는 권력이라 할 수 있지.

> 초산楚山에 우는 범과 폐택沛澤에 잠긴 용龍이
>
> 토운생풍吐雲生風하여 기세氣勢도 장壯헐시고
>
> 진秦나라 외로온 사슴은 갈ㄱ곳 몰나 하둣다

위 시조는 이지란이 지은 것으로 역시 조선 개국공신이야. 이성계와는 의형제로 형님, 아우 하며 지낼 정도로 아주 가까운 사이였어. 피를 나눈 형제보다 더 서로를 아끼는 사이였어.

풀이

① 초나라에서 일어난 범과 같이 날쌔고 사나운 초패왕 항우(호랑이)와, 폐택이라는 연못에서 일어난 유방(용)이 서로 싸워 중국 천하를 얻으려고 싸우는 그 기세는

② 구름을 토하고 바람을 일으킬 정도의 용과 호랑이처럼 그 기세가 장하다

 진나라는 패왕이라 자처하는 초나라의 항우에게 패해 나라가 망하게 돼. 이때 진나라의 왕이 '자영'이었는데 결국 항우에 의해 죽임을 당해. 이 시조는 결국 항우와 유방은 이성계를, 진나라는 멸망해 가는 고려를 비유하여 지은 작품이야. 멸망해 가는 고려를 종장에서 '외로운 사슴'에 비유하고 있어. 다시 말해서 망해버린 진나라의 '자영'에 비유하고 있는 거지.

 시조 원문 초장에서 '초산楚山에 우는 범과'라고 한 것은, 진나라를 멸망시킨 초나라의 항우를 가리켜. 항우는 스스로 패왕이라 하였지. 중국의 왕중의 왕, 으뜸이 되는 왕이란 뜻이지. 자신을 범처럼 날쌔고 사나운 것에 비유하고 있어. 또 '폐택沛澤에 잠긴 용龍'이라고 하는 것은 유방을 가리키는데, 여기서의 폐택은 유방의 고향 폐풍에 있는 연못을 가리켜. 유방의 어머니가 폐택가에서 꿈을 꾸고 유방을 낳았다고 해. 유방을 그 연못해서 나오는 천하에 대적할 수 없는 용으로 비유하고 있는 거야. 중장에서 '토운생풍吐雲生風'이라 함은 직설적으로 해석하자면, 구름을 토하고 바람을 일으킨다는 뜻인데 이것은 곧 용을 가리켜. 종장에서 '진秦나라 외로운 사슴'은 멸망해 버린 진나라의 '자영'을 가리키고.

 작자는 이처럼 조선 건국이, 범처럼 날쌔고 사나운 항우와, 세상에 대적할 수 없는 신과 같은 존재인 유방을 용에 비유하여, 조선 건국의 용맹함과 거칠 것 없는 당당함에 비유하고 있는 거지. 결국 작자는 조선 건국을 매우 자랑스러워하고 있는 거야. 그러면서 망해버린 고려 왕조를 아주 초라한 외로운 사슴에 비유하고 있는 거고. 진나라의 자영처럼 초라한 왕조로 비유하고 있는 거야.

이 시조의 작자인 이지란은 앞에서도 말했거니와 이성계, 정도전, 남은, 조준 등과 함께 조선 건국에 지대한 공을 세운 개국 1등 공신이야. 본래 이지란은 금패천호(고려시대 순금만호부에 속한 벼슬) '아라부카'의 아들로 여진족 장군이었으나, 고려말 공민왕 때 부하를 이끌고 귀화한 장군이야. 그래서 본래 이름도 몽고식 이름인 '쿠란투란티무르'야. 제1차 왕자의 난과, 제2차 왕자의 난 때 공을 세우기도 했어. 함경도 북청에 살면서 이성계와 친밀해졌고, 의형제까지 맺을 정도였어. 경상도 절제사로 있으면서는 왜구를 물리치기도 했어. 하지만 인생 말년에는 중이 되었어. 권력의 허망함을 느껴서 그랬을까?

님 향한
일편단심이야
변할 줄이 있으랴

이번에는 정몽주와 같은 고려의 충신들이 생각나는 시조들을 이야기해 볼까 해. 시대는 고려에서 조선으로 넘어 왔지만, 사지육신이 찢기는 고통 속에서도 한 임금에 대한 지조와 절개를 지켜 끝까지 불의에 대항한 충신들에 대한 이야기는 마찬가지야. 여러분들이 잘 아는 사육신에 대한 이야기를 할 거야. 조선시대 수양대군 세조에게 팔, 다리가 찢겨져 나가는 거열형을 당하면서까지, 단종에 대한 충절을 지키기 위해 처참하게 처형을 당한 사육신에 대한 이야기야. 세조 2년(1456)에 일어난 사건인데 이것이 곧 단종 복위 운동이지. 단종 복위 운동 과정에서 사육신이 처형당하거나 스스로 목숨을 끊기도 했어.

그런데 사육신을 비롯한 수많은 선비들이 일으킨 단종 복위 운동을 이야기하려면, 그 이전에 일어났던 계유정난에 대해서 먼저 이해하고 넘어가야 돼. 아니, 계유정난을 이야기하기 전에 단종이 임금이 되는 과정을 먼저 살펴봐야 할 것 같군. 그러면 자연스럽게 계유정난에 대한 이야기로 이어지게 될 거야.

세종이 승하하자 문종이 즉위를 하게 돼. 문종은 세종의 맏아들

로 태어나 세종이 오래 즉위하는 바람에 무려 30년을 세자로 보냈어. 세종이 죽기 5년 전(1445)에 세자로서 섭정을 했어. 세종이 자신의 건강이 나빠지자 맏아들인 문종에게 섭정을 맡긴 거지. 문종은 실질적인 임금으로서 나라를 다스리게 된 거야. 세종 말기, 문종이 섭정을 하던 이때 이미 문종의 동생들인 수양대군과 안평대군은 왕위에 대한 야심으로 가득 차 세력을 확장하고 기회를 노리고 있었어. 그들의 아버지인 세종도 이를 알고 있었어. 맏아들인 문종이 병약하여 임금 자리에 오래 앉아 있을 수 없음을 알고 있었어. 그래서 세종은 어린 손자인 단종이 걱정이 되었어. 하지만 문종 섭정 5년 만에 세종은 세상을 뜨고 말았어. 그리고 문종이 1450년에 정식으로 임금에 즉위하게 되었어. 문종 역시 세종이 걱정한 것처럼 자신의 몸이 병약하여 오래 살지 못함을 직감하고, 자신이 죽었을 때 어린 아들인 단종의 안위가 걱정되었어. 수양대군과 안평대군 등 문종의 동생들, 즉 단종의 숙부들의 왕위 찬탈에 대한 야심을 문종은 알고 있었던 거지. 문종은 2년 4개월이라는 아주 짧은 즉위 기간을 끝으로 병으로 죽게 돼. 1452년 문종이 죽자 단종이 우리 나이로 12세(만11세) 어린 나이에 임금에 오르게 돼. 참고로 단종이 1441년에 태어나 1452년에 즉위 했으니까 우리 나이로는 12세가 맞고, 만으로는 11세가 맞아. 이 이야기를 하는 것은 이 글을 쓰다 보니 자료에 따라 단종이 즉위한 나이가 11세, 12세, 13세로 제각각 되어 있어서 정확하게 바로 잡기 위해, 필자가 태어난 해와 즉위년을 계산해서 바로 잡는 거야. 단종이 죽은 나이도 우리 나이로 17세이고 만으로는 16세가 맞아. 1441년에 태어나서 1457년에 죽었으니까. 이 책에서는 우리 나이로 계산할 거야. 역사 자료에서 이런 것은 정확하게 밝히고 기재를 해야 하는 것인데.

문종이 죽기 전, 그는 영의정 황보인, 우의정 김종서(단종 때는 좌의정) 등을 불러 단종을 부탁하게 돼. 집현전 학사인 성삼문, 박팽년, 신숙주 등에게도 좌우에서 잘 보필해 줄 것을 부탁하게 돼. 문종이 죽은 후 김종서가 모든 실권을 쥐게 돼. 그리고 문종을 보호하게 되지. 따라서 김종서의 권력은 하늘을 찌를 듯하고 나는 새도 떨어뜨릴 정도였어. 아주 강력한 권력을 쥐게 된 거야. 그러지 않아도 수양대군과 안평대군 등 종친들이 호시탐탐 노리고 있음을 김종서가 알고 있었기에, 김종서는 더욱더 단종을 보호하는데 힘을 쏟았어. 그러다보니 나라를 김종서가 휘두르게 되지. 그렇다고 해서 김종서가 요즘 흔히 말하는 비리를 저지르거나 하지는 않았어. 김종서는 오르지 수양대군 등 왕위 찬탈을 노리는 종친들로부디 딘종을 보호하겠다는 의지밖에 없었어. 오직 단종만을 보호하겠다는 충성스러움만이 있었어. 이것은 세종의 유지이기도 하거니와 문종의 유지이기도 해. 선왕들의 유지를 받들어 정통성 있는 나이 어린 단종을 지키려는 것뿐이었어. 한마디로 충신이었던 거지. 그런데 이것이 수양대군에게 빌미를 준 거야. 권력 견제는 한갓 핑계였던 거야. 나라의 권력이 김종서에게 집중되어 있다는 불만을 만들어 수양대군은 더욱 왕위 찬탈에 대한 흑심을 가지게 된 거야. 이러면서 수양대군은 드디어 계유년에 계유정난을 일으키게 돼.

계유정난이란 단종을 쫓아내고 수양대군 자신이 왕위에 오르기 위해 미리 벌인 거사를 말해. 즉, 계유정난은 단종을 호위하던 그 당시 강력한 권력을 잡고 있던 김종서를 살해한 사건을 말해. 수양대군은 계유년인 단종 1년(1453) 10월 10일 밤 유숙, 양정, 어을운 등을 데리고 김종서의 집으로 찾아가게 돼. 이때 김종서가 경계를 했더라면 참사를 당하지 않았을 텐데, 아니 오히려 수양대군 일파를 그 자리에서 처형했을 텐데. 당시 김종서의 집은 수많은 병사들이 철통같이 지키고 있었거든. 수양대군이 데리고 온 몇 명에게 당할 그런 처지가 아니었어. 그런데도 수양대군에게 당한 게 필자는 많이 아쉬워. 아무튼 이날 김종서는 철퇴를 맞아 죽게 돼. 그의 아들 역시 죽게 돼. 가장 강력한 권력을 가지고 있던 김종서를 살해한 수양대군은 이제 날개를 단 격이 된 거지. 모든 것을 자신의 뜻대로 할 수 있게 된 거야. 정적을 숙청한 수양대군은 스스로 영의정부사, 영집현전사, 영경연사, 영춘추관사, 영서운관사, 겸판이병조, 내외병마도통사 등 여러 중요한 직책을 모두 걸머쥐고 정치와 병권을 모두 독차지하였어. 자신이 왕위에 오를 수순을 밟은 거지. 또한 정인지를 좌위정, 한확을 우의정으로 삼고, 집현전으로 하여금 수양대군 자신을 찬양하는 교서를 쓰라고 한 거야. 이는 마치 이성계가 조선을 건국하고 조선 건국을 찬양하는 용비어천가를 쓰게 한 것과 같지. 예수가 기적을 일으키는 것과, 모세가 홍해를 가르고 건넜다고 하는 것처럼 황당한 이야기들로 가득찼겠지. 이처럼 수양대군은 자신의 집권을 위해, 조카를 쫓아내고 자신이 왕이 되기 위해 하나하나 착착 준비했던 거야.

김종서 장군의 죽음을 시작으로 계유정난 때도 많은 선비들이 처형을 당했지만, 이후 수양대군이 세조가 되어 왕위에 올랐을 때도 사육신 등 많은 젊은 학자들이 참혹한 처형을 당하게 돼. 세종대왕이 키운 수많은 집현전 학사들인 젊은 인재들이 죽임을 당하게 돼.

김종서가 계유정난의 최초의 희생자가 되고, 그 외에 황보인이라든가, 조극관, 이양 등이 수양대군에 의해 죽임을 당해. 좌의정 정분과 조극관의 동생 조수량 등을 귀양 보냈다가 결국 독약을 내려 사사시키지.

겉으로는 김종서와 황보인 등 그의 측근들에게 권력이 너무 쏠림에 반기를 든 수양대군과 이에 동조하는 선비들이 일으킨 사건이야. 하지만 수양대군은 조카인 단종을 쫓아내고 자신이 왕위에 오를 거사를 일으킨 거야.

여러분이 깜짝 놀랄 일이 있어. 계유정난에 성삼문도 수양대군 편에 서서 계유정난에 가담을 했다는 거야. 이때 성삼문의 생각에도 김종서와 황보인 등의 권력이 너무 강력하고 독단적이라 생각했던 거지. 이 사건으로 성상문은 정인지, 한확, 박중손, 권람, 한명회 등과 함께 계유정난의 공신이 되었어. 수양대군은 성삼문에게 정난공신 3등의 칭호를 내렸어. 하지만 그는 이를 사양하는 소를 올렸어. 계유정난으로 수양대군은 정권을 장악하게 되고 왕이 될 태세를 갖추게 돼.

그런데 성삼문은 왜 다시 수양대군 세조를 살해하려는데 앞장을 섰을까. 이는 간단해. 성삼문은 김종서와 황보인 등 측근들의 무소불위의 강력한 권력을 단지 견제하려는 생각해서 가담했던 거야. 단종을 끌어내리고 수양대군을 왕으로 올리기 위해서 가담했던 게 아니었어. 하지만 수양대군의 생각은 그게 아니었지. 조카인 단종을 쫓아내고 왕위를 찬탈하기 위해 일으킨 거사였지. 성삼문은 이걸 몰랐던 거야. 그래서 성삼문은 수양대군이 1455년(세조 즉위년) 세조가 되어 왕이 되었을 때 그를 제거하려고 했던 거야.

이런 일이 있었어. 1455년 세조가 단종을 쫓아내고 왕에 올랐을 때 성삼문은 승지로 있었어. 여러분이 역사 공부를 하게 되면 알겠지만, 승지도 여러 담당 부서가 있어. 승지가 한 명이 아니었다는 거야. 현대 정치에서 청와대나 백악관 같은 곳에 비서가 한 명만 있는 것이 아니듯 말이야. 각 분야별로 비서가 있듯이 말이야. 성삼문이 이때 맡은 승지의 임무가, 요즘으로 말하자면 의전을 담당하던 승지였어. 따라서 수양대군이 세조에 즉위했을 때 성삼문이 옥쇄를 전달하게 되었어. 자신이 모시던 단종을 쫓아내고 소위 말해서 쿠테타를 일으켜 왕위를 강탈한 수양대군에게 옥쇄를 건네는 성삼문의 마음은 찢어졌어. 성삼문은 세조에게 옥쇄를 전달하면서 통곡을 했어. 생각을 해 봐. 대통령으로 취임을 하는데 누군가가 그 앞에서 통곡을 한다고 생각해 봐. 이거 기분 좋은 일이겠어? 당장 경호원이 와서 붙잡아 갔을 거야. 수양대군은 얼마나 수치스럽고 모욕스러웠겠어. 안 그렇겠어? 세조는 그제서야 성삼문의 본심을 알게 된 거야. 어찌되었겠어. 수치와 모욕을 당하면서 옥쇄를 건네받은 세조는 이때부터 성삼문을 처형하겠다는 생각을 하게 되었겠지.

이제 단종 복위 운동에 대해 이야기를 해야 할 때가 된 것 같네. 단종 복위 운동에는 대부분 집현전 학사들이 참여를 했어.

단종 복위 운동은 이렇게 시작이 돼. 수양대군이 단종의 왕위를 빼앗자 박팽년이 경회루 연못에 뛰어들어 자살하려 했어. 이때 성삼문이 후일을 도모하자며 박팽년의 자살을 만류했어. 박팽년을 설득한 거지. 이런 소극적인 방법보다는 적극적으로 나서서 세조와 그의 무리들을 모두 베어 실질적으로 단종을 다시 왕위에 복귀시키자는 거지. 경회루에 빠져 죽으면 물론 세조에게 치명타는 될 수 있을지 몰라도 세조 일당을 몰아내지는 못한다는 거지. 단종을 다시 왕으로 복귀시키지 못한다는 거지. 이처럼 박팽년이 경회루에서 자살하려고 성삼문이 말리고한 것이 단종 복위 운동의 시발점이야. 그 이후 충청감사로 있던 박팽년이 다시 형조 참판으로 돌아온 후, 성삼문, 하위지, 이개, 유성원, 유응부, 김질 등과 함께 은밀히 단종 복위 운동을 추진하게 돼. 더 정확히 말해 성삼문을 비롯해 그의 아버지 성승(무관武官), 그의 동생 성삼고, 그리고 박팽년, 역시 그의 아버지 박중림, 그리고 또 하위지, 김문기, 유성원, 이개, 박쟁, 유응부(무관武官), 윤영손, 이휘, 권자신, 송석동, 박중림, 황선보, 허조, 심신, 이호, 박인년 등, 이 외에도 70여 명이나 되는, 뜻이 있는 여러 선비들이 가담을 했어. 그러고 보면 성삼문의 아버지와 동생까지 모두 가담을 했네? 그런데 박팽년의 아버지도 가담을 했어. 두 집안 모두 불의와 타협하지 않는 정의로움으로 가득 찬 집안이라 할 수 있겠군.

마침 절호의 기회가 오게 돼. 그 해 6월 1일에 세조가 상왕인 단종을 모시고 명나라 사신들을 위한 만찬회를 창덕궁에서 열기로 한 거야. 이들은 이날을 거사일로 정한 거야. 사육신 중 유일하게 유응부가 무관이었고, 또 성삼문의 아버지인 성승이 무관이었어. 성삼문의 집안은 문무를 겸비한 집안이라 할 수 있지. 아들 성삼문은 한글 창제에 참여할 만큼 대학자이며 문장가였으니. 아무튼 성삼문의 아버지 성승과 유응부 그리고 박쟁이 명나라 사신을 초대하는 연회 자리에서 칼을 들고 세조를 호위하는 별운검別雲劍의 직책을 맞게 되었어. 절호의 기회가 온 거지. 수양대군 세조의 목을 그 자리에서 당장 벨 수 있는 아주 좋은 기회이지. 절호의 찬스지. 세조 일파들을 모두 베고 단종을 다시 왕위에 올릴 수 있는 아주 좋은 기회이지. 이들은 이날을 세조와 그의 일파들을 베고 단종을 그날로 즉시 복위시키려고 하였어. 그런데 아뿔싸! 당일 아침 세조는 연회 장소가 좁다는 이유로 별운검을 들게 하지 않기로 했어. 유응부 등이 그래도 거사를 치르자고 했으나, 대부분이 거사일을 미루자고 하여 훗날을 기약하게 돼. 그 당시에는, 곡식의 씨를 뿌릴 시기에 임금이 친히 지켜보며 백성을 위로하는 권농의식이 있었는데 이를 관가觀稼라고 해. 거사를 이때 하기로 미룬 거야. 이에 함께 가담한 김질이 거사가 탄로 날 것에 겁을 먹고 배신하여 그의 장인 정찬손에게 말해. 그리고 김질은 장인과 함께 세조에게 밀고하고 말았어. 이로 인해 거사는 들통이 났고 실패로 돌아갔어. 이게 바로 단종 복위 운동이야. 이를 '병자사화丙子士禍'라고도 해. 이 일로 사육신과 그 외 70여 명이나 되는 선비들이 모반혐의로 처형을 당하거나 유배되었어. 김질의 밀고만 아니었다면 성공했을 텐데. 단종이 복위되고 역사는 바뀌었을 텐데. 그리고 아까운 선비들이 죽지 않았을 텐데.

그렇다면 사육신은 누구누구인가. 사육신이란 단종 복위 운동 과정에서 희생을 당한 사람들을 말해. 사육신이라 불리는 사람들은, 김질의 밀고로 처형된 여섯 명의 충신을 말해. 성삼문, 박팽년, 이개, 하위지, 유응부, 유성원을 사육신이라고 해. 사육신 모두 처참하게 처형당했지만, 유일하게 이 중에서 유성원은 자결을 했어. 이 당시에 사육신이라고 해서 여섯 명만 처형당했을까? 아냐. 70여 명이나 되는 많은 선비들이 처형되거나 유배되었어. 그런데 왜 사육신이라고 해서 그들만이 주목받고 있을까. 왜 사육신만 알려져 있을까. 왜 이들만이 충절을 상징하는 인물로 후대에 숭배되었을까. 알고 있는 사람은 알고 있을 거야. 혹시나 모르는 사람을 위해 간단히 설명할게. 사육신하면 연관되는 게 뭐가 있지? 생육신! 맞아, 생육신이야. 이들은 죽음으로 충절을 지킨 사육신과는 달리 살아서 충절을 지킨 사람들이지. 생육신 중에 남효온이라고 있어. 그가 지은 《추강집》에 '사육신전死六臣傳'이라고 해서 여섯 명의 신하에 대해 상세히 기록하고 있어. 다시 말해 목숨을 버려가며 충절을 지킨 여섯 명에 대해 상세히 기록해 둔 거지. 이것이 후대에까지 남겨지므로 해서 사육신이 전해지고 있는 거야. 단종 복위 운동이 있을 당시 남효온의 나이는 어렸어. 《추강집》은 그가 성장하여 지은 책이야. 이 사건의 많은 피해자 중 충절과 인품이 뛰어난 여섯 명의 행적을 상세히 적어 후세에 남기게 되었는데, 그 여섯 명이 사육신 즉, 성삼문, 박팽년, 이개, 하위지, 유성원, 유응부 였던 거야. 이것이 남효온의 《추강집》에 나오는 '사육신전'이야. 이후 후대에까지, 지금 현재에 이르기까지 이들 사육신을 조선시대의 대표적인 충신으로 꼽게 된 거야.

여기에서 사육신의 시조를 모두 살펴 볼 거야. 성삼문의 시조를 먼저 보도록 하지.

> 이몸이 주거가셔 무어시 될꼬 하니
> 봉래산蓬萊山 제일봉第一峰에 낙락장송落落長松 되야이셔
> 백설白雪이 만건곤滿乾坤할제 독야청청獨也靑靑 하리라

필자는 사육신을 생각하면, 정몽주와 같은 고려 말의 충신들이 생각 나. 사육신 중에서 제일 먼저 잡힌 사람이 성삼문이야. 그 다음에 박팽년이 잡혔고. 이들은 자신들이 정당한, 정의로운 일을 한

것에 대한 자부심으로 모두 죽을 각오를 하고 있었어. 성삼문의 시조를 풀어 보자.

풀이

① 이 몸이 죽은 후에 무엇이 될 것인가 하면

② 신선들이 산다는 봉래산의 제일 높은 봉우리에 올라, 긴 가지가 축축 늘어진 키가 큰 소나무가 되어

③ 흰 눈이 온 천지를 덮더라도, 나 혼자만이라도 그 눈 속에서 홀로 푸르고 푸르리라. 남들이 모두 절개를 버리더라도 나 혼자만이라도 굳세게 절개를 지키리라

얼마나 굳은 지조와 절개가 묻어나는 작품이야. 이 시조는 수양대군인 세조가 조카인 단종을 폐위하고 왕위에 오르자, 단종의 복위를 꾀하다가 실패하여 세조에게 죽임을 당할 때 읊은 시조야.

이 작품에서 성삼문은 자신의 굳은 절개를 곧고 푸른 소나무에 비유하고 있어. 그것도 추운 겨울 눈이 덮인 세상에서, 중국에서 신선이 산다는 봉래산 중에서도 제일 높은 곳에 우뚝 서 있는 소나무에 비유하고 있어. 자신의 절개가 그처럼 봉래산의 신선과도 같다는 뜻도 돼. 그리고 소나무 중에서도 가장 당당하게 서 있는, 제일 높은 곳에 서 있는, 가장 큰 소나무에 비유하고 있어. 성삼문의 굳은 절개와 결의가 잘 나타난 시조야.

세조에게 친국을 당하면서도, 그는 세조를 왕으로 대접하지 않았고 '나으리'라고 불렀어. 세조를 단 한 번도 왕으로 생각하지 않은 거지. 성삼문이 격하게 세조의 불의를 나무라자, 격노한 세조가 무

사를 시켜 불에 달군 쇠로 그의 다리를 태우고 칼로 팔을 잘라내게

했으나, 그는 안색도 변하지 않았어. 마치 일제시대의 유관순 누나처럼 말이야. 아니, 대부분의 독립운동가들처럼 말이야. 세조가 함께 가담한 자들을 모두 대라는 말에, 성삼문은 서슴없이 모두 그 이름을 댔어. 이는 앞에서도 말했지만 자신들의 행동이 떳떳하고 정당하다는 것에 대한 자부심에 그리한 거야. 그러하기에 당당했던 거고. 그런 당당함으로 세조의 친국에 임한 거야. 함께 가담한 사람들을 배신하고 자기만 살기 위해 이름을 댄 게 아냐.

성삼문은 집현전 학사였어. 시문時文에 능했으며 벼슬이 승지에 올랐으나, 단종 복위에 실패하여 세조에 의해 형장의 이슬로 사라졌어. 성삼문은 같은 사육신인 이개와 함께 같은 날 수레에 팔과 다리가 묶여 찢겨져나가는 거열형을 당하여 죽었어. 얼마나 처참한 처형이야. 그 당시에 법에도 없는 처형이었어. 세조가 이렇게 법에도 없는 잔혹한 처형을 내렸던 거야. 세조가 성삼문과 이개 등 사육신을 얼마나 괘씸하게 생각했는가를 알 수 있는 대목이야. 수레에 사지육신이 찢겨져 나가 죽었으니, 그때의 그 고통이 얼마나 컸을까. 생각만 해도 몸서리가 쳐지는 일이야. 차라리 단번에 목이 베어 죽는 것보다 더 처참한 처형이야. 세조는 사육신뿐 아니라 단종 복위 운동에 가담한 모의자들을 대부분 아주 잔혹하게 처형시켰어. 나중에 다시 이야기하겠지만, 세조는 이들을 죽인 후 시신의 머리, 몸, 팔, 다리를 토막 쳐서 각지에 돌렸어. 세조가 얼마나 잔혹했던 거야.

성삼문은 3족이 멸족을 당했어. 아버지 성승, 본인 성삼문, 그리고 동생 성삼고, 성삼문의 아들들까지 모두 멸족을 당했어. 당시에

성삼문에게는 갓난아기도 있었는데 이 역시 죽임을 당했어.

성삼문은 정인지, 박팽년, 신숙주, 이개, 최항 등과 함께 한글 창제에 힘썼으며, 1446년 9월 29일 훈민정음을 반포하는데 큰 공을 세웠어. 성삼문과 같은 대학자들이 없었다면 지금 우리가 한글을 쓸 수 없었겠지. 특히 성삼문은 한글 창제를 위해 정인지, 박팽년, 신숙주, 이개, 강희안, 최항 등과 함께 명나라 요동을 13번이나 왕래하면서, 요동 땅에 유배 중인 명나라 한림학사였던 황찬을 만나 음운音韻과 교장教場 제도에 대해 조언을 구하고 연구했어. 이렇게 해서 성삼문은 1446년 9월 29일 훈민정음을 반포하는데 큰 공헌을 세우게 돼.

조선조에 사가독서賜暇讀書라는 제도가 있었는데, 이는 학문의 발전을 위해 뛰어난 젊은 관료들에게 학문과 독서에 전념하게 하던 제도였어. 인재들에게 다른 일은 하지 않고 오직 학문에만 전념하도록 하는 제도였는데, 성삼문이 세종 24년(1442)에 삼각산 진관사에서 사가독서를 하기도 했어. 훈민정음 반포 이전이지. 세종이 이렇게 학자들을 아꼈기에 지금 우리가 쓰고 있는 한글을 사용할 수 있는 거야. 이때 성삼문과 함께 사가독서를 한 사람으로는 신숙주, 하위지, 이석정 등이 있어. 성삼문은 신숙주와 요즘으로 치면 절친이었어. 다음에 박팽년의 이야기가 나오겠지만 박팽년은 이들보다 먼저인 세종 20년(1438)에 역시 삼각산 진관사에서 사가독서를 했어. 다시 말하지만 세종대왕이 학자들을 그리고 학문을 얼마나 아끼고 중요시 했는가를 알 수 있어.

성삼문의 시조를 한 편 더 살펴볼까 해. 역시 단종에 대한 충신을 나타내고, 세조에 대한 저항의 의지가 담긴 시조야. 그래서 이 시조를 일명 〈절의가〉라고 해. 뒤에 유응부의 시조 해설에서 '절의파'에 대해 나오지만, 성삼문은 이렇게 일명 〈절의가〉라고 하는 시조를 지었어. 그럼 성삼문의 시조 〈절의가〉를 감상해 보자. 수양대군에 비유하여 자신의 굳은 지조와 절개를 표현한 작품이야.

아! 〈절의가〉가 무슨 뜻이냐고? 사전을 찾아볼까? 절의가란, 임금이나 나라에 대한 절개와 의리를 주제로 한 시나 시조 따위의 작품을 통틀어 이르는 말이야. 자, 그럼 성삼문의 〈절의가〉를 감상해 보자.

수양산首陽山 바라보며 이제夷齊를 한限하노라

주려 주글진들 채미採薇도 하난것가

비록애 푸새엣거신들 그 뉘 따희 낫더니

백이, 숙제 이야기는 여러분도 너무나 잘 알지? 이 시조는 그 백이, 숙제 형제가 중국 주나라의 무왕을 인정하지 않고, 수양산首陽山에 들어가 고사리만을 캐어 먹고 살다가 굶주려 죽은 이야기를 토대로 시조를 노래하고 있어. 하지만 성삼문이 생각하기에는, 그렇게 인정하지 않는 주나라 무왕의 나라에서 나는 곡식을 한갓 풀 한 포기라도 어찌하여 먹었느냐. 무왕의 나라에서 나는 것을 먹는 것 자체가 수치스러운 것 아니냐. 차라리 굶어 죽을지언정 어찌 인정하지 않는 무왕의 나라에서 나는 것을 먹느냐, 며 백이, 숙제를 꾸짖고 있는 거야. 성삼문 자신 같으면 죽으면 죽었지 풀 한 포기도 먹지 않겠다는 굳은 절개가 말하고 있는 거야. 어차피 굶어 죽을 거 그까짓 고사리 한 포기 먹어 무엇 하겠느냐는 것이지. 굶어 죽으면

죽었지 고사리를 캐 먹으며 생명을 연장했냐는 거야. 실제로 성삼
문은 수양대군을 왕으로 인정하지 않고 죽음으로 인생을 마쳤으니.
그래서 이 시조를 일명 〈절의가〉라고 하는 거야.

　더 자세히 시조 내용을 뜯어 살펴보면, 본문 초장에 '수양산首陽
山'은 중국에 있는 산으로 백이, 숙제가 숨어서 산 산이라고 앞에서
말했어. 그런데 또 다른 의미로는 수양대군을 비유하기도 한 거야.
'수양산'과 '수양대군'……. 그 말소리가 비슷하잖아? '이제夷齊'는
백이와 숙제 형제를 말해. 즉 초장은 수양대군에 비유하여, 수양산
을 바라보며 백이, 숙제를 한탄 하노라, 원망하노라, 란 뜻이 돼. 왜
원망하는가는 중장에 잘 나타나 있어. 중장의 '채미採薇'는 고사리
와 같은 나물을 캐는 것을 말하는데, 비록 굶어 죽을지언정 고사리
를 캐어 먹느냐, 라고 성삼문은 백이, 숙제를 꾸짖고 원망하고 있는
거야. 종장에서 비록 별것 아닌 푸새엣 것인들, 다시 말해 풀 한 포
기라도 그 어느 땅에서 난 것이더냐. 결국 백이, 숙제 너희들이 인
정하지 않는 주나라 무왕의 나라에서 난 것이 아닌가. 따라서 풀 한
포기라도 먹어서는 아니 되는 것이 아닌가, 라며 백이, 숙제를 원망
하고 있어. 자, 그럼 시조 내용을 알기 쉽게 풀어 보자.

풀이

① 수양산을 바라보며, 백이, 숙제를 원망하노라

② 굶어 죽을지언정 너희들이 인정하지 않는 주나라 무왕의 나라
　에서 나는 고사리 같은 것을 캐어 먹느냐

③ 비록 별것 아닌 풀 한 포기라도 그것이 누구의 땅에서 나온
　것이냐. 그것이 바로 너희들이(백이, 숙제) 인정하지 않는 주

먹느냐

이 〈절의가〉는 성삼문의 굳은 절개가 잘 나타난 시조야. 그래서
그 자신 또한 죽음으로써 수양대군 세조에 대한 저항을 한 것이고.
수양대군에 빗대어 중국의 백이, 숙제가 숨어 살았다는 수양산을
끌어들여, 자신은 수양대군의 나라에서는 목숨이 끊어진다 해도 지
조와 절개를 지키겠다는 굳은 의지가 담겨 있어. 그래서 그는 실제
로 사육신이 되어 죽음으로 세조를 왕으로 인정하지 않았고.

이번엔 박팽년에 대해 알아보기로 하자. 앞에서 단종 복위 운동
의 단초가 박팽년으로부터 시작되었다고 했지? 박팽년이 경회루에
서 빠져 자살하려고 하자 성삼문이 후일을 도모하자며 말렸다고 했
어. 성삼문과 함께 사육신 중의 한 사람. 그 박팽년에 대해서, 그리
고 그의 시조와 절개에 대해 알아보기로 하자.

> 가마귀 눈비마자 희는듯 검노매라
> 야광명월夜光明月이 밤인들 어두오랴
> 님향向한 일편단심一片丹心이야 고칠줄이 이시랴

조카 단종을 쫓아내고 왕위에 오른 세조에 대한 분노를 노래하고
있어. 따라서 이 시조는 단종에 대한 충절을 노래한 작품이야. 까마
귀는 수양대군을, 야광명월과 님은 단종을 비유하고 있어. 시조 원
문 중장에서 '야광명월'이란 밤에 '밝게 빛나는 달'이란 뜻으로, 단
종을 '밤에도 빛나는 보석'으로 비유하고 있어. 이는 이 나라 조선

의 태양은, 곧 임금은 단종 그 한 분뿐이라는 뜻이지.

초장에서 수양대군을 까마귀에 비유하고 있는데, 까마귀는 색이 검잖아. 이는 네가 아무리 깨끗한 듯하지만 결국은 조카를 내쫓은 나쁜 놈이다, 란 뜻이야. 네가 아무리 깨끗한 척하지만 수양대군 너는 검은 속내를 가진 까마귀에 불과하다, 라고 하고 있는 거지. 잠시 눈을 맞아 검은 빛이 흰 듯 보이지만, 다시금 비가 내려 눈이 씻기니 검은 네 몸이 나타난다고 하고 있어. 조카를 쫓아내고 임금에 오른 네 검은 속내가 들어난다는 거야. 중장에서는 단종(야광명월) 임금님이 밤인들 어둡겠는가. 단종 임금님은 밤이라 하여도 밝게 빛나는 태양이다, 라고 하고 있어. 종장에서는 단종 임금님을 향한 내 마음이 변할 줄 알았느냐고 노래하고 있어. 작자의 강하고 굳은 절개가 느껴지는 시조야. 전체적으로 시조의 뜻을 풀어 볼까?

풀이
① 까마귀가 눈비를 맞아 희어졌는가 싶더니 또다시 검어지는구나
② 밤에도 빛이 나는 보석이 밤이라고 한들 어찌 어둡겠는가
③ 한 임금님을 향한 일편단심이야 변할 줄이 있으랴

단종의 복위를 함께 꾀했던 김질의 밀고로 단종 복위가 실패로 끝났는데, 이때 세조가 박팽년의 재능을 알고 그를 다시 끌어들이려고 회유했어. 모의 사실을 숨기면 살려주겠다고 했어. 마치 고려 말에 이방원이 정몽주를 회유하듯 말이야. 그런데도 박팽년은 끝까지 거절해. 나중에 마지막 방법으로 김질을 백팽년의 옥중으로 보냈어. 세조의 명을 받고 옥중으로 간 김질은, 고려 말 충신 정몽주

를 회유하려던 태종 이방원의 "이런들 어떠하리……."로 시작하는 〈하여가〉를 박팽년에게 읊었어. 이때 박팽년이 앞에 소개한 "까마귀 눈비 맞아 희는 듯 검노매라……."며 이 시조로 화답한 거야. 박팽년은 심한 국문을 당한 그 달 7일에 옥중에서 죽었어. 그는 세조에게 친국을 당하면서도 왕으로 대접하지 않았고, 즉 '전하'라고 하지 않고 '나으리'라고 불렀어. 이에 격노한 세조가 "그대가 나에게 이미 '신臣'이라고 칭했는데 지금 와서 비록 그렇게 부르지 않는다고 해서 무슨 소용이 있겠느냐?"고 하자, 그는 "나는 상왕(단종)의 신하이지 나으리의 신하는 아니므로 충청 감사로 있을 때 단 한 번도 '신'자를 쓴 일이 없다."고 대답했어. 단종을 몰아내고 세조가 등극했을 때 박팽년은 충청 감사로 있었거든. 이에 세조는 그동안 박팽년이 충청 감사로 있을 때 올린 장계를 살펴보았어. 정말로 '臣'이라 쓰지 않았던 거야. 획을 빼고 '巨'라고 썼던 거야. 세조는 또다시 물었어. "그동안 너는 내가 주는 녹을 먹고 살지 않았느냐. 그런데 어찌 신臣이라하지 않느냐."고 말이야. 이에 박팽년은 "나는 나으리가 주는 녹을 단 한 푼도 쓰지 않았으며, 나으리가 주는 곡식 또한 단한 톨도 먹지 않았다."라고 말했어. 이에 세조는 박팽년의 집 곡간을 뒤지게 했는데, 정말로 곡간에 세조가 내린 녹봉이며 곡식이 곡간에 가득 쌓여 있는 거야. 정말로 세조가 내린 것은 단 하나도 쓰지도 먹지도 않았던 거야. 정말 지조와 절개가 대단한 선비라 할 수 있지. 요즘 과연 이런 정치인이나 학자가 있을까? 이처럼 대쪽 같은 선비가 그리워지는 시절이야. 세조는 더욱 노하여 함께 가담한 자들을 대라고 하였고, 그는 성삼문처럼 서슴없이 가담한 사람들의 이름을 모두 대었어. 이미 성삼문이 잡혀가 모의 사실이 드러났음을 알고 함께 모의한 사람들의 이름을 댔어. 이렇게 서슴없이 이름을 댄 것은, 박팽년과 자신들이 한 일이 떳떳하고 정의로운 일이기에 숨길 필요가 없었던 거고 그러하기에 당당했던 거야. 그런 당당함으로 세조의 친국에 임한 거야. 이는 성삼문과 같은 생각이었지. 아니, 사육신과 단종 복위 운동에 가담한 모의자들 모두 당당했던 거야.

박팽년은 성삼문과는 달리 심한 고문으로 옥중에서 죽었어. 그리고 그의 식구들은 성삼문의 식구들처럼 3족이 멸족을 당했어. 박팽년이 옥중에서 죽은 그 다음날 그의 아버지가 능지처참을 당하게 돼. 그리고 동생과 아들까지 처형을 당했어. 이렇게 3족이 멸족을 당한 거야. 그의 어머니를 비롯한 여자들은 대역무도의 집안이라 하여 노비가 되었어. 현대엔 이렇게 3족을 멸하는 제도가 없지. 성삼문과 박팽년뿐 아니라 이에 연류된 사람들은 모두 3족이 멸족을 당했어.

그의 아버지가 능지처참 당하는 날 다른 모의자들도 모두 처형을 당하게 돼. 능지처참이 얼마나 참혹한 처형인 줄 알아? 조선시대의 능지처참은, 대역죄를 범한 자에게 과하던 극형으로, 죄인을 죽인 뒤 시신의 머리, 몸, 팔, 다리를 토막 쳐서 각지에 돌려 보이는 형벌이야. 그러니 얼마나 참혹한 처형이야. 지금 현대에 생각하면 참으로 잔인한 형벌이지. 이런 형벌은 현대에 상상할 수도 없는 처형이야.

박팽년은 앞에서도 말했듯이 사육신의 한 사람으로 집현전 학사였어. 세종 16년(1434)에 알성문과에 을과로 급제하면서 벼슬에 나왔어. 성삼문 등과 함께 세종의 총애를 받았으며, 집현전 학사로서 여러 가지 편찬 사업을 했어. 단종 1년(1453)에는 우승지를 거처 형조참판을 지내기도 했어.

박팽년 역시 정인지, 박팽년, 신숙주, 이개, 강희안, 최항 등과 함께 명나라 요동을 13번이나 왕래하면서, 요동 땅에 유배 중인 명나라 한림학사였던 황찬을 만나 음운音韻과 교장敎場 제도에 대해 조언을 구하고 연구했어. 이렇게 해서 박팽년은 1446년 9월 29일 훈민정음을 반포하는데 큰 공헌을 세우게 돼.

박팽년은 세종 20년(1438)에 삼각산 진관사에서 사가독서를 하기도 했어. 그만큼 박팽년의 학문이 뛰어났다는 거지. 성삼문, 신숙주, 하위지, 이석정 등이 세종 24년(1442)에 사가독서를 했는데, 박팽년은 이들보다 빨랐지? 박팽년이 이들보다 먼저 태어났어. 아무튼 사가독서한 연대는 다르지만 세종이 인재들을 참 잘 기웠다는 증거야. 그는 글씨와 문장 그리고 경서에 대한 학문이 뛰어나 집대성이라는 칭호를 받았어. 특히 필법이 뛰어나 중국 고금古今을 통털어 최고의 서예가로 칭송받는, 해서·행서·초서의 각 서체를 완성한, 그래서 서성書聖으로까지 불리는 왕희지에 버금간다 할 정도였어. 그만큼 그의 필법이 뛰어났다는 거지. 하지만 그의 저서가 전해지고 있지 않음이 아쉬워.

초당草堂에 일이 업서 거믄고를 베고 누워

태평성대太平聖代를 꿈에나 보려타니

문전門前에 수성어적數聲漁笛이 잠든 날을 깨와다

앞에서 사육신 중에서 유일하게 자결한 사람이 유성원이라고 했지? 이 시조가 바로 그 유성원의 작품이야. 이 시조는 아주 참혹한 현실을 이야기하고 있어. 우선 먼저 시조 내용을 있는 그대로 풀어 볼게. 그런 다음에 시조에 담긴 진정한 내용을 설명해 보도록 할게.

풀이

① 초당에 할 일이 없어 거문고를 베고 누워 잠이 들어

② 태평성대를 누렸던 세종조의 시대를 꿈에서나 보려고 하였더니

③ 문 밖에서 나는 어부들의 피리소리가 잠든 나를 깨우는구나

해설을 보니 참으로 한가한 자연의 풍경을 선비가 즐기는 것처럼 보이지? 거문고를 베고 누워 낮잠을 자는 한가한 선비의 모습을 보는 듯도 해. 하지만 그게 아냐. 이 시조의 작자가 누구야. 스스로 자결한 사육신 중의 한 사람이 아닌가. 그런 사람이 한가한 작품을 지을 리가 없지. 박정희, 전두환 군사 독재 시절 저항시를 썼던 사람들과 같다고나 할까? 시조 원문의 내용을 하나하나 헤쳐 풀어 볼까?

'초당'이라 함은 별채를 말해. 별채에서 거문고를 베고 누워서(초장), 30여 년 간의 세종 시대의 태평성대를, 현실은 아니지만 비록 꿈에서라도 보려 하였더니(중장), '문전'은 문 밖을 말해. '수성어적' 은 어부들이 부는 피리소리를 말하고. 하지만 여기서는 수양대군 세조에 의해 죽임을 당하는 참혹한 고통의 소리를 '수성어적' 즉, 어부들의 피리소리로 은유하고 있어. 다시 말해서 이 종장의 내용을 풀어보면, 문 밖에서 나는 수양대군 세조의 피비린내 나는 소리가, 세조에 의해 죽임을 당하는 참혹한 고통의 소리가 나를 깨우고

있으니 통탄할 노릇이로다(종장).

이 시조에는 이런 뜻이 담겨 있는 거야. 단종 1년(1453), 수양대군은 단종의 아버지인 문종 때부터 품어오던 붉은 이빨을 드러낸 거야. 조카인 단종이 보위에 오르자, 세종과 문종 때부터 벼슬을 지내던 원로 신하들을 하나 둘씩 제거하기 시작했어. 그리고 계유정난때 백두산 호랑이 김종서 장군마저 살해하고 말지. 이 시조는 김종서 장군의 죽음 소식을 듣고 그 슬픔을 세종 때의 태평성대와 수성어적 등 비유를 써가며 노래하고 있는 거야.

유성원이 자결했다고 했잖아? 왜 그랬을까? 수양대군이 원로 신하들을 척결하고 김종서마저 죽이고, 집현전 학사들에게 송덕문, 즉 수양대군 자신의 공덕을 기리는 글을 지으라 했어. 그러자 다른 모든 집현전 학사들은 자리를 피했는데 유성원만이 남은 거야. 그리고 송덕문의 초안을 잡은 거야. 다시 말해서 수양대군의 공덕을 치하하는 글의 초안을 쓴 거지. 마치 이성계의 용비어천가처럼. 유성원은 집에 돌아와 통곡을 하였어. 그 이후로 다른 사육신들과 함께 단종 복위를 꾀하다가 발각이 되자 집으로 돌아와 사당 앞에서 자결을 한 거야.

임금을 중심으로 시대를 구분하면 이래. '세종 → 문종 → 단종 → 세조(수양대군)' 이렇게 내려오지. 문종이 보위에 오른 지 2년(즉 위기간: 1450~1452)밖에 살지 못하고 어린 단종에게 보위를 물려주고 죽게 돼. 문종 임금은 자신이 병약하여 오래 살지 못할 것을 예감하고 앞에서도 말했거니와 김종서, 황보인 그리고 성삼문, 박팽년 등을 비롯한 집현전 학사들을 불러, 당시 세자였던 어린 단종이 보위에 올랐을 때 잘 보필해 줄 것을 부탁하게 돼. 문종은 세종의 맏아들로 30여 년간 세자로 있으면서 세종을 보필했어. 세종을 보필하며 많은 업적을 쌓았어. 세종이 태평성대를 이룬 것도 문종이 세자로 있으면서 많은 일을 한 이유도 있어. 하지만 정작 자신이 왕위에 올라서는 겨우 2년밖에 살지 못하고 죽었어. 그래서 어린 세자 단종이 걱정되어 이들에게 잘 보필해 줄 것을 부탁하게 돼. 하지만 이 모든 것이 김종서의 죽음으로 단종의 앞날이 어두워지게 된 거야. 사육신의 처절한 대항에도 결국 뜻을 이루지 못하고 단종도 죽고, 사육신도 모두 처형되었어.

> 방房안에 혓는 촉燭불 눌과 이별 하엿관대
> 것츠로 눈물 디고 속타는쥴 모로는고
> 뎌 촉燭불 날과 갓트여 속타는쥴 모로도다

이 시조는 이개의 작품이야. 이개는 세종 29년(1447)에 사가독서를 했어. 이개의 학문이 어느 정도인가를 알 수 있지. 또한 이개는 훈민정음 창제에도 참여한 대학자야. 이개 또한 정인지, 성삼문, 박팽년, 신숙주, 강희안, 최항 등과 함께 명나라 요동을 13번이나 왕래하면서, 요동 땅에 유배 중인 명나라 한림학사였던 황찬을 만나 음운音韻과 교장敎場 제도에 대해 조언을 구하고 연구했어. 이렇게 해서 이개 역시 1446년 9월 29일 훈민정음을 반포하는 데 큰 공헌을 세우게 돼. 시조의 뜻을 살펴보자.

풀이

① 방 안에 켜 있는 촛불 누구와 이별하였기에

② 겉으로 눈물 흘리고 속이 타들어가는 걸 모르고 있는가

③ 저 촛불 나와 같아서 속이 타들어가는 걸 모르는구나

　대부분 사육신들이 집현전 학사들이 많다는 점도 특이해. 이 시
조는 수양대군(세조)에 의해 영월로 쫓겨난 단종을 생각하며 지은 작
품이야. 천리 먼 길 쫓겨난 단종을 생각하며, 촛불에 비유하여 노래
하고 있어. 흔히 촛불이 탈 때 흘러내리는 촛농을 눈물에 비유하곤
해. 이 시조 역시 촛불이 탈 때 흘러내리는 촛농을 작자의 눈물로,
초가 타들어가는 것을 작자의 애타는 마음에 비유하고 있어. 저 촛
불처럼 작자의 마음도 눈물과 속이 타들어가고 있음을 알 수 있어.
이 시조는 촛불에 비유한 작품이라 하여 일명 〈홍촉루가〉라고도
해. 이개는 천부적인 글재주를 타고났어.

　수양대군에 의해 성삼문 등과 함께 같은 날 수레에 두 팔과 두 다
리가 묶여 몸이 네 조각으로 찢겨져나가는 참혹한 거열형을 당하여
죽었어. 거열형이 어떤 건지 앞에 성삼문 이야기할 때 했지? 이개
역시 이처럼 처참하게 세조에 의해 처형을 당했어. 이때 이개의 매
부인 전 집현전부수찬인 허조도 단종 복위의 모의에 참여해 자결하
였어.

> 객산문경客散門扃하고 풍미월락風微月落할 제
> 주옹酒甕을 다시 열고 시구詩句 훗부러니
> 아마도 산인득의山人得意 이뿐인가 하노라

　이 시조 역시 사육신인 하위지의 작품이야. 그런데 이 시조의 특

징은 다른 사육신의 시조들처럼 충절과 지조와 절개를 느끼는 그런 내용이 아니라, 그저 자연을 노래하고 있는 게 특징이야. 시조가 한문 투가 많아서 이해하기 조금 어려웠을 거야. 아~ 머리 아파. 자, 그러니까 우선 먼저 시조의 전체적인 뜻을 감상해 보자.

풀이

① 손님이 흩어져 돌아가고 문을 닫으니(객산문경), 잔잔한 바람도 물러가고 달은 서산에 기울어 어둑어둑해 질 때(풍미월락)

② 술독(술 항아리, 주옹)을 다시 열고 싯구를 읊조리니

③ 아마도 산속에서 뜻을 얻는 것은(산인득의), 즉 벼슬을 버리고 산속에 은거하고 있는 나의 가장 즐거운 일은, 이렇게 술 마시고 싯구를 읊조리는 것인가 하노라

작품이 참으로 소박하고 평화로우며 서정적이야. 그치? 모든 세상사 근심을 버리고 산속 초막에서 술을 마시며 시를 읊는 것을 상상해 봐. 얼마나 평화로워. 다시 한 번 시조의 뜻을 하나하나 풀어볼까?

초장에서 '객산문경客散門扃'이라 함은, 손님이 흩어져서 문을 닫는다는 뜻이고, '풍미월락風微月落'에서 '풍미'는 아주 잔잔하게 불어오는 바람을, '월락'은 달이 지는 것을 뜻해. 중장에서 '주옹酒甕'의 '옹'은 '독 옹'자야. 즉 '항아리 옹'자야. '옹기' 또는 '옹기그릇'이란 말 혹시 들어 봤어? 요즘 젊은 사람들은 못 들어봤을 것 같고. 아무튼 '옹기그릇'이란 말이 있는데 이때의 '옹'자도 '독 옹'자야. 이제 좀 쉽게 이해가 될까? 앞에 '술 주'자가 있으니 '술독' 또는 '술 항아

리'를 뜻하지. 그리고 중장의 끝부분을 보면 '시를 읊는 것'을 '시구를 흩뿌린다'고 표현하고 있어. 시적 표현이지. 종장의 '산인득의山人得意'에서 '산인'은 '산山 사람', '산에 사는 사람', '산 속에 사는 사람' 등으로 해석할 수 있어. '득의'는 '뜻을 얻었다'는 뜻이고.

간밤의 부던 바람에 눈서리 치단말가

낙락장송落落長松이 다 기우러 가노매라

하믈며 못다 핀 곳이야 닐러 므슴 하리오

이 시조는 사육신인 유응부의 시조야. 사육신들은 모두 문신인데 오직 이 시조의 작자인 유응부 한 사람만이 무관武官이었어. 그래서 인지 초장에서부터 무관으로서의 강함이 나타나 있어. 물론 성삼문의 아버지인 성승도 무관이었지만, 사육신으로서는 유응부가 유일한 무관이야. 이 시조는 무슨 내용일까? 무슨 뜻을 가지고 있을까? 한번 살펴보자.

풀이

① 간밤에 불던 바람에 세조(수양대군)의 포악스러운 피바람이 친단 말인가

② 단종을 지키던 낙락장송처럼 곧고 거대한 김종서 장군이나 황보인 대감이 죽어갔으니

③ 하물며 다 피지 못한 젊은 인재들이야 말하여 무엇 하리오. 이들 또한 세조의 피바람을 피하지 못할 것이다

이 시조는 단종을 보위하던 김종서와 황보인이 수양대군에게 살해당함을 알고 한탄하여 부른 작품이야.

초장에서 눈서리가 쳤다는 것은, 수양대군의 포악스러운 피바람이 불어 닥쳐, 단종을 지키던 김종서나 황보인과 같은 원로대신이 죽었다는 뜻이야. 중장에서 낙락장송이 다 기울었다는 것은 낙락장송처럼 거대한 김종서나 황보인과 같은 이가 죽어갔다는 뜻이며, 종장은 저렇게 거대한 인물들이 죽어나가는데, 이제 한창 자라나는 젊은 인재들이야 말하여 무엇 하겠는가, 라고 노래하고 있어. 다시 말해서 젊은 인재들 또한 수없이 죽어나갈 것이다, 라고 예언하듯 노래하고 있는 거야. 작자의 예언대로 김종서와 황보인의 죽음 이후, 세조 2년(1456) 사육신을 비롯한 젊은 인재들이 수없이 죽어나갔어.

유응부는 세조의 친국 형장에서 세조를 '자네'라고 불렀어. 성삼문과 박팽년이 세조를 왕으로 대접하지 않고 '나으리'라고 한 것도 대단한데, 유응부는 '자네'라고 했으니 대단한 배포를 가졌다고 할 수 있지. '자네'는 친구나 아랫사람에게 하는 말투잖아. 역시 무관武官으로서의 강직함을 잘 보여주는 대목이야.

사육신 중 유일한 무인이었던 유응부는 성삼문 이야기에서도 나왔지만, 성삼문의 아버지인 성승과, 사육신에는 들지 않았지만 역시 무인이었던 박쟁과 함께 명나라 사신을 초대하는 연회 장소에서, 세조 옆에서 칼을 차고 지키는 별운검別雲劍의 직책을 맞게 되었어. 유응부 역시 당장 수양대군 세조의 목을 벨 수 있는 자리에 있었지. 세조의 목에 칼을 댈 수 있는 아주 좋은 위치에 있었던 거지. 김질의 배신으로 실패로 돌아갔지만.

유응부는 무인이었지만 학자로서도 명성이 있었어. 역시 문무를 겸비한 사람이라고 할 수 있어. 기골이 장대하고 무예에 뛰어났다고 해. 말 그대로 생김새는 무인으로서의 체격과 기질을 타고 났다고 할 수 있지. 이런 사람이 학문에도 조예가 깊었으니 참으로 인물이라 할 수 있지. 특히 유응부는 성삼문과 같은 절의파節義派 학자였어. 또한 그의 관직이 재상급인 2품에 있었으나, 청렴하여 끼니를 거를 정도로 매우 가난하였어. 절개를 가진 무인이자 문인이었어.

자, 우리는 앞에서 사육신의 시조들과 그들의 충성스러운 지조와 절개에 대해 알아보았어. 사육신 이야기가 나왔는데, 단종에 대해 이야기를 안 할 수가 없지. 단종의 시조와, 그의 외로움에 대해 이야기를 해 볼 거야.

수양대군이 1455년 단종을 상왕으로 사실상 쫓아내고 세조로 즉위하게 되지. 그리고 단종이 1457년(세조 2) 상왕에서 노산군으로 강봉降封되어 강원도 영월의 청령포라는 곳으로 유배돼. 영월의 청령포라는 곳은, 영월군 남한강 상류에 있으며, 강의 지류인 서강이 휘돌아 흘러 삼면이 강으로 둘러싸여 있고, 한쪽으로는 깎아지른 절벽의 육륙봉이라고 부르는 험준한 암벽이 가로막고 있는 곳이야. 나룻배를 이용하지 않고는 들어갈 수 없는 섬과 같은 곳이야. 그래서 육지 속의 섬이라고 불러. 지금 현시대에도 이곳은 배를 타야만 들어갈 수 있는 두메산골이야. 이곳에 17살 어린 소년이 혼자 있으니, 더구나 자신의 운명이 어찌될지도 모르면서 살아가고 있으니, 얼마나 고통스럽고 쓸쓸하고 외로웠겠어. 요즘으로 치면 한참 사춘기인 나이인데. 단종은 청령포에 처음 유배되어 두 달간 머물게 돼. 이유는 그 해 여름 서강이 홍수로 범람하자 처소를 영월 객사인 관풍헌으로 옮겨.

  참고로 영월의 청령포로 유배된 시기를, 2010년 현재 현지 안내판에는 '1457년(세조 1)'로 되어 있는데 이는 잘못된 거야. 필자가 앞에서 적었듯이 '1457년(세조 2)'라고 해야 맞아. 세조가 1455년에 즉위를 했는데 1457년이 어떻게 세조 1년이 돼? 생각하고 안내판을 만든 거 맞아? 이 무슨 해괴한 계산법이란 말인가. 그곳 공무원들은 뺄셈도 못하나? 초등학생으로 돌아가 뺄셈을 해 볼까? '1457-1455'는? 몇이지? 2지? 그러니까 1457년은 세조 2년이지. 1455년은 즉위년이라고 하는 거고, 1456년은 세조 1년(해가 1년이 지났으니까), 그러니까 1457년은 세조 2년인 거야. 자료를 찾다보니 어떤 자료에는 1457년이 세조 3년이라고 되어 있는 참으로 어처구니없는 자료도 있어. 어떻게 이런 해괴한 계산법이 나온 건지 이해할 수 없어. 영월군의 공무원이나 역사적인 자료를 담은 자료나 똑같이 참으로 한심하기 짝이 없는 일이야. 믿을 만한 자료에서도 이런 오류들이 발견되고 있으니 말이야. 정리하면 아무튼 1457년은 세조 2년이라고 해야 맞아. 쉽게 이해하기 위해, 2016년 현재 대통령을 하고 있는 박근혜 대통령의 집권(임기, 취임) 시기를 따져 보자. 그러면 이해를 쉽게 할 수 있을 거야. 현재 제18대 대통령인 박근혜는 2013년 2월에 대통령에 취임했어. 그러면 박근혜 대통령 집권 1년은 언제일까? 당연히 2014년 2월이지? 이것이 조선시대로 치면 즉위 1년이 되는 거야. 다시 말해서 2013년은 취임한 해이고(임금이 즉위한 해이고), 2014년이 박대통령 집권 1년(임금으로 치면 즉위 1년)이 되는 거야. 이제 왜 영월 청령포에 있는 현지 안내판이 세조 1년으로 되어 있는 것이 잘못되었는지, 또는 역사 자료에 세조 3년으로 되어 있는 것이 잘못 되었는지 이해할 수 있겠지? 참으로 얼빠진 공무원과 전문가들이 아닌가? 이렇게 쉬운 것조차 잘못 기록을 해 두고 있으니. 그래서 필자가 한심하기 짝이 없다고 하는 거야.

단종의 시조를 살펴보자. 사실 시조라기보다는 한시에 한글 토를 단 것이라 할 수 있어. 시조라 할 수 없기에 여기에 소개하지 않으려다가, 유배 생활하는 단종의 외로운 심정을 노래한 것이기에, 그리고 수양대군 세조와 사육신하면 떠오르는 것이 단종이므로 여기에 소개 해.

촉백제蜀魄啼 산월저山月低하니 상사고相思苦 의루두倚樓頭] 라

이제고爾啼苦 아심수我心愁 무이성無爾聲이면 무아수無我愁 ㄹ 낫다

기어인간이별객寄語人間離別客하나니 신마등愼莫登 춘삼월春三月 지

규제子規啼 명월루明月樓를 하여라

이 도대체 무슨 말이야. 아유~ 머리 아프지? 모두가 한문 투라서 말이야. 필자도 머리가 핑글핑글 도네. 아무튼 이 작품은 단종이 강원도 영월 땅에서, 자신의 외롭고 고달픈 심정을 노래한 작품이야. 단종의 외로움과 고달픔을 생각하면서 작품 풀이를 보자.

풀이

① 두견새 슬피 울고 산마루에 달이 걸려 밤이 깊으니, 사람을 그리워하며 누각에 의지하여 기대었노라

② 두견새야! 네가 울고 괴로워하면 내 마음 또한 시름에 겨우니, 네 울음이 없으면 내 시름도 사라지는구나

③ 이별한 이들에게 말하노니, 춘삼월 두견새 우는 달 밝은 누각
에 삼가 오르지 말 것이니라

참으로 단종의 한이 눈물겹도록 슬퍼오네. 이 작품은 강원도 영
월 땅에 유배되어 있을 때, 매죽루라는 누각에 올라 두견새의 울음
소리를 듣고 노래한 거야. 그래서 일명 〈자규시〉라고도 해. 두견새
를 소쩍새 또는 접동새라고도 하는 건 알지? 단종의 서글픔이 잘 나
타난 작품이야.

단종은 결국 그 해 1457년(세조 2) 역시 숙부인 금성대군이 단종
의 복위를 꾀하다 발각되자, 서인으로 강등되면서 10월 24일 관풍
헌에서 17살 어린 나이에 죽음을 맞게 되지.

한문이 많으니, 그 뜻을 한 번 풀이해 보자. 어구풀이를 보고 시
조 해설한 것을 다시 한 번 읽어 봐. 그러면 단종의 시가 가슴에 더
와 닿을 거야.

'촉백제蜀魄啼'는 두견이가 슬피 운다는 뜻. 두견새는 소쩍새, 접
동새라고도 하지. '산월저山月低'는 산마루에 걸린 달이란 뜻으로
'낮을 저'자를 쓰고 있으니, 산마루에 달이 떨어지니란 뜻이 되지.
이것을 다시 의역하면 산마루에 달이 걸려 밤이 깊으니, 라고 해석
할 수 있어. '상사고相思苦'의 '상사'는 누군가를 그리워한다는 뜻이
고, '고'는 괴로워한다는 뜻이니, 결국 그리움이란 뜻을 가지고 있
어. '의루두倚樓頭'에서 '의루두'의 '의'자는 '의지할 의'자로, 누각에
의지하여 기댄다는 뜻이야. '이제고爾啼苦'는 네가 울고 괴로워 하면
이란 뜻으로 여기서는 두견새, 소쩍새를 뜻해. '아심수我心愁'의 '수'
자는 '시름 수'자로, 내 마음 또한 시름에 겨우니로 해석할 수 있어.

'무이성無爾聲이면 무아수無我愁'에서 '무이성'은 너의 울음이 없음을, '무아수'는 내 시름도 없음이란 뜻이야. 시름이 없다는 건 곧 시름이 사라진다는 뜻이겠지? '기어인간이별객寄語人間離別客'은 이별한 이들에게 말한다는 뜻. '신막등愼莫登'은 삼가 오르지 말라는 뜻이야.

성삼문이 백이숙제를 원망한 "수양산 바라보며 이제를 한 하노라……."고 노래했던 〈절의가〉를 보고 그에 대한 변론의 시조를 지은 이가 있어.

주의식이라는 사람이 쓴 시조인데, 생몰연대는 모르나 숙종 때의 무관이야. 이름 높은 가객歌客으로도 유명했던 사람이야. '가객'이란 시조를 아주 잘 짓고 창(요즘으로 말하면 노래)을 아주 잘 하는 사람을 뜻해. 그리고 먹으로(조선시대에는 먹과 붓을 사용했지.) 매화를 아주 잘 그렸던 사람이야. 그럼 주의식의 시조를 보면서 이야기를 이어나가기로 하지.

> 쥬려 죽으려하고 수양산首陽山에 들엇거니
>
> 현마 고사리를 먹으려 캐야시라
>
> 물성物性이 구분 줄 애다라 펴보려 캐미라

풀이

① 굶어 죽으려고 수양산에 들어갔는데

② 설마 고사리를 먹으려고 캤겠는가

③ 고사리가 구부려져 있는 것이 애달파서 펴 주려고 캔 것이로다

시조에서 읽은 그대로야. 설마 이제(백이숙제)가 절개와 지조를 저버리고 고사리를 캐 먹었겠느냐. 고사리의 성질이 구부러져 있는 것이기에 그것이 애달파서 펴 주려고 캔 것이로다, 고 변론을 하고 있는 시조야. 원문에서 '물성物性'이라 함은 어떤 물질의 성질을 말함이지. 여기서는 고사리의 성질을 말하고 있음이야.

어떤 사건 또는 어떤 사물이나 벌어진 일들을 볼 때, 우리가 보는 이에 따라 관점이 다르듯이, 이 시조를 지은 주의식이라는 사람은 백이숙제의 심정을 이해할 수 있다는 거지. 성삼문과는 다른 관점에서 본 거지.

이번에는 성삼문의 죽음을 보고 그에 대한 자신의 심정을 노래한 시조가 또 한 편 더 있어. 김진태라는 사람인데 역시 생몰연대는 몰라. 다만 영조 때의 가객歌客으로 '경정산가단'의 한 사람이었어. 시조 26수가 전해 내려오고 있어. 그런데 '경정산가단'이 뭐냐고? 영조 때 그 유명한 김천택과 김수장이 중심이 된 가인歌人들의 모임이야. 시조를 짓거나 창을 부르는 모임이지. 김진태의 시조를 보면서 이야기를 이어나가기로 하지.

용龍갓틋 져 반송盤松아 반갑고 반가왜라

뇌전雷電을 격끈후後에 네 어이 프럿는

누구셔 성학사成學士 죽닷튼고 이제 본듯 하여라

풀이

① 용 같은 저 소나무야 반갑고 반가워라

② 천둥과 벼락을 겪은 뒤에도 네 어찌 꺾이기는커녕 오히려 더

③ 누가 성삼문을 죽었다고 하였는가. 이제 저 천둥과 벼락에도
끄떡없는 용 같은 소나무를 보니 그를 본 듯하여라

원문 종장에서 '성학사成學士'는 성삼문을 말해. 또 초장의 '반송
盤松'은 작은 소나무 가지가 옆으로 뒤틀어져 있는 모양을 말해. 그
래서 '용 같은 저 반송아'라고 한 것은 하늘로 뒤틀어져 올라가는
용처럼 웅대함을 말해. 이는 곧 성삼문의 웅대한 기상을 말하고 있
는 거야. 천둥과 벼락을 맞아가면서도 오히려 더 푸르게 서 있는 소
나무를 보고, 마치 성삼문이 살아서 서 있는 듯 작자는 느낀 거지.

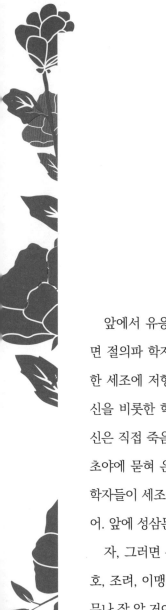

천만리
머나먼 길에
고은 님
이별하고

앞에서 유응부를 무인이자 절의파^{節義派} 학자라고 했어. 그렇다면 절의파 학자란 무엇인가. 조카인 단종을 쫓아내고 왕위를 찬탈한 세조에 저항했던, 집현전 학사들을 중심으로 한 사육신과 생육신을 비롯한 학자들을 말해. 사육신은 죽음으로 저항했지만, 생육신은 직접 죽음으로 항거하지 않고, 벼슬을 버리고 세상을 등진 채 초야에 묻혀 은거한 사람들을 말해. 사육신과 생육신 외에도 많은 학자들이 세조의 불의에 항거하여 벼슬을 버리고 초야에 묻혀 살았어. 앞에 성삼문의 시조에도 '절의가^{節義歌}'란 작품이 있지?

자, 그러면 생육신에는 누가 있을까. 김시습, 남효온, 성담수, 원호, 조려, 이맹전을 말해. 사육신과 생육신에 대해서는 여러분이 너무나 잘 알 거야.

여기서는 생육신 중에서 원호의 작품만 감상해 볼 거야. 그런 후, 단종에 대한 애끓는 마음을 노래한, 당시에 의금부도사였던 왕방연의 시조를 감상해 볼 거야. 우선 생육신 원호의 시조를 살펴보자.

간밤의 우던 여흘 슬피 우러 지내여다

이제야 생각하니 님이 우러 보내도다

져 믈이 거스리 흐로고져 나도 우러 녜리라

한문이 섞이지 않은 순수한 우리말로 자신의 애끓는 마음을 표현하고 있어. 따라서 시조의 뜻을 이해하는 데 어려움이 없을 거야. 그래도 시조를 풀어 보자.

풀이

① 간밤에 흐르던 여울물 소리가 구슬프게 울며 흘러가는구나

② 이제야 생각해 보니 그 여울물에 단종 임금께서 울음을 띄워 보내는구나

③ 만약에 저 물이 거꾸로 흘러 갈 수 있다면, 나도 내 울음을 띄워 단종 임금이 계신 곳으로 가고 싶구나

이 시조는 단종에 대한 한恨 맺힌 서글픔을 애끓는 마음으로 노래하고 있어. 단종에 대한 애달픈 마음을 노래하고 있는 거야. 여울물 소리가 단종의 서러운 울음소리라면 단종의 그 서러움을 원호자신도 함께 하고 싶은 거야. 여울물 소리만 들어도 그 소리가 단종의 한恨 맺힌 울음소리로 들리는 거야. 생육신 원호의 한恨스러움이잘 나타난 시조야.

작자 원호는 김종서와 황보인 대감이 죽자 벼슬을 내려놓고 고향인 원주로 내려갔어. 단종이 수양대군 세조에 의해 영월로 귀양을 떠나자, 영월로 내려가 서쪽에 집을 짓고 시를 지으며 조석으로

단종이 있는 곳을 바라보며 눈물로 살았어. 그리고 단종이 죽자 3년 상을 지냈고, 고향인 원주로 다시 돌아와서 세상을 등지고 초야에 묻혀 살았어. 아무도 그의 얼굴을 볼 수 없었어. 나중에 세조가 원호에게 호조참의에 임명하여 불렀으나 응하지 않았어. 오직 단종만을 생각하면서 그의 죽음을 애통해 하며 눈물로 한평생을 살았어. 나중에 그의 손자가 세조의 위세에 눌리지 않고, 그의 잘못됨을 숨기지 않고 하나하나 사실 그대로 적어 올리게 돼. 그로 인해 원호의 손자가 처형을 당하게 돼. 이때 원호는 자신이 쓴 저서며, 가지고 있던 책이며, 모든 것들을 불태워버렸어. 그리고 아들들에게 명예와 이익을 구하지 말라는 훈계를 내리게 돼. 이렇게 모든 것을 불태우는 바람에, 그가 언제 태어났으며 언제 죽었는지 그에 대한 자세한 기록이 없어. 그래서 그에 대한 행적이 남아 있지 않아. 단종의 능이 자신의 집 동쪽에 있다 하여, 앉을 때도 반드시 동쪽을 향해 앉았고, 누울 때도 머리를 동쪽을 향해 누웠어. 원호는 이렇게 오직 단종만을 애달프게 그리워하다가 눈물로 생을 마쳤어.

천만리千萬里 머나먼 길에 고은님 여희옵고
내마음 둘듸 업서 냇가에 안자이다
져 물도 내안 갓도다 우러 밤길 녜놋다

풀이

① 천만리 머나먼 길에 고은 님(단종)을 이별하고

② 내 마음 둘 데 없어 냇가에 앉았다

③ 저 냇가의 물도 내 마음 같구나. 울면서 밤길을 가는구나

이번에는 사육신이나 생육신은 아니지만, 역시 세조의 명에 의해 의금부도사라는 직책으로 어쩔 수 없이 단종에게 사약을 가져간 왕방연의 시조를 감상해 봤어. 그의 고뇌가 참담하리만치 잘 나타난 작품이야. 시조의 뜻은 다음과 같아.

이 시조의 작자 왕방연은 세조 때 의금부도사를 지낸 사람이야. 조선시대의 의금부란, 임금의 명을 받아 반역죄 등 대역죄를 다루던 관아야. 단종이 유배를 가고 세조가 임금의 자리에 올랐을 때, 왕방연이 의금부의 수장인 도사를 맡았어.

그 직책으로 인해 왕방연은 단종을 영월까지 호송하게 돼. 사육신이 처형당했을 때가 세조 2년(1456년)이었는데, 단종을 영월로 귀양 보낸 건 그 다음 해인 세조 3년(1457년) 때의 일이야. 세조는 조카 단종을 상왕에서 노산군으로 격하시키고 영월 청령포로 유배를 보냈어.

이 시조는 왕방연이 비록 새 임금인 세조의 명을 받고 단종을 영월까지 호송해야만 했지만, 어린 단종을 유배지에 두고 돌아와야 하는 서글픈 심정을 노래하고 있어. 단종과 이별하고 돌아오는 길에 냇가에 앉아 흘러가는 물을 보며, 서글피 우는 자신의 마음처럼 냇물도 울면서 흐르는구나, 하고 스스로 자신을 한탄하고 있어. 작자는 냇물이 흐르는 것을 보고 울면서 흐르는 거라고 느꼈고, 그것이 자신이 우는 마음이라고 했어. 어린 단종을 두고 이별하고 오는 작자의 슬픈 심정이 오죽했으랴.

왕방연은 후에 단종에게 사약을 내릴 때에도, 그 책임을 맡은 의금부도사로서 직접 가게 되니, 이 무슨 기구한 운명이란 말인가. 그는 사약을 바로 올리지 못하고, 아무 말도 못하고 마당에 엎드려 있었대. 단종이 상왕으로서의 의관을 갖추고 나와 의금부도사 왕방연에게 온 까닭을 물었을 때에도 대답을 못했대. 뜰에 엎드려 있을 뿐 어찌하지를 못했대. 이때 단종을 모시던 공생(관가나 향교에서 심부름을 하던 사람)이 의금부도사가 온 까닭을 대신 말해 주었대. 숙부에게 쫓겨나 귀양을 갔고, 이번에는 어린 단종에게 사약을 건네야 하는, 어찌할 바를 모르는, 몸 둘 바를 모르는, 왕방연의 고뇌와 고통을 알 수 있는 대목이야. 숙부에게 쫓겨나 이제 사약까지 받아야 하는 어린 단종을 생각하며 왕방연이 얼마나 탄식했을까. 안 봐도 그 당시의 상황이 눈에 선해. 왕방연의 시비가 강원도 영월군 남면 광천리에 세워져 있어.

백두산에
기를 꽂고
두만강에
말을 씻겨

지금은 김종서 장군의 기백에 찬 시조에 대해 이야기를 해 보려고 해. 김종서 장군은 수양대군에게 그의 두 아들과 함께 죽임을 당한 사람이지. 수양대군이 조카인 단종을 내쫓고 왕위를 찬탈하려는 계유정난의 첫 번째 희생자야. 단종을 호위하고 있는 김종서 장군을 없애지 않고는, 수양대군 자신의 뜻을 펼칠 수 없음을 알고 김종서를 제일 먼저 살해를 하지.

김종서 장군이 누구인가. 세종의 사랑을 받던 명장이 아니었던가. 그리고 단종의 아버지인 문종 때 좌의정을 지냈고. 김종서 장군은 여진족을 쳐부수고 6진을 설치하여 두만강까지 우리의 영토를 확정지은 명장군이 아니던가. 우리나라 영토를 확장시킨 장군이 아니던가. 우리나라 땅을 넓힌 장군이 아니던가. 장수로서의 호기와 패기와 기상이 넘치는 장군이 아니던가. 그 기백이 넘쳐나 백두산 호랑이라 불리지 않았던가. 이런 그가 한갓 수양대군에게 격살 당했으니. 그것도 모반죄를 뒤집어쓰고. 죽은 뒤에도 목을 베어 높은 곳에 매달아 놓는 효시를 당했으니 얼마나 참혹한 죽음인가. 단종을 보호하던 그가 죽임을 당했으니, 단종의 운명이 다했음이 뻔한

219

게 아니겠어? 세종이 죽고 문종이 뒤를 이었으나 2년 만에 죽게 되자, 당시 좌의정이었던 김종서는 문종의 유언에 의해 영의정 황보인 대감과 우의정 정분과 함께 단종을 지켰어. 그런데 왕위에 욕심을 가진 숙부 수양대군(세조)에 의해 그의 두 아들과 함께 철퇴를 맞아 격살 당하게 되고 말았으니 참으로 원통한 일이야. 요샛말로 말하자면 숙부가 쿠데타를 일으켜 조카를 쫓아낸 건데.

역시 무인이었던 사육신인 유응부는 김종서 장군의 죽음 소식을 듣고, 수많은 젊은 인재들이 죽어나갈 것을 예감하게 돼. 그래서 앞에 '님 향한 일편단심이야 변할 줄이 있으랴' 편에서 유응부는 "간밤에 불던 바람에 눈서리 치단말가……."라고 노래하고 있어. 앞에서 이미 나왔지만 여기서 한 번 더 되새겨 보겠어.

간밤의 부던 바람에 눈서리 치단말가

낙락장송落落長松이 다 기우러 가노매라

하믈며 못다 핀 곳이야 닐러 무슴 하리오

풀이

① 간밤에 불던 바람에 세조(수양대군)의 포악스러운 피바람이 친단 말인가

② 단종을 지키던 낙락장송처럼 곧고 거대한 김종서 장군이나 황보인 대감이 죽어갔으니

③ 하물며 다 피지 못한 젊은 인재들이야 말하여 무엇하리오. 이들 또한 세조의 피바람을 피하지 못할 것이다

이처럼 유응부의 염려대로 김종서의 죽음을 시작으로 젊은 인재들이 꽃도 피워보지 못하고 죽게 돼.

이제 장수로서의 김종서의 기상과 기백과 호기가 나타나 있는 작품을 살펴보기로 하겠어.

삭풍朔風은 나모긋태 불고 명월明月은 눈속에 찬대

만리변성萬里邊城에 일장검一長劒 집고 서서

긴 파람 큰 한소릭에 거칠거시 업세라

이 시조는 일명 〈호기가〉라고도 해. 무인으로서의 씩씩하고 호방한 기상이 담긴 작품이란 뜻이지.

풀이

① 겨울철 북쪽에서 불어오는 매서운 찬 바람(북풍)은 나무 끝에 불고, 밝은 달은 눈으로 덮힌 산과 들을 싸늘히 비춰 차갑기만 한데

② 만 리나 되는 멀리 떨어진 변방의 성(만리변성, 김종서가 있는 함경도 북방 국경 지역)에, 길고 큰 칼을 짚고 서서

③ 긴 휘파람소리와 크게 외치는 군기가 든 장수의 고함소리에는 거칠 것이 없어라

시조의 뜻을 살펴보니 김종서 장군의 기백과 기상을 느낄 수 있는 작품이지? 김종서 장군이 조선 반도의 땅, 우리나라 땅을 넓힌 장군이라고 했잖아. 김종서 장군은 북방의 국경을 지키며 기상에

넘치는 이 시조를 읊은 거야. 북쪽에서 불어오는 바람이 아무리 차갑고 매서워도, 일장검을 짚고 외치는 장수의 소리에 그 누가 감히 덤비겠는가. 그 누가 감히 쳐들어오겠는가. 무인으로서의 당차고 씩씩하고 호방한 기상을 엿볼 수 있는 작품이지. 지혜와 용기를 갖춘 김종서 장군의 호기를 느낄 수 있을 거야.

> 장백산長白山에 기旗를 곳고 두만강豆滿江에 말을 싯겨
> 서근 져 션븨야 우리 아니 사나희냐
> 엇덧타 인각화상獜閣畫像을 누고 몬져 하리오

　김종서 장군은 함경도에서 여진족을 몰아내고 6진을 설치하여 나라의 영토를 넓혔음은 물론 북쪽 변방의 국방을 튼튼히 한 장군이었어. 장군은 계속 이어서 우리 조상들의 땅인 만주 벌판까지 북진하려고 했지. 무인으로서의 자부심을 가진 장군이었어. 그리고 그 기백이 '백두산 호랑이'라는 별칭을 가질 만큼 용맹하고 지략이 뛰어난 장군이었어. 장백산은 백두산의 중국 명칭이야. 다시 말해서 우리는 백두산이라고 해야겠지. 시조의 뜻을 함께 살펴보자.

풀이

① 백두산에다가 기를 꽂고 두만강에 말을 씻겨 만주까지 북진을 하자

② 말만 많은 이 썩어빠진 선비들아! 우리는 사나이 대장부가 아니던가

③ 어찌 그것을 못할 것인가. 따라서 나라에 공훈이 많은 신하의

얼굴을 기린각에 얼굴을 그려 건다면(인각화상), 누구의 얼굴을
먼저 그려 걸겠는가. 이는 나라를 지키는 우리 무인들, 사나이
대장부들의 그림이 먼저 걸리지 않겠는가

꽃이 진다하고
새들아
슬퍼마라

21세기인 현재에도 당파싸움은 있어. 여당과 야당. 이 글을 쓰는 시점(2016년)으로 크게 새누리당과 더불어민주당 그리고 국민의당 세 당이 서로 정권을 잡기 위해 싸우고 있잖아? 그 이전 1960년에는 박정희가 군사 쿠데타로 정권을 잡았고, 그 이후 1970년대까지 여당인 공화당과 야당인 신민당 간의 권력투쟁이 있었지. 아, 물론 이 시기에는 총으로 정권을 잡은 박정희의 독재에 항거한다는 정당성이 있었어. 칼은 칼로 망하고, 총으로 일어선 자 총으로 망한다고 했던가? 결국 박정희는 물론 영부인까지 총을 맞아 죽게 되지. 군사정권이 무너짐으로 해서 민간정권이 들어서는가 싶었더니, 이번에는 전두환이 또 총을 들고 일어났어. 그게 1980년대이지. 박정희와 전두환을 통해 알 수 있듯, 강제로 정권을 잡은 그들에 의해 수많은 사람들이 죽었어. 예나 지금이나 권력욕에 사로잡혀 힘으로 권력을 잡는 경우, 많은 사람들이 죽는 비참함을 겪게 돼. 그래도 21세기인 지금은 민주화가 이루어져, 백성들의 투표에 의해 정권을 잡음으로써, 예전과 같은 그런 수많은 사람들이 죽어가면서 정권을 잡는 그런 비참함은 사라졌지.

조선시대―. 그 시대는 당파싸움의 시대라 할 수 있어. 끊임없이 당파싸움이 벌어져 알력 과정에서 지는 쪽은 억울하게 죽었어. 조선 500년을 통틀어 조용했던 시절이 거의 없었던 것 같아. 툭하면 중상모략과 당파싸움으로 유배 아니면 처형, 정권을 잡기 위해 누명을 씌우기 일쑤였고, 갖은 수단과 방법을 가리지 않았지. 권모술수가 난무하고, 물론 정치라는 게 도덕 교과서처럼 이루어지는 게 아니라는 건 필자도 잘 알아. 다만 현대 정치는 백성들의 투표에 의해 이루어지고 있다는 것인데, 이것이 조선시대의 당파싸움으로 얻는 권력과 다를 거야. 조선시대에는 당파 싸움만 있었나? 권력을 위해 형이 동생을 죽이고, 동생이 형을 죽이는, 그리고 조강지처마저 죽게 하는 패륜 행위도 서슴지 않고 이루어졌지.

을사사화乙巳士禍―. 명종 즉위년(1545)에 일어난 사화야. '사화士禍'란 '사림士林의 화禍'의 준말이야. 여기서의 '화禍'란 '재앙'이란 뜻이야. '화를 입다'란 말이 있지? '무엇으로 인해서 화를 입다' 그런 말들. 그 뜻이야. 다시 말해서 '사화'란 조선 중기에 신진사류新進士類들이 훈신·척신들로부터 받은 정치적인 탄압을 말해. 그렇다면 '사림士林'이란 또 무엇일까. '사림'이란 '유림'과 같은 말로 유림을 신봉하는 무리를 뜻해. 그럼 '유림'은 또 뭐지? 유학을 신봉하는 무리를 말해. 조선시대에는 사화도 많았고 당쟁도 심했는데 대표적인 사화는 주로 조선 중기에 일어났어.

조선 중기에 일어난 대표적인 사화로는, 연산군 4년(1498)에 일어난 무오사화, 연산군 10년(1504)에 일어난 갑자사화, 중종 14년(1519)의 기묘사화, 명종 즉위년의 을사사화 등이 있어. 그 외에도 이 책에서 다루고 있는 정미사화 등 여러 사화가 있어.

아무튼 을사사화는 왕의 외척 간의 싸움이었어. 윤씨끼리. 그것도 파가 같은 파평 윤씨끼리. 그래서 이들을 구분 짓기 위해 대윤과 소윤으로 나눠. 왕의 외척이면 왕의 처갓집을 말하는 건데, 다시 말해서 왕의 부인의 친정집을 말하는 건데, 그렇다면 어느 왕 시절의 외척인가를 알아봐야 하겠지? 을사사화가 명종 즉위년에 일어났다고 했지? 명종의 아버지는 누구인가. 명종의 아버지는 중종 임금이었어. 외척 간의 싸움이라고 했으니까 명종의 외가였겠네? 중종의 부인, 즉 중종의 왕후가 되겠지? 외척 간의 싸움이라고 했으니까 명종의 외가만 있는 게 아니라 또 다른 상대가 있겠지? 중종에게는 제1계비, 제2계비 두 명의 계비가 있었어. 제1계비는 장경왕후라 했고, 제2계비는 문정왕후라 했어.

장경왕후에게는 후에 인종 임금이 되는 이호가 있었고, 문정왕후에게는 인종의 뒤를 이어 임금이 된 명종 이환이 있었어. 중종에게는 인종이 첫째 아들이고 명종이 둘째 아들이 되는 셈이지. 인종이 임금으로 있을 때 명종 환은 경원대원군으로 있었어.

자, 지금 중요한 것은 인종과 명종이 아니라 그들의 외척 간에 벌어진 일을 말하려는 거야. 앞에서 외척 간의 싸움이라고 했지만, 실은 싸움이라기보다 명종의 외척이 인종의 외척을 죄 없이 억울하게 수많은 사람들을 죽인 거야. 다시 말해서 명종의 어머니인 문정왕후의 친정 집안사람들에 의해서, 인종의 어머니인 장경왕후의 친정 집안사람들이 억울하게 죽은 사건이지. 이 두 어머니 모두가 파평 윤씨 집안사람들이야.

그래서 앞에서 말했듯 이들을 구분 짓기 위해 대윤과 소윤으로 나눈 거고. 그렇다면 대윤은 누구이며 소윤은 누구일까? 당연히 대윤은 제1왕후인 장경왕후의 파평 윤씨 집안을 말하고, 소윤은 제2왕후인 문정왕후의 파평 윤씨 집안을 말하는 거지. 결국 인종과 명종은 중종의 아들이었지만, 이 둘은 형제였지만 어머니가 달랐다는 거야. 이복형제인 거지. 인종이 형이고 명종이 동생이야. 형인 인종의 뒤를 이어 동생인 명종이 임금 자리를 이어 받은 거야.

두 왕후의 집안에 대해 조금 더 알아볼까? 우선 먼저 인종의 어머니는 윤여필의 딸로 중종의 제1왕후인 장경왕후야. 앞에서 말했듯 이쪽이 대윤이고. 장경왕후에게는 오라버니인 윤임이 있었어. 이 사람이 대윤의 거두야. 윤임이 인종의 외삼촌이 되는 거지. 앞에서 말한 왕의 외척이 되는 거지. 그렇다면 명종의 어머니는 누구인가. 명종의 어머니는 윤지임의 딸로 중종의 제2왕후인 문정왕후야. 이쪽이 소윤이 되는 거고. 문정왕후에게는 소윤의 거두인 윤원형이 있었고 그의 형인 윤원로가 있었어. 이 사람들은 형제였는데 윤원형은 문정왕후의 동생이었고 윤원로는 오라버니였어. 이 사람들 역시 명종의 외삼촌이 되는 거고 왕의 외척이 되는 거지. 명종시대 이 소윤들이 죄 없는 대윤 쪽 사람들을 수없이 죽여. 또 동생 윤원형이 형 윤원로를 사사하는 패륜 행위를 저지르게 돼. 권력을 잡기 위해 죄 없는 수많은 사람들을 죽이고도 모자라, 동생이 형을 죽이는 패륜까지 서슴지 않는 소윤의 포악함을 알 수 있어. 모든 사화가 그렇듯이 을사사화 역시 얼마나 비참한 사화야.

중종이 죽자 제1왕후인 장경왕후의 아들이자 첫째 아들인 인종이 즉위(1544)하게 돼. 인종이 즉위하게 되자 당연히 그쪽 사람들이 득세를 했겠지? 그건 당연한 거 아닐까? 요즘에도 누가 대통령이 되면 자기 사람들을 정치 일선에 내세우잖아? 어느 나라를 막론하고. 인종의 즉위로 대윤이 득세하였지만 소윤에 대한 정치적 탄압은 없었어. 그런데 인종은 즉위한 지 8개월 만에 승하하게 돼. 쉽게 말해서 죽었다는 말이야. 일반 백성이 죽으면 죽었을 때 그것을 높여 부를 때 '돌아가셨다'라고 하지만 임금이 죽으면 '승하昇遐했다'고 하잖아. 또는 '붕어崩御했다'고도 하고. '승하했다', '붕어했다' 이 모두 임금의 죽음을 높여 부르는 말이야. 이쯤은 이 책을 읽는 독자들은 알겠지?

아무튼 인종이 8개월 만에 승하하고 동생인 명종이 뒤를 이어 즉위하게 돼. 이때부터 소윤이 득세를 하게 돼. 즉위한 명종의 나이는 불과 12살. 숙부인 수양대군에게 쫓겨난 단종의 나이와 같지? 너무 어린 나이이기에 명종의 어머니인 문정왕후가 문정대비가 되어 수렴청정을 하게 돼. 소윤이 정권을 잡으면서 피바람은 시작된 거야. 이게 을사사화인 거야. 명종 즉위년(1545)에 일어난 사화인 거야. 대윤은 권력을 잡았을 때에도 소윤에게 아무런 정치적 박해를 가하지 않는데, 소윤은 권력을 잡기가 무섭게 대윤 쪽 사람들을 억울하게 누명을 씌워가며 수많은 선비들을 처형한 거야. 그래서 필자는 소윤 사람들을 나쁘게 봐. 더구나 소윤의 거두인 윤원형이 자신의 형인 윤원로마저 처형하는 패륜을 저질렀으니, 어찌 이들을 좋게 볼 수 있겠어.

윤원형의 소윤은 갖은 음모를 꾸며 대윤의 거두인 윤임을 비롯하여 유관, 유인숙, 계림군, 이덕응, 이휘, 나식, 나숙, 곽순, 정희등, 박광우, 이중열 등 많은 선비들을 처형하거나 유배 시켰어.

곳이 진다하고 새들아 슬허마라

바람에 훗날리니 곳의 탓 아니로다

가노라 희짓는 봄을 새와 므슴하리오

풀이

① 꽃이 진다고 새들아 슬퍼하지 마라

② 바람이 불어 흩어져 날리는 것이니 꽃의 탓이 아니로다

③ 봄이 지나가느라고 휘젓는 것을 시샘하여 무엇하리오

면앙정 송순이 은유적 기법을 사용하여 을사사화의 잔혹함을 노래하고 있어. 인종이 죽고 명종이 즉위하자 소윤의 우두머리, 명종의 외척(외삼촌) 윤원형이 자신의 누이인 문정대비를 등에 업고, 장경대비의 오라버니이자 인종의 외척(외삼촌)인 대윤의 윤임 일파를 몰아내고, 죄 없는 선비들을 마구 죽이자, 이를 탄식하여 지은 시조야. 을사사화의 참혹함을 노래하고 있는 거지.

초장에서 '꽃이 진다'라고 한 것은 윤원형 등 소윤에 의해 죄 없이 죽은 선비들을 은유하고 있어. '새'는 세상을 올바르게 바라보는 현명하고 뜻 있는 선비들을 말해. 다시 말해서 초장은 윤원형에 의해 죄 없이 죽어가는 선비들을 보고, 뜻 있는 선비들에게 슬퍼말라고 하고 있는 거야. 중장에서의 '바람'은 을사사화의 피바람을 말해. '꽃'은 죄 없는 선비를 말하고. 을사사화의 피바람은 죄 없는 선비 탓이 아니라고 하고 있어. 종장에서 '가노라'는 지나가는 바람을, '휘젓는 봄'은 권력을 마구 휘두르는 사람을, 즉 윤원형 일파를 말해.

송순은 벼슬을 버리고 어지러운 정치에서 물러나 자연과 유유자적하면서, 자연을 끌어들여 그 시대의 윤원형 일파의 폭정을 이야기하고 있어.

송순은 시조의 대가야. 조선 중기의 대학자야. 호는 면앙정 또는 기촌. 문집에는 자신의 호를 딴 《면앙집》, 《기촌집》이 있고, 작품에 시조 〈면앙정가〉가 있어. 우리는 '기촌'이라는 호보다는 '면앙정'이라는 호가 더 익숙할 거야. 학교에서도 그렇게 배웠을 테고. 그래서 필자가 면앙정 송순이라고 한 거야.

또한 송순은 강호가도江湖歌道의 선구자로 시조에 뛰어났어. '강호가도'가 뭐냐고? 강호가도란, 단 한마디로 말한다면 조선시대 자연예찬을 노래한 시가문학을 말해. 주로 선비들이 사화나 당쟁으로 정치가 진흙탕일 때, 벼슬을 버리고 향리(고향)에 내려가 자연을 예찬하며 유유자적하는 생활을 하면서, 그 더러운 싸움에서 벗어나 시조를 읊고 학문을 했어. 이런 것을 '강호가도'라고 해.

이들은 도학을 기반으로 한 문학관과 세계관을 가졌어. 주로 영남 출신들이 많았어. 조선시대에는 유난히 사화도 많았고 당쟁도 심했으며, 이로 인해 벼슬을 버리고 자연에 귀의하는 선비들이 많았어. 고향에 귀향하여 자연에 묻혀 유유자적하는 기쁨을 노래한 《농암가》, 《어부가》 등의 시조집을 남긴, 역시 시조에 뛰어난 이현보도 대표적인 인물이라 할 수 있어. 이현보는 형조참판까지 지낸 인물이야.

이현보의 시조와는 내용은 다르지만 《강호사시가》를 지은 맹사성 같은 이도 있고. 맹사성은 좌의정까지 지냈어. 아무튼 조선시대에는 사화나 당파 싸움이 많았기에 이를 피하기 위해 벼슬을 버리고 자연에 귀의하는 강호가도 선비들이 많았어.

이야기가 잠시 삼천포로 빠졌는데, 송순은 중종 때 별시에 급제하여 벼슬에 나왔어. 그 이후 대사헌과 우참찬 등 여러 벼슬을 지냈어. 명종 때 명나라에 다녀오기도 했고. 송순은 을사사화가 일어나자 벼슬을 버리고 고향인 담양에 내려가 '면앙정'과 '석림정사'를 짓고, 독서와 시조를 노래하며 자연과 함께 유유자적하며 지냈어. 그럴 때 지은 시조가 〈면앙정잡가〉야. 송순은 구파의 사림으로 이황 등 신진사류와 대립하였어.

명종 즉위년(1545)에 이렇게 을사사화가 일어났는데 윤원형은 명종 2년(1547)에 정미사화를 또 일으켜 많은 선비들을 처형해.

정미사화―. 을사사화 때 그렇게 많은 사람을 죽이고도 성이 차지 않았나 봐. 명종 2년에도 또다시 수없이 많은 선비들을 처형했으니. 을사사화와 정미사화를 거치면서 윤원형은 갖은 음모를 꾸며 을사사화, 정미사화 이후 무려 100여 명에 가까운 선비들을 처형하거나 유배를 보내. 앞에서도 말했거니와 자기의 형인 윤원로마저 처형시키는 패륜마저 저질렀으니, 참으로 극악무도하다 할 수 있어.

정미사화는 경기도 과천 양재역良才驛 벽에 괴벽서가 붙으면서 사건이 발생하게 돼. 내용인즉슨, "여왕이 집정하고 간신 이기 등이 권세를 농락하여 나라가 망하려 하니, 이것을 보고만 있을 수 있는가"라는 내용의 벽서가 발견 돼. 다시 말해서 여기서의 여왕이란 명종의 어머니인 문정대비를 말해. 문정대비가 왕이 되고 이기가 권력을 농락하여 나라가 망한다는 내용이야. 명종과 문정대비로서는 얼마나 끔찍한 내용이야.

이 벽서(양재역 벽에 붙은 글)가 명종과 문정대비에게 보고가 되면서, 문정대비는 대윤의 윤임 일파를 또다시 처형하거나 유배를 보내게 돼. 이때 많은 사림士林들이 무고하게 화를 입게 돼. 이처럼 윤임 일파인 대윤의 사림들이 죄 없이 화를 입게 돼. 이때 처형되거나 유배를 당한 사람으로는, 중종의 서자인 봉성군를 비롯하여 송인수, 임형수, 이약빙 등이 처형당했고, 이언적, 권발 등 20여 명이 유배당했어. 양재역에 붙은 괴벽서 사건으로 처형과 유배를 당한 이 일을 가리켜 '벽서壁書의 옥獄'이라고도 해. 을사사화처럼 정미사화 역시 소윤인 윤원형 일당들이 자신들의 정적인 대윤 윤임 일파를 제거하기 위해 꾸민 일이야.

엇그제 버힌 솔이 낙락장송落落長松 아니런가

적은 덧 두던들 동량재棟樑材 되리러니

어즈버 명당明堂이 기울면 어느 남기 바티랴

풀이

① 엇그제 베어진(잘려나간) 소나무가, 가지가 축축 늘어진 큰 소나무가 아니던가

② 잠시 동안만 두었더라면 이 나라를 지키는 대들보 같은 큰 인재가 되었을 텐데

③ 이렇게 큰 소나무(큰 인재, 훌륭한 인재)를 죽여 버렸으니, 아! 대궐이 기울면 어느 나무로 대들보를 삼아서 쓸 것인가(어느 누구를 인재로 등용하여 쓸 것인가)

김인후는 을미사화 때 소윤의 윤원형 일당에게 죽은 임형수를 애통해 하며 이처럼 노래했어. 이황도 임형수를 가리켜 '문무를 겸비한 기장사奇壯士'라고 했어. 다시 말해서 문무를 겸비한 훌륭한 인재(선비)라는 거야. 김인후는 이처럼 나라의 대들보가 될 임형수의 죽음을 애도 한 거야. 임형수는 어려서부터 총명했으며 성격이 강직했다고 해. 문장에도 뛰어나 많은 사람들로부터 칭송을 받았대. 임형수의 벼슬은 제주목사와 부제학을 지냈어. 더 살았더라면 나라에 큰 일을 하고 더 높은 벼슬에까지 오를 인물이었지. 호는 '금호'였으며, 저서로 《금호유고》가 있어.

김인후의 이 시조는, 초장에서는 임형수의 죽음을 묘사하고 있고, 중장에서는 장차 나라의 대들보가 될 인재의 죽음을 애통해 하고 있으며, 종장에서는 이처럼 나라의 대들보가 죽었으니 어린 명종 임금을 누가 보필할 것인가, 라고 하고 있어. 임형수 같은 인재를 죽인 윤원형 일당에 대한 원망과 저항의 뜻이 내포되어 있는 시조야.

이 시조를 지은 김인후 역시 어려서부터 총명했으며, 성균관에서 이황과 함께 학문을 닦았어. 벼슬은 중종 35년(1540) 별시문과에 급제하면서 벼슬길에 올랐으며 설서, 부수찬 등을 거쳤고, 중종과 장경왕후의 아들인 인종의 스승이기도 해. 사가독서를 하기도 했어. 이 시조를 지은 김인후의 학문이 얼마나 뛰어났는가를 알 수 있지. 인종이 8개월 만에 죽고 명종 즉위년에 을사사화가 일어나자 병을 이유로 벼슬에서 사직하고 고향인 장성에 내려와 성리학을 연구했어. 인종의 죽음으로 술과 시를 읊으며 방황하였다고 해. 앞에서 읽은 시조도 을사사화와 정미사화의 충격에 영향을 입어 지은 거니

까. 호는 '하서'이며, 수많은 저서를 남겼어. 저서로는 《하서전집》,
《주역관상편》, 《서명사천도》, 《백련초해》 등이 있어.

다시 면앙정 송순에 대해 이야기 할게. 송순은 명종 시대에 벼슬
을 버리고 정치를 떠나면서, 소윤 윤원형이 죄 없는 선비들을 마구
참사하는 참혹한 정치 현실을 노래했어. 윤원형 일파의 폭정을 노
래했어.

기왕에 송순에 대한 이야기가 나왔으니 그의 시조 한 수를 더 감
상해 볼까 해. 명종과 송순에 관한 에피소드인데 한번 들어 봐.

어느 날 명종이 궁궐을 산책하다 국화를 보았어. 옥당관을 불러
노래를 지으라 했으나 옥당관은 갑작스런 임금의 주문에 당황하여
짓지를 못했어. 참고로 여기서 옥당이란 홍문관을 말해. 즉 옥당관
이란 홍문관 일을 보는 관원을 말하는 거지. 조선시대에 '삼사三司'
라고 있었는데, 홍문관, 사헌부, 사간원을 말해. 홍문관은 경서와
사적 관리, 문한의 처리, 왕의 자문에 응하던 학문적, 문화적 지식
이 풍부한 사람들이 근무하는 곳이야. 따라서 이 직책에 있는 사람
이라면 학식이 꽤 뛰어난 관원이었을 텐데, 명종의 갑작스런 요구
에 노래(시조)를 짓지 못했던 거야.

그 옥당관은 송순에게 바통을 넘겼어. 바통이 뭐냐고? 사전을 찾
아보니까 프랑스 말이라고 하네? 요즘은 바통이란 말 안 쓰지? 과
거에는 육상 계주할 때 사용하던 말인데. 거 왜 있잖아. 육상 경기
에서 계주(릴레이)를 할 때, 다음 주자 선수한테 손에 집고 뛰는 작은
막대를 넘겨주는 것을 바통을 넘겨준다고 하잖아. 그렇듯이 옥당관
은 송순에게 대신 지어 달라고 넘긴 거야. 그러자 송순이 즉시 다음
과 같은 시조를 명종 앞에서 노래했어.

풍상風霜이 섯거친 날에 갓퓌온 황국화黃菊花를

금분金盆에 가득 담아 옥당玉堂에 보내오니

도리桃李야 곳인체 마라 님의 뜻을 알니라

풀이

① 바람과 서리가 뒤섞이어 내리치는 날에, 이제 막 갓 피어난 노
   란 국화를

② 금으로 만든 아주 귀한 화분에 가득 담아 홍문관에게 보내
   오니

③ 봄에 잠깐 피었다가 져버리는 복사꽃(복숭아꽃)아, 오얏꽃아, 너
   희들은 감히 이 국화꽃 앞에서 꽃인 체 하지 마라. 추운 겨울
   서릿발 같은 매서운 추위를 이겨내고 피는 국화꽃을 보내는 님
   (임금, 여기서는 명종)의 뜻을 알겠구나

송순이 이렇게 즉흥적으로 시조를 지어 노래한 거야. 명종은 감
탄을 했지. 감탄을 한 나머지 송순에게 큰 상을 내렸어. 이 시조는
〈옥당가〉라고 줄여서 말하기도 하는데, 원 제목은 〈자상특사황국옥
당가〉라고 해.

이 시대에 당파 싸움이 얼마나 끔찍했는가를 잘 노래한 시조가
있어. 아니, 조선시대의 이런 당파 싸움에서 살아남기 위해서는 어
찌해야 하는가를 노래한 시조가 있어. 참으로 서글픈 현실이지. 한
선비의 시조를 감상해 보자.

드른 말 즉시卽時 닛고 본 일도 못본드시

내 인사人事ㅣ 이러홈애 남의 시비是非 모를로다

다만지 손이 셩하니 잔盞 잡기만 하노라

이 시조를 지은이는 송인이라는 사람이야. 중종의 외척이었어. 중종의 셋째 서녀 정순옹주와 결혼했으니 중종의 외척이 되는 셈이지. 중종의 부마, 요즘 말로 하면 사위가 되는 거지. 그리고 도총관까지 지낸 사람이야. 이런 사람도 당파 싸움이 무서워, 당파 싸움에 자신이 다칠까봐 이런 시조를 노래한 거야. 이 시대의 당파 싸움이 얼마나 살벌했으면 이런 시조를 지었을까, 생각해 보며 시조의 뜻을 음미해 보자.

풀이

① 남에게서 들은 말은 즉시 잊어버리고, 내가 본 일도 못 본 듯이 살아가고

② 내 처한 현 시대가 이러함에 남의 잘잘못을 알 리가 없도다

③ 다만 두 손이 멀쩡하니 술잔이나 잡고 술이나 마시며 세상만사 접어 두고 살아가자

철령 높은 봉에
쉬어 넘는
저 구름아

광해군—. 모두가 다 알다시피 비운의 임금이라 할 수 있어. 폭군 연산군과는 달리 정치를 잘 했음에도 불구하고, 그를 임금으로 세운 대북파의 독재 정권에 의해 희생된 임금이라 할 수 있어. 이때는 북인과 시인으로 나뉘어 당쟁이 심했는데, 북인인 대북파가 광해군을 임금으로 세우게 되지.

하지만 임금이 된 광해군은, 막강한 권력의 대북파의 벽을 뛰어넘지 못했어. 그로 인해 자신의 뜻을 펼치지 못하고 서인의 인조반정으로 쫓겨나게 되지. 광해군이 많은 사람들을 죽이고 패륜을 저질렀다고는 하나, 태종 이방원이나 세조 수양대군에 비하면 아무것도 아니지. 더구나 폭군 연산군과는 비교할 수 없지. 그러함에도 불구하고 '종'이나 '조'라는 칭호를 받지 못하고 왕자 시절에 가지고 있던 '광해군', 그 '군'으로 호칭되어 현재까지도 역사에 남게 된건 참으로 안타까운 일이야.

뒷날 인조반정을 정당화하려는 책략에 의해 광해군은 '종'이나 '조'로 남지 못하게 된 거야. 임진왜란으로 질병과 배고픔에 시달리는 백성을 걱정했으며 백성을 위한 정치를 했어.

그럼 광해군(즉위기간: 1608~1623)의 업적부터 살펴보자. 광해군의 가장 큰 현안은 선조 때 일어난 임진왜란의 상처와 흔적을 빠르게 회복하는 일이었어. 비록 서인의 인조반정에 의해 폐위되었지만, 광해군은 선조 때 임진왜란으로 황폐해진 국토와 민심을 잡는데 큰 공헌을 했어.

임금으로 즉위하자마자 이원익의 주장으로 즉위년인 1608년에 선혜청을 두어 대동법을 경기도에서부터 처음 실시해, 지역에 따라 쌀 대신에 베를 거두기도 하는 등 백성의 고통을 덜어주었어. 쌀만을 받아오던 이런 공납제를 이처럼 베 등 각 지역의 특산물로 세금으로 바치게 하여 백성들의 부담을 줄여주었어. 대동법을 실시해서 양반 지주들에게는 세금을 더 받고, 일반 백성들에게는 세금을 덜받아 서민의 부담을 줄여주었어. 또한 백성들의 경작 상황을 알기위해 토지의 넓이를 측량하는 양전을 실시하기도 했어.

전쟁이 끝난 뒤 고통 받는 백성들을 위해 많은 노력을 기울이는 현군賢君이었어. 전쟁으로 인해 질병이 만연했으며, 이를 위해 허준으로 하여금 《동의보감》을 편찬하게 하여, 백성들이 쉽게 질병을 치료 받을 수 있게 했어. 또한 전쟁으로 인한 흉년으로 굶주리는 백성이 없는지도 살폈어. 굶주림으로 몸이 허약하여 질병이 생기는가도 살폈어. 그래서 그들을 치료하게 했고. 그러니까 《동의보감》이 광해군 때 나온 책이야. 참고로 허균의 《홍길동전》도 이때 나왔어. 이 외에도 조선 초에 간행되었던 《용비어천가》, 《신증동국여지승람》, 《경국대전》, 《악학궤범》, 《동국신속삼강행실》를 다시 간행하고, 《선조실록》, 《국조보감》 등을 편찬하였으며, 많은 문화적 업적을 남겼어.

그리고 임진왜란으로 폐허가 된 한성부의 질서를 회복하고 창덕궁을 중건하였으며, 경덕궁(경희궁), 인경궁을 준공하기도 했어. 이처럼 전쟁을 교훈 삼아 성곽을 중건하거나 준공하였으며, 무기를 수리하고 군사 훈련을 시키는 등 국방에 큰 힘을 쏟았어. 광해군은 이렇게 선조 때의 임진왜란을 뒷수습하는데 여러 정책을 추진했으며 큰 업적을 남겼어.

이뿐만 아니라, 조선왕조실록을 보관하던 곳을 '사고史庫'라고 하는데, 임진왜란으로 불타버린 사고를 재건했어. 또한 전라도 무주의 적상산에 사고를 새로 설치하기도 했어. 그로 인해 지금 우리가 《조선왕조실록》을 보존하게 된 거야. 이 얼마나 큰 업적이야. 그 외에도 《의궤》 등 국가의 주요 기록물들을 사고에 보관하게 하여, 오늘날까지 우리 후손들이 보존할 수 있게 된 거야. 이 모든 깃들은 광해군이 전쟁의 상처를 빠르게 치유한 왕이라 할 수 있는 증거가 되지.

더욱 놀라운 건 광해군은 외교력에서 실리를 추구하는 정책을 폈다는 거야. 압록강 북쪽 만주 지역에 누르하치가 후금이라는 나라를 세우고 명나라를 집어 삼키려고 하였어. 이때 조선은 이들을 오랑캐라 불렀고, 임진왜란 때 조선을 도운 명나라를 섬겼어. 후금은 떠오르는 태양이었고 명나라는 지는 태양이었지. 후금이 명나라를 치고 중국 통일을 도모하고 있었으니. 조선에도 압박을 가하고 있었어. 후금의 힘은 강대했어. 반면에 명나라는 조선과 함께 임진왜란을 겪느라 쇠약해져 있었고. 후금과 명나라가 전쟁을 하자, 조선에서는 서인과 사림士林들을 중심으로 명분을 내세워 명나라를 도와야 한다고 했어. 명나라에서도 조선에 군사 파병을 요청해 왔던 터이고. 서인과 사림들은 의리와 명분을 내세워 명나라에 군사 파병을 해야 한다고 했어. 하지만 광해군의 생각은 달랐어. 임진왜란을 겪으면서 약해진 조선이 후금을 상대하기에는 역부족임을 잘 알고 있었어. 명나라 또한 후금을 상대할 수 없음을 알고 있었어. 광해군은 서인과 사림들의 반대에도 불구하고 명나라에 명분도 주면서, 후금과는 전쟁을 하지 않는 실리적 외교를 펼치려 했어. 광해군은 결단을 내렸어. 평소 광해군 옆에서 통역의 역할을 하던 강홍립에게 1만 명의 군사를 주면서, 명나라를 도와 후금과 전쟁을 하는 척하다가 투항하라고 일렀어. 투항한 후 '조선은 후금과 전쟁을 원치 않는다'는 광해군의 밀지를 주게 했어. 명나라 입장에서는 조선이 자기들을 도우러 조선이 온 것이 되고, 후금 입장에서는 조선이 후금 자신들과는 전쟁을 원치 않는다는 것을 알게 되는 거지. 놀라운 중립적 외교 솜씨가 아니겠어? 이로 인해 조선이 친교 의사가 있음을 안 후금은 조선 침략을 접게 되었고, 명나라하고의 전쟁에만 전력투구를 했지. 그래서 조선은 전쟁을 피할 수 있었어.

일본의 우경화에 의한 평화헌법 폐지, 집단적 자위권 행사, 태평양 전범들에 대한 우상화 및 침략 미화 그리고 다시금 되살아나는 전쟁 야욕, 미국의 친일화, 중국의 경제 대국으로의 발전과 군사 대국화가 벌어지고 있는 현재, 우리가 어떻게 처신해야 할 것인가를 배워야 할 거라 생각해. 이렇게 백성을 사랑하고 많은 업적을 남긴 광해군을 어떻게 폭군이라고만 할 수 있겠어.

이처럼 국내외적으로 큰 업적을 세운 광해군은, 오히려 전통적인 우방인 명나라를 배신한 패륜적 행위로 서인들에게 찍히게 되었어. 물론 이외에도 인목대비를 서궁에 유폐시키고, 이복동생을 죽인 패륜적 행위도 있었지만. 그래서 서인들에 의한 인조반정이 일어나게 되지.

인조반정으로 인해 광해군은 유배를 당하고 죽음을 맞이하게 돼. 광해군은 자기를 왕으로 추대한, 실권을 가진 대북파의 눈치를 보느라 자신의 정치 신념을 모두 펼칠 수 없었어. 당파를 떠나 국정을 운영하려 하였으나, 당시에는 북인과 서인 간의 당파 싸움이 극에 달했어. 북인은 또 대북파와 소북파로 나뉘어 붕쟁朋爭을 일삼았고. 광해군은 이런 당쟁의 폐해를 막기 위해 이원익을 등용하여 나라를 운영하려 하였으나, 실권을 쥔 대북파의 계략에 밀려 자신의 정치적 뜻을 이루지 못했어. 광해군은 이런 붕쟁과 당파 싸움의 희생자라고 할 수 있어. 대북파와 서인의 권력 다툼의 희생자라 할 수 있어. 그래서 정치를 잘 했음에도 불구하고, 인조반정에 의해 왕위에서 쫓겨나, 최후에는 제주도에까지 가서 유배 생활을 하다가 죽게 된 거고. 왕으로 인정받지 못하고 '광해군', 다시 말해서 '군'으로 역사에 남게 된 거야. 참으로 안타까운 임금이라 할 수 있지. 앞에서도 밝혔지만 광해군의 즉위기간은 1608년~1623년까지였어. 그의 즉위기간은 15년이었어.

선조(즉위기간: 1567~1608)는 임진왜란 당시 서울인 한양을 버리고 평양으로 피란을 가 있었어. 국난을 극복하기 위해 세자를 서둘러 책봉하게 되었어. 이때 큰 아들인 임해군은 세자로서 모자란다는 여론이 있어, 둘째 아들인 광해군을 피란지 평양에서 세자로 책봉하였어. 그리고는 다시 선조는 의주로 피란을 갔고, 광해군은 권섭국사의 직책을 맡아 평안도 지역으로 피란을 갔어. 다시 말하면 선조는 위기 극복을 위해 권력을 나눈 거지. 평안도 지역의 책임을 광해군에게 준 거지. 광해군은 평안도, 강원도, 황해도 등지에서 군사를 모으고 민심을 수습하는 등 선조 임금을 대신해 국난극복을 위해 최선을 다했지. 서울 한양을 수복한 후에도 무군사의 직책을 맡아 한양을 방어하는데 큰 힘을 쏟았어. 선조 30년인 1597년, 왜놈이 또다시 침략해 왔어. 2차 침략을 해 온 거야. 이를 정유재란이라고 해. 이때에도 전라도와 경상도에 내려가 군인들이 먹을 식량과 군 장비를 점검하는 등 군인들의 사기를 북돋아 주었어. 또한 일반 백성들이 전쟁으로 인해 피해를 입지 않도록 안위를 보살폈어. 앞에서도 말했지만 광해군의 업적은 참으로 놀라울 정도야.

광해군의 어머니는 선조의 왕후인 의인왕후였어. 의인왕후는 박응순의 딸이었어. 그런데 선조에게 계비인 김제남의 딸인 인목왕후가 있었어. 나중에 인목대비가 되는 사람이지.

이제부터 본격적으로 인조반정에 대한 이야기가 나올 거야. 인목대비에게는 영창대군이라는 아들이 있었어. 선조는 임진왜란이 끝나자 광해군을 폐세자 시키고, 영창대군을 다시 세자로 책봉하려고 하였어. 하지만 뜻을 이루지 못하고 죽게 돼.

이에 임진왜란 동안의 공을 높이 산 대북파가 광해군을 1608년 왕위에 올리게 돼. 모든 실권이 대북파에게 있게 된 거지. 소위 말해서 요즘 말하는 실세가 된 거야. 광해군이 왕위에 오르는 과정에서 영창대군과 세력 다툼이 있었는데, 대북파는 이를 빌미로 광해군에게 강력하게 요청하여, 광해군 5년(1613)에 영창대군을 서인庶人으로 삼아 강화도에 위리안치圍籬安置시켰어. 위리안치란, 유배된 죄인이 거처하는 집 둘레에 가시로 울타리를 치고 그 안에 가두어 두던 것을 말해. 그리고 바로 그 다음해(광해군 6년)에 살해했어. 말하자면 이복동생을 죽인 셈이지.

이에 앞서 광해군 5년에는 인목대비의 아버지이자 영창대군의 외할아버지인 김제남을, 박응서 등과 함께 역모를 꾀했다는 대북파의 모략에 의해 이들을 사사했어. 광해군 10년(1618)에는 이이첨 등이 폐모론을 주장하여 인목대비를 서인庶人으로 강등한 후 서궁西宮(경운궁)에 유폐시켰어. 결국 광해군은 자기의 뜻과는 달리 대북파의 책략에 의해 '폐모살제廢母殺弟'라는 윤리에 어긋나는 일을 저지르고만 거야. '폐모살제'가 무슨 뜻이냐고? '폐모'란 왕이 왕대비를 그 자리에서 물러나게 하는 것을 말해. 인목대비가 물론 광해군의 친어머니는 아니었지만, 자기 아버지인 선조의 부인으로 둘째 어머니라 할 수 있어.

잠깐 한자를 한 번 살펴볼까? '폐모廢母'의 '폐'지는 '폐할 폐', '버릴 폐'란 뜻이야. '모'는 '어머니 모'이고. 다시 말해서 어머니를 폐하다, 버리다란 뜻이지. 이번엔 '살제殺弟'에 대해 알아볼까? '살'은 '죽일 살'자야. '제'는 '아우 제'자이고. 즉 동생을 죽였다는 뜻이야. 결국 '폐모살제'란 어머니를 버리고(서궁에 유폐시키고), 아우를 죽였다는 뜻이지. 물론 인목대비가 친어머니가 아니듯, 영창대군도 이복동생이었지만.

벼슬자리에서 대북파들이 서인들을 몰아냄은 물론 남인들까지 벼슬자리에서 쫓아냈어. 그리고 계축옥사로 수많은 서인들을 죽였어. 이 모든 것들이 대북파의 책략에 의한 소행이었지. 이로 인해 광해군은 연산군처럼 폭군으로 인식이 되어갔어. 또한 앞에서도 나왔지만 광해군이 의리를 저버리고 명나라를 돕지 않았다는 반발도 있었고. 이처럼 대북파가 정권을 잡고 마음대로 휘두르자 이에 불만을 품은 서인의 김자점(후에 임경업 장군에게 누명을 씌워 죽임), 김류, 이귀, 이괄, 최명길, 장유, 구인후, 구굉, 신경진, 김류, 심기원 등이 인조반정을 일으키게 된 거야. 이들은 모두 후에 인조 임금이 되는 능양군의 측근들이야. 결국 능양군 인조가 반란의 주범이 되는 셈이지. 자기의 측근들을 모아 병사를 일으켜 반정을 꾀했으니.

능양군은 친히 친병을 이끌고 궁궐로 쳐들어갔어. 능양군은 광해군의 사촌이었어. 인조반정이 성공을 하자, 능양군 인조는 인목대비를 다시 대왕대비로 복귀시켰어. 인조반정으로 광해군은 폐위가 되고 강화도로 유배를 가게 돼. 그리고 다시 제주도로 유배를 떠나지. 그곳에서 죽음을 맞고.

능양군과 서인의 인조반정 당시의 상황을 상세하게 기록한 자료(두산백과 참고)가 있어 여기에 옮겨 보겠어. 한자는 필자가 여러분의 가독성을 위해 꼭 필요한 것만 두고 한글로 바꾸었어.

1622년(광해군 14) 가을에 이귀가 평산부사로 임명된 것을 계기로 군사를 일으키려 했으나 사전에 발각되었다. 하지만 대간臺諫이 이귀를 잡아다 문초할 것을 청하였으나 심기원과 김자점이 후궁에 청탁을 넣어 사건은 흐지부지되었다.

그 뒤 반정 세력은 장단부사로 있던 이서가 덕진에 산성을 쌓는 것을 감독하게 되자, 그곳에 군졸을 모아 훈련시키며 정변을 준비하였다.

반정세력은 이듬해인 1623년 음력 3월 12일을 거사일로 정해 준비하였다. 그리고 훈련대장 이흥립을 한편으로 끌어들이고, 장단부사 이서와 이천부사 이중로 등이 군졸을 이끌고 모여들었다. 하지만 이이반이 이 사실을 고변하여 정변 계획은 사전에 발각되었다.

그래서 정변이 예정되었던 3월 12일 저녁에 박승종 등은 추국청을 설치해 고발된 모든 사람을 체포하려 했다. 하지만 후궁과 연회를 벌이던 광해군은 이를 재가하지 않았고, 붙잡았던 이흥립마저 풀어주었다.

결국 이이반의 고변으로 상황이 더욱 급박해진 반정세력은 예정대로 정변을 추진하기로 했다. 능양군은 친병을 이끌고 연서역延曙驛으로 가서 이서 등과 합류하였는데, 무리가 1,400여명이 되었다. 이들은 삼경에 창의문의 빗장을 부수고 도성으로 들어가 곧바로 창덕궁으로 갔다. 이흥립은 궁궐을 지키던 병사들을 움직이지 못하게 하여 내응하였고, 초관, 이항이 돈화문을 열어 반정세력을 궐 안으로 끌어들이면서 정변은 손쉽게 성공하였다.

광해군은 후원문으로 의관醫官 안국신의 집으로 피신하였으나 곧바로 붙잡혀 강화도로 유배되었다. 능양군은 새벽에 조정의 관리들을 소집하여 병조참판 박정길 등을 참수하였으며, 광해군의 총애를 받던 상궁 김씨와 승지 박홍도 등도 그 자리에서 죽였다. 그리고 경운궁에 유폐되어 있던 인목대비의 존호를 회복시켜준 뒤에 그 권위를 빌어서 조선의 제16대 왕인 인조로서 왕위에 올랐다.

이때 수십 명이 처형되고 수백 명이 유배되었어. 이때 광해군이 현명하게 처신만 했어도 반란군을 막을 수 있었으며, 역사에 광해군으로 남지 않고 '종'이나 '조'의 칭호를 받는 임금으로 남았겠지. 박승종 등이 추국청을 설치해 반역을 꾀했던 사람들을 모두 잡아들여 체포하자는 말을 광해군이 받아들이기만 했어도 광해군은 쫓겨나지 않았고, 연산군처럼 폭군으로 역사에 남지 않았을 거야. 그리고 비극으로 운명을 끝맺지 않았을 거야. 이 모두가 대북파에 의해 광해군의 혜안이 흐려졌기 때문이야. 그래서 제대로 된 판단을 하지 못했기 때문이야.

인조(즉위기간: 1623~1649)는 인목대비의 윤허를 받아 1623년에 왕으로 즉위를 하게 돼. 인목대비가 유폐되었던 경운궁에서 즉위식을 갖게 돼. 하지만 쿠데타에 성공한 서인과 남인들은 더욱 더 붕쟁을 일삼았어. 물론 벼슬자리도 자신들이 모두 독차지했지. 특히 서인들은 반정의 주역 세력으로 왕권을 무력화시키려 하지. 이렇게 쿠데타에 성공을 했지만, 인조반정에 반기를 든 황현과 이유림이 다시 인조를 쫓아내기 위해 역모를 꾀했지. 그 다음 해인 인조 1년(1624)에 이괄은 자신이 2등 공신으로 지정되자 불만을 품고 반란을 일으켜. 이괄의 난이 일어나게 된 거야. 인조는 공주까지 피란을 갔고 왕권은 떨어질 대로 떨어졌어. 이때 임경업 장군이 이괄의 난을 평정平定하게 돼. 하지만 아이러니Irony하게도 이렇게 인조 왕권을 지켜준 임경업 장군은 인조 때 김자점의 모함으로 처형당하게 되지.

인조와 서인 세력들은 명분과 의리만을 내세워 친명배금정책을 펴 후금을 자극했어. 이로 인해 정묘호란이 일어나게 되었어. 후금은 1627년 군사 3만 명을 이끌고 조선을 침공했어. 의주를 함락시키고 평산까지 쳐내려오자 인조는 강화도로 천도했어. 말이 천도지 도망간 거야. 하지만 후금이 더욱 압박해 오자, 인조는 백기를 들고 최명길의 강화講和 주장을 받아들여 형제의 의를 맺는 정묘화약을 맺었어.

하지만 친명배금정책은 여전했어. 세력이 커진 후금은 나라 이름을 '청'이라 정하고, 조선에 군신관계로 하자는 제의를 했으나 거부당하자, 청나라 태종은 10만 대군을 보내 다시금 조선을 침공하게 돼. 이게 바로 병자호란이야. 정말 조선으로서는 치욕적인 전쟁이었어. 광해군의 중립 외교 정책이 얼마나 현명했는가를 보여주는 대목이지. 인조 시대에야 자신들의 정변을 정당화시키기 위해 광해군으로 남게 했다지만, 그 이후 임금들이 왜 광해군을 왕으로 복원시키지 않았는지 필자는 이해가 안 돼.

광해군은 세조 때부터 폐위 될 때까지, 백성을 위하고 나라를 걱정했으며 결단력 있게 정사를 펼쳤어. 하지만 그의 한계는 그를 왕으로 세운 대북파의 장막에 가려 혜안이 흐려졌고, 대북파에 질질 끌려 다녀 제대로 국정을 운영하지 못한 점도 있어. 이로 인해 광해군은 연산군처럼 폭군으로 역사에 남게 된 거야. 비운의 임금이라 할 수 있지. 앞에서도 말했지만 참으로 안타까운 일이야. 조선시대의 당파 싸움. 어찌 그 시대만이 그렇겠어.

21세기를 살아가는 대한민국의 정치 현실도 당파 싸움에 물들어 있잖아? 당파 싸움의 폐해를 알면서도 달라진 게 없어. 아직도 정신을 못 차린 것인지. 지금도 중국과 일본 사이에 끼어, 나라는 반 토막이 난 상태에서, 그들에게 제 목소리 한 번 내지 못하고 눈치만 보면서도, 나라 안에서는 당쟁만 일삼고 있으니 참으로 한탄할 일이야.

이제 다시 광해군 시절로 돌아가 이야기를 풀어볼까 해. 그리고 인목대비 폐비에 대한 이야기와 그에 따른 시조 작품을 감상해 볼까 해.

철령鐵嶺 노픈 봉峰에 쉬여 넘는 져 구룸아

고신원루孤臣寃淚를 비사마 띄여다가

님 계신 구중심처九重深處에 뿌려본들 엇더리

풀이

① 철령 높은 봉우리에 쉬어 넘는 저 구름아!

② 임금의 총애를 잃고 귀양 가는 외로운 신하의 원통한 눈물을
비로 만들어 하늘에 띄워 궁궐로 가지고 가서

③ 임금님이 계시는 깊고 깊은 구중궁궐에 뿌려보면 어떻겠는가

이항복의 시조야. 이항복은 광해군 9년(1617)에 이이첨 등 대북파
의 인목대비 폐비론이 일자, 이를 반대하다가 광해군 10년(1618)에
삭탈관직 되어 북청北青으로 유배를 떠났어. 유배를 떠나는 길에 강
원도 철령이라는 재(고개, 봉우리)를 넘다가 이 시조를 짓게 되었어.

이 시조는 이항복의 나라와 왕실을 걱정하는 충정의 마음이 나타
나 있어. 자신의 이런 충정어린 마음이 임금에게 전해졌으면 하는
심정이 잘 들어난 작품이야. 시조 초장을 보면 "철령 높은 봉에 쉬
어 넘는 저 구름아"라고 되어 있어. 구름도 높은 봉우리에 걸쳐 얼
른 가지 못하고 있듯, 작자인 이항복 역시 조정을 걱정하는 마음에
발걸음이 얼른 떨어지지 않음을 표현하고 있어. 중장을 보면 '고신
원루'라고 했어. 외로운 신하의 원통한 눈물이라는 뜻으로, 임금에
게 버림을 받은 자신의 서러움을 표현하고 있어. 이런 서러운 심정
을 비를 만들어 하늘에 띄우겠다는 거야. 그래서 종장에서 임금님
이 계시는 그 깊고 깊은 궁궐에 자신의 이 서러운 마음을, 충절어린

자신의 마음을 보내보고 싶다고 하고 있어. 자신의 충절어린 마음을 이해 못해 주는 임금에게 억울함을 호소하고 있어. 광해군과 조정을 걱정하는 이항복의 충절어린 애절함이 잘 나타난 시조이지.

이항복은 임진왜란 때, 선조가 광해군에게 경상도, 전라도 지역을 다스리게 해 군사에 관한 일을 맡아 보게 했는데, 이때에도 병조판서로서 세자인 광해군을 보필했던 사람이야. 이항복의 시조를 한 편 더 살펴보겠어.

> 시절時節도 뎌러하니 인사人事도 이러하다
> 이러하거니 어이 뎌러 아니헐소냐
> 이런쟈 뎌런쟈하니 한숨계워 하노라

풀이

① 저렇게 당파 싸움으로 시절이 어지러우니, 사람 사는 일이 다 이렇게 어렵구나

② 정치가 이러할진대 어찌 사람 사는 일이 그렇지 않겠는가

③ 이렇다 저렇다 서로 시비만 붙고 있으니, 참으로 한숨만 나오는구나

이항복은 이렇게 조정의 당파 싸움을 한탄하고 있어. '시절'이라고 하는 것은 그 당시의 시대를 뜻해. '시절'의 '시時'가 '때 시'자 잖아. 따라서 '그 시절, 그때' 이렇게 해석하면 되지. 옛날엔 '시절이 어지럽다'라는 말이 있었어. 나라가 돌아가는 꼴이, 정치가 돌아가는 꼴이 어지러울 때 사용하는 말이야. 초장에서 "시절이 저러하"다

는 것도, 나라가, 즉 정치가 돌아가는 꼴이 저렇게 어지럽다는 뜻이
야. 그러하니 사람 사는 일이 다 이렇게 혼란스럽고 어렵구나, 라고
하고 있는 거야. 대북파와 서인 그리고 사림으로 나뉘어 서로 당파
싸움만 하고 있는 정치 현실을 한탄하고 있는 거야. 이 한탄은 나라
에 대한 걱정이기도 한 거고.

이항복에 대해서는 여러분이 이미 초등학교 때부터 배워서 잘 알
거야. 거 왜 있잖아. 오성과 한음. 이항복이 호는 백사이나, 오성부
원군으로 봉군되면서 백사 이항복보다는 오성 이항복으로 더 알려
져 있지. 한음은 누군고하니 이덕형을 말해. 한음이 이덕형의 호야.
그래서 오성과 한음이라고 하지. 이 두 사람은 죽마고우야. 두 사람
의 우정이 얼마나 깊었는지에 대해 그 일화가 지금까지 전해 내려오
고 있지. 이덕형은 1608년 광해군의 즉위와 함께 영의정이 되었어.

이항복은 선조 13년(1580)에 알성문과에 병과로 급제하면서 벼슬
길에 올랐어. 그러면서 도승지, 병조판서, 우의정, 영의정 등의 관
직을 지냈어. 임진왜란 때는 도승지로서 선조를 의주까지 호송하기
도 했어. 임진왜란, 정유재란 등 전란이 일어나거나 전란을 수습 할
때마다 병조판서를 지냈어. 무려 다섯 번이나 지냈다고 하니, 선조
의 그에 대한 신임이 어떠했는가를 짐작할 수 있지. 저서로는《백사
집》,《북천일록》,《사례훈몽》등이 있어.

현재 서울 부암동에 이항복의 별장터로 추정되는 곳이 있어. 그
래서 이항복의 호를 따서 '백사실계곡'이라고 부르고 있어.

앞 시조들이 북청으로 귀양을 떠나며 지었거나, 귀양지인 북청에
서 지은 시조인데, 이항복은 귀양지인 북청에서 죽었어.

소상강瀟湘江 긴 대 베혀 하늘 밋게 뷔를 매야

폐일부운蔽日浮雲을 다 쓸어 바리고져

시절時節이 하 수상殊常한이 쓸똥말똥 하여라

풀이

① 소상강 가에서 자란 긴 막대를 베어 하늘에 닿게 빗자루를 매어서

② 해를 가리고 있는 뜬 구름(대북파)을 다 쓸어버리고 싶구나

③ 시절이 이상하니 쓸까말까 망설여지는구나

이 시조를 지은이는 김유라는 사람이야. 김유는 서인으로서 대북파가 인목대비를 서궁에 유폐시키자 이괄, 최명길, 이귀 등 서인들과 함께 광해군을 몰아내고 인조를 왕위에 올린 인물이야. 인조반정 후에 영의정까지 지내지.

이이첨, 정인홍 등 대북파에 대한 불만이 잘 표현된 시조야. 더구나 인목대비를 서궁에 유폐시키자 그에 대한 불만이 하늘에 닿은 거야. 그래서 하늘에 닿을 만큼 긴 막대기에 빗자루를 매어서 대북파를 다 쓸어버리고 싶다, 즉 다 없애버리고 싶다고 하고 있어.

자기들 마음대로 정권을 마구 휘두르고 있는 대북파에 대해 불만을 가진 사람들이 많았어. 광해군조차도 대북파에 의해 마음대로 정치를 할 수 없을 정도였으니, 대북파의 그 권력이 얼마나 강경했는가를 알 수 있지. 광해군도 대북파의 폐단을 알고 거기서 벗어나려고 했어. 하지만 이이첨이나 정인홍과 같은 강경파에 눌리고 말았어. 대북파의 무리한 요구를 거절할 수 있는 인물이 못 되었어.

그래서 대북파에 의해 꼭두각시 왕이 되어 희생되었다고 볼 수 있어. 또 한 편의 시조를 살펴보자.

바회예 셧는 솔이 늠연凜然한 줄 반가온뎌
풍상을 격거도 여외는 줄 전혜 업다
언디타 봄비를 가져 고틸 줄 모르느니

풀이

① 바위에 서 있는 소나무가 위엄이 있고 당당한 것이 매우 반갑구나
② 바람과 서리를 겪어도 여위는 일이 전혀 없이 꼿꼿하구나
③ 어찌하여 봄비를 가져 고칠 줄을 모르는가

이 시조는 이신의가 지은 것으로 일명 〈사우가〉라고 해. 사우가? 사군자가 아니라? 그래, 사군자는 '매, 난, 국, 죽'이라고 해서 '매화, 난초, 국화, 대나무'를 가리키지. 그런데 이 시조에서의 사우가는, 매화, 국화, 난초, 소나무 이렇게 네 가지를 가리키고 있어. 사군자의 대나무 대신에 소나무를 넣은 거지. 옛 선비들이 소나무도 절개와 지조를 상징하는 것으로 흔히 사용하고 있어. 대나무 대신 소나무를 넣고 있어. 이 시조에서도 소나무를 절개와 지조를 상징하는 것으로 표현하고 있지. 초장에서 "바위에 서 있는 소나무가 위엄이 있고 당당"하다고 말하고 있잖아? '늠연凜然'이란 뜻이 위엄이 있고 당당하다는 뜻이야.

이 시조 역시 작자가 광해군 10년(1618)에 폐모론에 반대하다가

회령에 유배를 당했어. 이후 다시 흥양에서 이배 되어 5년간 생활을

했는데 그때 지은 것이라고 해.

인조반정후 형조참의를 지냈고, 지은 책으로 《석탄집》이 있어.

> 뒷 뫼히 뭉킨 구름 압들헤 펴지거다
> 바람 불디 비 올지 눈이 올지 서리 올지
> 우리는 뜻 모르니 아므랄 줄 모로리라

풀이

① 뒷산에 뭉친 구름 앞들에까지 퍼졌다

② 바람 불지 비 올지 눈이 올지 서리 올지

③ 우리는 그 뜻을 모르니 어찌하면 좋을지 므르겠구나

정훈의 시조로 〈탄북인작변가〉라고 해. 역시 대북파의 독재 정권에 대해 이야기를 하고 있어. 광해군을 꼭두각시 삼아 앞에 내세우고, 이이첨과 정인홍을 비롯한 대북파의 횡행 橫行을 꼬집고 있어. 초장에서 '뒷산에 뭉친 구름'이라고 한 것은 대북파를 말해. 대북파의 흉계에 의한 폐모살제廢母殺弟, 즉 인목대비의 유폐, 영창대군, 임해군, 김제남 등의 죽임을 말하고 있어. 그리고 '앞들에까지 퍼졌다'라고 한 것은 이런 대북파의 횡포에 의한 암담함과 비참함이 온 조정에 퍼졌다, 라는 뜻이야. 중장과 종장에서는 이런 대북파의 횡포가 어떤 변을 가지고 올지 모르니, 어떻게 하면 좋을지 모르겠다고 하고 있어.

냇가에 해오라바 므스일 셔잇는다

무심無心한 져고기를 여어 므슴 하려는다

아마도 한믈에 잇거니 니저신들 엇더리

풀이

① 냇가에 해오라기야 무슨 일로 서 있느냐

② 무심한 저 고기를 엿보아서 무엇 하느냐

③ 아마도 같은 물에 살고 있으니 잊어버리고 내버려둔들 어떠리

    신흠의 시조야. 이 시조는 같은 북인끼리 대북파와 소북파로 나뉘어 붕쟁하는 것을 노래하고 있어. 시조 내용에서도 해오라기와 물고기가 같은 물에 산다고 하고 있잖아? 해오라기는 물고기, 새우, 개구리, 곤충 따위를 잡아 먹고 살아. 따라서 이 시조에서 해오라기는 물고기를 잡아먹는 악惡을 말하고, 물고기는 포악한 해오라기에 잡아먹히는 선善을 말하고 있어. 또는 약자를 상징하고 있어. 같은 물에 산다고 한다는 것은 같은 조정, 같은 나라에 살고 있다는 뜻이야. 이렇듯 같은 나라에 살면서, 같은 조정에 있으면서, 서로 반목하여 싸워 무엇 하겠는가, 라고 하고 있어. 그래서 종장에서 이렇듯 같은 물에 살고 있으니 서로 싸우지 말고 살면 어떻겠는가, 라고 하고 있는 거야. 이 시조는 해오라기와 물고기를 서로 대비시켜 당시의 당파 싸움을 꼬집고 있어.

가슴 속에
불이 나니
오장육부가
다 타가는구나

장희빈에 대해서는 TV 드라마 등 수차례 여러 경로를 통해 너무나 많이 알려진 이야기이므로 여기서는 자세히 다루지 않겠어.

장희빈하면 떠오르는 것이 인현왕후이지. 장희빈으로 인해 폐서인이 되어 궁궐에서 쫓겨난 것은 니무나 잘 알려진 사실.

숙종에게는 인경왕후가 있었으나 천연두로 20세의 나이에 일찍 세상을 뜨게 되지. 그래서 다시 맞이한 것이 인현왕후였고. 하지만 숙종에게는 늘 장옥정이라는 여인이 마음에 자리하고 있었으니 그게 바로 장희빈이 아니던가.

조선시대의 당파 싸움은 정말 지긋지긋할 정도로 있었음을 여러분이 더 잘 알 거야. 이때에도 인현왕후 측의 서인西人과 상희빈 측의 남인南人이 서로 으르렁거리고 있었지. 연산군이 폭군의 상징이라면, 장희빈은 악녀로서의 상징으로 되어 있는데, 필자는 장희빈도 당파 싸움의 희생양이라고 생각해.

인현왕후 민씨가 있을 당시에는 서인이 집권했으며, 숙종의 어머니인 명성왕후에 의해 궁궐에 들어오지 못했어. 하지만 숙종 9년 (1683) 명성왕후가 죽자 3년 상을 치른 숙종은, 숙종 12년(1686) 장옥

정을 궁으로 불러들여 후궁으로 삼았지. 마침 이때 서인의 영수이자 숙종의 총애를 받았던 김숙주가 사망하고, 인현왕후의 아버지인 민유중도 죽자 서인의 세력이 약화되었어. 서인의 권력에 휘둘리던 숙종이 이때를 기해 서인을 조정에서 몰아내고 남인 정권을 세우게 되지.

남인이 들어서면서 인현왕후의 입지도 좁아졌고, 장옥정은 후에 경종 임금이 되는 아들 윤을 낳게 돼. 숙종은 장옥정이 낳은 아들 윤을 세자로 책봉하려 하였으나, 집권 세력인 서인들이 반대를 했어. 이 문제로 숙종 15년(1689) 기사환국己巳換局이 일어나 서인 세력이 조정에서 완전히 밀려나게 되지. 그리고 인현왕후 민씨도 폐서인이 되어 궁궐에서 쫓겨나는 신세가 돼. 이로써 서인의 8년간의 집권은 막을 내리게 되고 남인이 등장하게 돼. 그리고 장옥정은 드디어 그해 숙종 15년(1689)에 희빈에서 왕비의 자리에까지 오르게 되지.

하지만 남인 정권은 너무 무력했어. 한마디로 인재가 없었어. 조정을 이끌어갈 능력이 없었어. 숙종이 남인에 대해 무력감을 느끼고 있던 차에, 숙종 20년(1694) 남인의 역모사건이 터지게 돼. 이를 갑술옥사라고 해. 그러면서 다시 서인의 소론 세력이 집권을 하게 되고, 인현왕후도 다시 왕후로 궁궐에 복위를 하게 돼. 장희빈이 궁궐에 다시 들어오고 왕비에 오른 것이 기사환국이라면, 인현왕후가 다시 복위하게 된 것은 갑술환국이라고 하지. 왕후의 자리에까지 올랐던 장옥정은 희빈으로 강등되고 다시 궁궐 밖으로 쫓겨나게 돼. 장옥정이 이렇게 된 이유는 물론 남인의 몰락도 있었지만, 왕비에 오른 장옥정이 차츰 방자한 행동을 하게 된 연유도 있어. 그러면서 숙종은 폐서인시킨 인현왕후에 대해 후회를 하게 되지. 궁녀가 소설로 쓴 《인현왕후전》에는 인현왕후가 덕목과 인품을 갖춘 여인으로 기록되어 있어. 하지만 숙종 실록에는 장옥정이 아들을 낳자 이를 시기하고 질투하였다고 기록되어 있어. 인현왕후는 원인 모를 병으로 숙종 27년(1701) 35세의 젊은 나이로 죽었어.

장희빈은 취선당에 신당을 꾸려놓고 인현왕후를 저주해 죽게 했다는 혐의를 받아 사사되고 말아. 이는 나중에 영조의 어머니가 되는 숙빈 최씨의 발고에 의해 장희빈이 사사를 받게 되지. 영조의 어머니는 누군고 하니 무수리 출신의 후궁이었어. 이때는 숙종이 왕비였던 장희빈을 멀리하고 숙빈 최씨와 가깝게 지내던 시기였어. 그러했기에 더욱더 숙빈 최씨의 말에 신임을 둔 거고 결국 장희빈을 사사하게 되는 거지.

이때 서인들은 노론과 소론으로 나뉘었는데, 노론은 장희빈을 사사해야 한다고 주장했고, 소론은 다음 왕이 될 세자(경종)를 위해 살려야 한다고 주장했어. 노론의 주장에 의해 결국 장희빈은 사사되었지만.

아무튼 인현왕후에게 후사가 없었기에 장옥정의 아들 윤이 숙종의 뒤를 이어 경종 임금에 오르게 돼.

경종(즉위기간: 1720~1724)은 비록 자신의 어머니가 사사되어 죽었지만, 경종 2년(1722)에 자신의 어머니인 장희빈을 옥산부대빈玉山府大嬪으로 추존했어. 왕후로 다시 복위시키지 못한 것은 경종이 병약하여 오래 살지 못하고 즉위기간이 짧았기 때문이야. 아마 더 길었더라면 장희빈은 장희빈이 아닌 왕후로서 후대에 기록되었을 거야. 하지만 현재(2013년) 장희빈의 위패가 모셔진 곳에서는 왕비에 버금

가는 시설과 대우를 하고 있다고 해. 왕비로서 복위만 되지 않았을 뿐이지 왕후로서의 대접을 받고 있다는 거지.

다음의 시조는 인현왕후가 폐서인 되자 이를 반대하던 박태보의 작품이야.

흉중胸中에 불이 나니 오장五臟이 다 타간다
신농씨神農氏 꿈에 보와 불끌 약藥 무러보니
충절忠節과 강개慷慨로 난 불이니 끌약藥 업다 하더라

풀이

① 가슴 속에 불이 나니 오장육부가 다 타는구나

② 신농씨를 꿈에 보게 되어 그에게 불 끌 약이 있냐고 물으니

③ 충절이 정의로워서 난 불이니 끌 약이 없다고 하더라

이 시조를 지은 박태보는 인현왕후 폐비에 반대하다가 전라도 진도로 유배를 가던 중 노량진에서 죽었다고 해. 옛 선비들은 이렇듯 자신의 목숨을 내 걸로 임금에게 직언하는 충신들이 있었다는 거. 물론 서로 파당을 나누어 당파 싸움에 시절가는 줄 모르고, 나라가 망하는 줄 모르고 싸움박질만 했지만, 그러는 중에도 목숨을 내 걸고 직언하는 충신들이 있었다는 것은 높이 살만 해.

숙종의 뒤를 이어 경종(장희빈의 아들 윤)이 왕위를 물려받게 되지. 이때는 신임사화라고 불리는 노론과 소론의 당쟁 싸움이 있었어. 신임사화를 다른 말로 임인옥이라고도 해. 신축년과 임인년에 일어났다고 해서 신임사화라고 하는 거야. 참으로 조선시대엔 사화도

많았어. 그만큼 많은 사람들이 죽었다는 이야기도 되겠지.

서인이 집권을 했지만, 서인은 노론과 소론으로 다시 나뉘어 자기들끼리 또다시 붕쟁을 하게 돼. 신임사화는 노론과 소론과의 싸움이야. 더 정확히 요약하자면 경종 1년(1721)에 왕통문제와 관련하여 소론이 노론을 역모로 몰아 노론을 숙청한 사화야. 경종 2년까지 2년간 벌어진 사화야. 참고로 영조(어머니: 숙빈 최씨)는 경종(어머니: 숙빈 장씨, 장희빈)의 이복동생이야. 모두 숙종의 아들들이지. 경종이 자식이 없이 일찍 세상을 뜨는 바람에 이복동생인 영조가 왕위를 이어받게 돼. 신임사화는 이런 과정에서 일어난 사건이야.

신임사화에 대해 자세히 나온 자료(한국민족문화대백과 참고)가 있어 여기에 인용해 볼게. 여러분의 가독성을 위해 한자는 꼭 필요한 것만 두고 나머지는 필자가 한글로 바꾸었어.

숙종 말년에 소론은 세자인 윤(뒤의 경종)을 지지했으며, 노론은 연잉군(뒤의 영조)을 지지하였다. 경종은 세자 때에 생모인 장희빈이 죽자 이상스러운 병의 징후가 나타났으므로 숙종은 이를 매우 걱정하였다.

한편 1716년(숙종 42) 병신처분(소론을 배척한 처분)으로 노론 정권이 실권을 잡은 이듬해 이이명을 불러 소위 정유독대(숙종 43년 왕이 세자교체문제를 이이명과 단독 대담을 통해 논의한 일)를 하였다.

이로써 소론은 경종 보호의 명분을 더욱 확고히 하였다. 반면 노론은 연잉군 추대의 의리로 맞서 이후 치열한 싸움이 벌어졌다. 숙종이 죽고 뒤를 이은 경종은 성격이 온유하였다. 그러나 자식이 없고 병이 많아 하루 속히 왕위 계승자를 정할 것을 건의한 정언 이정소의 상소를 시발로, 노론 4대신인 영의정 김창집, 좌의정 이건명, 영중추부사 이이명, 판중추부사 등이 주장하였다. 이 주장이 관철되어 1721년 8월에 연잉군을 왕세제王世弟로 책봉하게 되었다. 그러자 소론의 행사직 유봉휘는 시기상조론을 들어 그 부당함을 상소하고, 우의정 조태구도 그를 비호했으나 뜻을 이루지 못하였다.

또한 노론측에서는 왕세제를 정한 지 두 달 뒤인 10월에 집의 조성복의 상소로 세제청정世弟聽政을 요구하였다. 이에 경종은 세제의 대리청정을 명했다가 환수하기를 반복했고, 그에 따라 노론과 소론 간의 논쟁도 치열하였다.

이와 같이 경종의 질환을 이유로 하여 경종 즉위년부터 세제 책봉과 세제 대리청정 문제를 서둘렀으므로 그것을 쟁점으로 한 노론과 소론의 대립은 첨예화되었다.

이 때에 소론에 대한 경종의 비호가 표면화되자, 1721년 12월에 소론의 과격파인 사직司直 김일경을 우두머리로 한 7인이, 세제 대리청정을 요구한 조성복과 청정명령을 받들어 행하고자 한 노론 4대신을 들어 '왕권교체를 기도한 역모'라고 공격하는 소를 올렸다. 이 상소로 인해 병신처분 이래 구축된 노론의 권력 기반은 무너지고, 대신 소론 정권으로 교체되는 환국이 단행되었다. 이에 노론 4대신은 파직되어 김창집은 거제부에, 이이명은 남해현에, 조태채는 진도군에, 이건명은 나로도에 각각 안치되었다. 그리고 그 밖에 여러 노론들도 삭직, 문외출송 또는 정배되었다.

한편 소론파에서 영의정에 조태구, 좌의정에 최규서, 우의정에 최석항이 임명됨으로써 소론 정권의 기반을 굳혔다. 그러나 소론 측에서도 김일경의 인물됨을 경계해 노론 숙청에 온건적 입장을 취하

는 조태구, 최석항 일파는 완소, 강경론자인 김일경 일파를 준소라
하였다.

1722년 3월 강경론자들이 노론의 과격한 처단을 요구하고 있을
때에 목호룡은 노론측에서 경종을 시해하고자 모의했다는 소위 삼
급수설, 즉 대급수(칼로써 살해), 소급수(약으로 살해), 평지수(모해해 폐
출함)를 들어 고변하였다. 이 음모에 관련자들은 정인중, 김용택, 이
기지, 이희지, 심상길, 홍의인, 김민택, 백망, 김성행 등이었다. 이들
은 모두 노론 4대신의 자질과 그들의 추종자들이었다.

이 고변은 숙종의 죽음 전후에 당시 세자였던 경종을 해치려고 모
의했다는 것인데, 이 때에 와서 드러난 것이다. 그것은 목호룡이 남
인 서얼로서 정치에 야심을 품고, 풍수술을 이용해 노론에 접근했으
나 시세의 변화에 따라 고변함으로써 노론에 타격을 준 시간이었다.
이 고변에 의해 국청이 설치되고 역모에 관련된 자들이 잡혀서 처단
되는 대옥사가 일어났다. 이 옥사에서 노론 4대신은 연루되어 사사
되었다.

그리고 국청에서 처단된 자 중에 정법으로 처리된 자가 20여 인이
고, 장형으로 죽은 자가 30여 인이었으며, 그 밖에 그들의 가족으로
체포되어 교살된 자가 13인, 유배된 자가 114인, 스스로 목숨을 끊은
부녀자가 9명, 연좌된 자가 연인원 173명에 달하였다.

반면에 권력을 잡은 소론파에서는 윤선거와 윤증을 복관시키고
남구만, 박세채, 윤지완, 최석정 등을 숙종묘에 배향하였다. 그리고
목호룡에게는 동지중추부사의 직이 제수되고, 동성군의 훈작이 수여
되었다. 그러나 경종이 재위 4년만에 죽고 세제인 영조가 즉위하자,
임인옥사에 대한 책임을 물어 김일경과 목호룡은 처단되었고, 임인

옥안은 번안(안건을 뒤집어 놓음)되었다.

요컨대, 신임사화는 노론과 소론간에 각각 경종 보호와 영조 추대의 대의명분을 내세워 대결한 옥사이다. 그러나 결과적으로 당인黨人들이 정권을 획득해 부귀를 누리고자 국왕을 선택하고, 음모로써 반대당을 축출해 자당自黨의 세력 기반을 확보하자는데 그 목적이 있었다.

이처럼 신임사화(임인옥) 때 노론과 소론의 붕쟁을 보고 그것을 개탄하여 지은 시조가 있어. 다음의 시조를 읽어 보자.

> 검음면 희다 하고 희면 검다 하네
> 검거나 희거나 올타하리 전혜專兮 업다
> 찰하로 귀 막고 눈 감아 듯도 보도 말리라

풀이

① 검으면 희다하고 희면 검다하네
② 검거나 희거나 옳다고 할 이는 전혀 없다
③ 차라리 귀 막고 눈 감아 듣지도 보지도 않으리라

이 시조는 김수장이라고 하는 가객歌客이 쓴 시조야.

초장의 "검으면 희다하고 희면 검다하네"라고 한 것은 서로 물어뜯고 싸우는 당파 싸움을 빗대어 한 말이야. 이쪽에서 검다고 하면 저쪽에선 희다고 하고, 이쪽에서 희다고 하면 저쪽에서 검다고 하는, 서로 으르렁거리며 트집만 잡고 싸우는 당쟁의 회오리를 말하고 있음이야. 이 시조가 신임사화를 보고 개탄하여 지었다고 했지? 바로 이렇게 서로 물어뜯고 싸우는 노론과 소론를 빗대어 한 말이야. 중장에서는 서로 검다, 희다하고 싸우는데 어느 쪽이 옳다고 말할 수 없다고 하고 있어. 한 마디로 권력을 잡기 위해 지들끼리 피터지게 싸우는 것일 뿐, 옳고 그름을 논 할 수 없다는 것이지. 그래서 지은이는 종장에서 차라리 이처럼 험악한 세상에서 귀 막고 눈막고 듣지도 말고 보지도 말고 살겠다고 하고 있어. 이렇게 만날 싸우는 세상을 차라리 관심을 끄고 살면 마음 편하지 않겠는가, 하고 있는 거야. 시인다운, 가객다운, 예술가다운 자유로운 생각이지.

이 시조를 지은 김수장(1690~?)은 호가 노가재야. 김수장은 우리가 잘 알고 있는 《해동가요》를 지은 사람이야. 자기가 편찬한 이 책에 자신의 시조 117수를 수록하였어. 김수장은 김천댁과 함께 시인과 가인들의 모임인 그 유명한 '경정산가단'을 이끈 사람이야. 만년에는 서울 화개동에 집을 지어 자신의 호를 따서 그 이름을 '노가재'라 하고 제자들을 모아 가르쳤어. 김천택은 김수장보다 10여 년 정도 먼저 태어났으며, 같은 시대에 《청구영언》이란 책을 편찬한 가객이야. 김수장과 김천택은 같은 시대에 쌍벽을 이루는 가객이었어.

당우를
어제 본 듯
소춘풍을
오늘 본 듯

　지금까지는 당파 싸움 등으로 피를 보는 이야기를 했어. 그런데 이번에는 분위기 반전을 해 볼까? 한 기녀가 정치인들 앞에서(정확히 정치판에 끼어 든 건 아니지만), 임금이 베푸는 주연의 자리에서, 문관과 무관을 모두 가지고 논 재미있는 이야기를 풀어 놓을까 해. 지금까지 딱딱하기만 한, 피 비린내 나는 당파 싸움에서 벗어나 여러분도 마음 편하게 한번 읽어 봐. 소춘풍이라는 기녀의 이야기라 사랑 이야기일 것 같지만, 지금 여기서 하고 있는 이야기는 성종 임금이 신하들과 주연을 베풀면서, 요즘으로 치면 대통령이 고위급 정치인들과 잔치를 벌이면서 한 이야기이기에, 여기 정치 이야기에 넣은 거야.

　황진이, 이매창, 홍랑을 조선시대의 3대 기녀라 해. 이 세 기녀는 남녀 간의 사랑에 얽힌 유명한 기녀들이지. 한 남자만을 위한 절개와 지조를 지킨 조선시대의 아주 유명한 기녀들이지.

　그런데 여기에 한 사람을 더 붙여 소춘풍을 넣어 조선시대의 4대 기녀라고 해. 그만큼 소춘풍은 아주 유명한 기녀야. 더구나 임금의

연회 자리에까지 불려 나갈 정도로 유명한 기녀야. 여기에서는 기녀 소춘풍이 성종 임금과 문무백관들이 함께 어울린 주연 자리에서 일어난 일화를 소개할 거야. 소춘풍인들 저 3대 기녀 황진이, 이매창, 홍랑처럼 남자와의 사랑이 없었겠어? 당연히 있었겠지. 하지만 기녀 소춘풍에 대해서는 지금 여기에서 이야기하고 있는 일화가 유명해. 그래서 지금까지 전해 내려오고 있어.

여기에 소개하고 있는 소춘풍의 시조들은 재치가 넘치는 시조들이야. 모두 세 수를 소개할 건데 이 세 수의 시조를 잘 연관 지어 감상해야 돼. 그래야 기녀 소춘풍의 재치를 알 수 있어.

당우唐虞를 어제 본듯 한당송漢唐宋을 오늘 본듯
통고금通古今 달사리達事理하는 명철사明哲士를 엇덧타고
저셜픠 역력歷歷히 모르는 무부武夫를 어이 조츠리

조금 이해하기 어려운 시조지? 우선 먼저 시조를 풀어 이해하고 넘어가야겠어. 그리고 시조 내용을 풀어 볼게.

풀이

① 덕으로 다스렸던 태평성대였던 요임금과 순임금시대를 어제 본 듯, 중국의 태평성대가 활짝 열렸던 한나라, 당나라, 송나라 시대를 오늘 본 듯

② 옛날과 지금(어제와 오늘)을 모두 통하여, 사물의 이치를 모두 통달하고 매우 밝은, 세상 형편과 사물의 이치에 밝은 선비가 여기 있는데

③ 자기가 서 있어야 할 곳도 모르는, 자신의 처지나 위치도 모르
는 무부(무인)을 어찌 따르겠는가

앞에서 풀이했지만, 시조 내용을 다시 한 번 살펴볼까?

'당우唐虞'는 백성을 덕으로 다스려 태평성대를 이루었던 요순시
대를 가리켜. 이때를 치세治世의 모범으로 삼고 있지. '한당송漢唐宋'
은 문화와 문물이 번성했던 한·당·송나라 시대를 일컬어. '통고금通
古今'은 옛날과 지금을 통틀어서를 말하고, '달사리達事理'는 사물의
이치를 통달하여 매우 밝음을, '명철사明哲士'는 세상의 사정과 사물
의 이치에 매우 밝은 선비를 말해.

소춘풍은 이렇게 요순시대를 어제 본 듯, 한·당·송나라 시대를
오늘 본 듯, 고금의 일에 통달하고 사리에 밝은 명철한 선비를 따르
지 않고, 제가 설 곳도 제대로 알지 못하는 무부를 어떻게 따르겠느
냐고 하고 있는 거야. 무관을 무시하고 문관을 찬양하는 시조이지.

이 시조는 성종이 신하들과 어울려 주연을 베풀고 있을 때, 영흥
의 명기名妓였던 소춘풍에게 술을 따르라 명하면서 노래하라 했어.
임금의 주연 자리에 불려나갈 정도면 얼마나 유명한 기녀였는가를
짐작할 수 있지? 이처럼 조선시대의 기녀들은 시詩, 서書, 예禮, 학문
등 모든 것을 갖춘, 지적으로 아주 수준 높은 여인들이었어.

이런 소춘풍이 임금이 마시는 금 술잔에 술을 따른 후, 영의정 앞
에 나아가 술잔을 들며 즉흥적으로 앞의 시조처럼 무관들을 무시하
는 시조를 부른 거야. 이에 병조판서를 비롯한 무관들이 화가 무지
났지 뭐야. 이에 소춘풍이 다음과 같이 무관들을 달래는 노래를 불
렀어.

전언前言은 희지이戱之耳라 내 말씀 허믈 마오

문무일체文武一體,ㄴ 줄 나도 잠깐暫間 아옵껀이

두어라 규규무부赳赳武夫를 안이 좃고 어이리

초장에서의 '희지이戱之耳'란 실없이 웃자고 농담한 것이다, 란 뜻이야. 시조의 뜻을 풀어보자.

풀이

① 앞에서 한 말은 농담을 한 것이니 내가 한 말을 허물치 마시오

② 문무가 하나인 것을 나도 알고 있소이다

③ 문무 어느 것이 더 뛰어난지를 따지는 것을 이제 그만 두어라.
   용맹스러운 무부(무관)를 따르지 않고 어찌하리

참으로 재치 있는 기녀라 하지 않을 수 없어. 앞에서는 무관을 무시하고 문관을 치켜세우더니, 이제는 화가 난 무관을 달래는 저런 시조를 노래한 거야. '문무일체文武一體'라고 하여, 문관과 무관은 모두 하나라고 하여, 문무 모두를 아우르져 치켜세우고 있어. 또한 앞에 시조 종장에서 '저 설 때 역력歷歷히 모르는 무부武夫를'이라고 하여, 무관을 마치 바보처럼 제가 서야 할 곳도 모르는 무식한 사람으로 묘사했다가는, 이번 시조 종장에서는 '규규무부赳赳武夫'라 하여, 앞에서와는 정반대로 무관을 아주 용맹스러운 사람으로 묘사하고 있어.

이렇게 다시 시조를 읊고 나니 문관과 무관 모두가 어리둥절하고 있는 거야. 솔직히 그렇잖아. 한갓 기녀인 주제에 감히 상감이 있

는, 문무백관들이 있는 자리에서 문무를 가지고 논 거잖아. 이번에는 양쪽 다 화가 날 판이지. 이렇게 어리둥절 하자 소춘풍이가 다시 또 노래를 했어.

제齊도 대국大國이오 초楚도 역대국亦大國이라

죠그만 등국藤國이 간어제초間於齊楚 하엿신이

두어라 이 다 죠흔이 사제사초事齊事楚 하리라

풀이

① 제나라도 대국이요 초나라 역시 대국이다. 다시 말해서 문관도 이 나라의 큰 인물들이요, 무관도 이 나라의 큰 인물들이다

② 조그마한 등국이, 즉 문무백관 사이에 끼어 있는 아주 작은 내가(소춘풍)

③ 이처럼 큰 인물들인 양쪽의 문무백관을 섬기리라

마지막으로 일침을 가한 거야. 문무백관 모두를 섬기겠노라고. 이로 말미암아 주연의 자리는 웃음으로 분위기가 좋아졌고, 성종 임금 역시 매우 흡족해 했어. 그녀에게 많은 비단과 호랑이 가죽 등 많은 재물을 내렸어.

정말 이런 재치가 또 어디 있을까. 또한 이런 대범한 기녀가 또 어디 있을까. 감히 임금이 주선한 자리에서 말이야. 지금으로 치면 대통령이 청와대에서 고위급 정치인들을 불러놓고 잔치를 벌였는데, 여자 개그맨이 나타나서 행정직 공무원과, 군인인 장군들을 가지고 논 건데. 더 심하게 말하면 희롱한 것과 같은데. 소춘풍의 재

치도 재치지만 그녀의 대범함이 대단하다는 생각이야. 또한 임금 앞에서 이렇게 여유를 부릴 만큼 두뇌가 뛰어났다는 거야. 문무백관들을 울렸다 웃겼다 가지고 놀았으니. 이로 말미암아 소춘풍은 조선시대의 명기로 전국에 이름이 널리 알려지게 되었어.

어찌 보면 소춘풍은 성종 시대 당시의 문관만을 우대하는 것을 꼬집기도 한 것이며, 무관들의 소위 말해서 무식한 행동을 꼬집은 시조라고 할 수 있어.

요즘 개그맨들의 말초신경만 자극하는 그런 재치가 아니라, 아주 수준 높은 시조로, 그 학식 높은 문관이나 배포 큰 무관들을 울리고 웃겼으니, 요즘 개그맨들의 그런 개그와는 차원이 다른 수준 높은 재치라 할 수 있어.

벽오동
심은 뜻은

　어땠어? 앞의 소춘풍이란 기녀의 이야기? 한갓 기녀가 임금이 베
푸는 주연 자리에 불려가 저런 재치와 대범함을 보였으니. 자, 이제
다시 또 본격적인 정치 이야기를 해 볼까? 하지만 앞에서의 중상모
략과 죽이고 죽이는 그런 정치 이야기가 아닌, 초야에 묻혀 유유자
적하며, 자연과 함께 살아가며, 당파 싸움을 꼬집는 그런 선비들의
정치 이야기. 그런 이야기를 해 볼까?

　정치란 중상모략이 난무하는 곳이지. 서로 물어뜯고 잡아먹지 못
해 안달이 난 사람들. 상대방을 권력에서 끌어내리기 위해 온갖 수
단과 방법을 가리지 않는 곳. 권력을 잡기 위해서는 아버지도, 형제
도 잡아먹는 패륜 행위까지도 서슴지 않는 것이 정치지. 특히나 조
선시대에는 이런 패륜 행위와 당파싸움이 난무했던 500년의 역사
라고 말할 수 있지. 이런 정치적 당파 싸움에서 벗어나 자연에 귀의
하여 사는 선비들도 많았어. 조선시대의 살벌한 정치를 통해 인생
을 깨우치고. 이번에는 이런 시조들을 살펴볼까 해. 모두 자신의 이
름을 밝히지 않은 무명씨 시조들이야.

벽오동碧梧桐 심운 뜻즌 봉황鳳凰을 보렷터니

내 심운 탓신지 기다려도 아니오고

밤口중中만 일편명월一片明月만 뷘 가지에 걸녀셰라

풀이

① 벽오동 심은 뜻은 봉황을 보려는 것인데

② 내가 심은 탓인지 기다려도 아니오고

③ 밤중쯤 한 조각의 밝은 달만 빈가지에 걸렸구나

　봉황은 용처럼 상상의 새야. 길조吉鳥의 새이지. 예부터 중국의 전설에 나오는 상상의 새야. 복되고 운이 좋은 일이 생길 거라고 믿는 새이지. 기린, 거북, 용과 함께 신령한 동물이라 불리고 있지. 수컷을 '봉'이라하고, 암컷을 '황'이라 해.

　초장에서 벽오동을 심은 것은 봉황을 보려는 거라고 하고 있어. 벽오동은 오동나무를 말함인데, 지혜와 덕이 뛰어난 성인군자가 태어날 때 봉황이 오동나무 숲에 나타난다는 전설이 있어. 그래서 작자가 오동나무를 심은 뜻이 봉황이 나타나기를 바라서 심었다고 한거야. 작자는 이 어지러운 세상을 밝게 밝혀 줄 성인군자가 나타나기를 바라고 있는 거야. 그런데 중장에서 자신처럼 못난 사람이 심어서인지 성인군자는 나타나지 않는다는 거야. 다시 말해서 어지러운 세상을 밝게 이끌어 줄 정치 지도자가 나타나지 않는다는 거야. 그래서 작자는 종장에서 밤중에 밝은 달만 빈가지에 걸렸구나, 하고 허탈해 하고 있어.

어져 세상世上 사람 올흔 일도 못다하고

구태야 그른 일로 업슨 허믈 싯는괴야

우리는 이런줄 아라셔 올흔 일만 하리라

풀이

① 아! 세상 사람 옳은 일도 못다하면서

② 구태여 그른 일을 골라 없는 허물을 씹는구나

③ 우리는 이런 줄 알기에 옳은 일만 해야겠구나

초장과 중장을 함께 보자. 옳은 일도 하지 못하면서 구태여 그른 일만 끄집어내어 꼬투리 잡고 씹어댄다고 하고 있어. 조선시대의 당파 싸움을 꼬집는 대목이야. 우리 민족에게 있어. 고구려, 발해, 고려 그 어느 시대에 조선시대만큼 당파 싸움으로 물들었던가. 조선 500년을 당파 싸움으로 허비했다고 봐도 될 거야. 거기에 폐쇄사회, 패배주의, 사대주의로 명나라와 청나라에 속국이 되어 살아가는 우리 민족 역사상 가장 찌질했던 조선. 사실 필자는 이성계가 세운 조선이야 말로 세종대왕만 아니라면 태어나지 말았어야할 나라라고 생각해. 세종대왕이 그나마 한글을 만들어 지금 우리가 이렇게 편하게 우리글을 쓰고, 다른 나라에도 우리글이 있다는 자부심을 갖고 살고 있어. 이는 우리 문화가 독창성을 가질 수 있는 기본을 마련했다고 봐. 하지만 조선은, 우리는 무조건 대국을 이길 수 없으며 따라서 대들어서도 안 된다, 그러하니 대국을 섬겨야 한다는 사대주의와 패배주의로, 우리 한민족의 역사는 아직까지도 미국 등을 비롯한 대국에 제소리 한 마디 못하고 살아가는 찌질이 민

족이 되어 버렸어. 남한은 이렇게 되었고, 북한은 나라 같지도 않은

집단이 되어 버렸고.

다음의 시조들은 당파 싸움에 찌든 나라를 꼬집고 있는 시조들
이야.

가마귀 검은아 단아 해海올이 희나 단아

황黃새다리 긴아 단아 올희다리 기쟈른아 단아

평생平生에 흑백장단黑白長短은 나는 몰라 하노라

풀이

① 까마귀 검든지 말든지, 해오라기가 희든지 말든지

② 황새 다리가 길든지 말든지, 오리의 다리 길이가 짧든지 말
든지

③ 평생에 검고 희고 길고 짧음은 나도 몰라 하노라

내가 하면 로맨스요, 남이 하면 불륜이라는 말이 있어. 당파 싸움
으로 500년 세월을 보낸 조선이나 현재의 대한민국이나 똑같아. 현
재의 국회도 봐. 똑같은 일을 두고 자기네 당이 추진하면 잘하는 것
이고, 다른 당이 추진하면 트집을 잡잖아? 조선시대에도 마찬가지
였던 거야.

이 시조는 까마귀, 해오라기, 황새, 오리 등 네 마리의 짐승을 끌
어 들여, 서로 옳고 그름을 다투고 있어. 물론 까마귀는 검은 짐승
으로 나쁜 무리로 해석이 되고, 해오라기 역시 겉은 하얗지만 속은
검은 음흉한 짐승으로 표현하고 있어. 황새와 오리는 평범한 짐승

으로 표현하고 있지만, 이 역시 누가 가해자이고 누가 피해자인지 서로 자기네 당이 하는 일만 잘 했다고 하고 있는 거야. 자기네 당이 하면 선善이 되는 것이고, 다른 당이 하면 악惡이 되는 것이야. 그래서 작자는 종장에서 옳고 그름은 나도 모르겠다고 하고 있어.

> 어리거든 채 어리거나 밋치거든 채 밋치거나
> 어린듯 밋친듯 아는듯 모르는듯
> 이런가 져런가 하니 아므란줄 몰래라

풀이

① 어리석으려면 아주 어리석든지, 미치려면 아주 미쳐버리든지
② 어리석은 듯 미친 듯, 아는 듯 모르는 듯
③ 이렇게 할까 저렇게 할까 하니 어떻게 할지 모르겠도다

이 시조는 한 마디로 종장에서 보듯 세상을 어떻게 살아가야 할지 모르겠다고 하고 있어. 어리석으려면 아주 어리석어서 아무 것도 모르던지, 미치려면 아주 미쳐서 역시 세상을 아무 것도 모르고 살았으면 좋으련만, 어리석은 것도 아니고 미친 것도 아니고, 아는 것도 아니고 모르는 것도 아니니, 세상을 어찌 살아야할지 모르겠다고 하고 있어.

이는 양심이 있는 선비들이 세상의 출세와 욕심을 따라 살자니 마음에 걸리고, 그러지 않자니 세상 살기 힘들다는 거야. 조선시대에 절개를 지키고 살아간다는 것이 얼마나 힘든가를 말해 주고 있어. 그래서 조선시대의 선비들은 세상을 등지고 자연에 귀의하여

자유롭게 살아가는 선비들이 많았어.

> 올흔 일 하쟈하니 이제 뉘 올타하며
> 그른 일 하쟈하니 후後의 뉘 올타하리
> 취醉하여 시비是非를 모르면 긔 올흘가 하노라

풀이

① 옳은 일 하려고 하니 이제 누가 옳다고 할 것이며

② 그른 일 하려고 하니 훗날 누가 잘했다고 하리요

③ 취하여 옳고 그름을 모르면 그것이 옳은 일인가 하노라

세상이 온통 서로 속이고 속으며 살아가는 옳지 못한 이 세상에서, 옳은 일을 한다 한들 누가 옳다고 할 것이며(초장), 그른 일을 하면 훗날에 누가 나를 옳다고 할 것인가. 나를 나쁜놈이라고 꾸짖을 게 분명하지 않겠는가(중장). 그러하니 차라리 술에 취하여 잘잘못을 모르고 살아간다면 그게 세상 편하게 사는 일이 아니겠는가(종장), 라고 하고 있어.

늘 당파 싸움으로 얼룩진 조선 사회에서는 이처럼 시시비비를 가리지 않고, 다시 말해 참견하지 않고 살아감이 편하지 않겠는가, 라는 것이야. 어찌 보면 작자는 조금 야비하다고 할 수 있지. 자기 자신만 편하면 된다는 그런 생각을 가지고 있어. 하진 만날 당파 싸움이나 하는 조정을 보면서 누가 껴들고 싶겠어. 조선 선비들은 그래서 유유자적하며 지내는 선비들이 많았어.

두터비 파리를 물고 두험우희 치다라 안자

것년산山 바라보니 백송골白松骨이 떠 있거늘 가슴이 금즉하여 풀

덕 뛰여 내닫다가 두험 아래 잣바지거고

모쳐라 놀랜 낼싀만졍 에헐질번 하괘라

풀이

① 두꺼비가 파리를 물고 두엄 위에 뛰어올라 앉아서

② 건너편 산을 바라보니 송골매가 떠 있어, 가슴이 소름이 끼치
  도록 무섭고 끔찍하여, 내려앉아 내닫다가 두엄 아래로 자빠졌
  구나

③ 아차! 다행히도 몸이 날쌘 나이기에 망정이지 하마터면 피멍이
  들 뻔하였도다

　앞에서 나온 시조들이 평시조라면, 이 시조는 사설시조야. 더
정확히 말해서는 엇시조라고 해야 옳아. 왜냐면 초장과 종장은 그
율박이 평시조와 같으나, 중장만 길어지고 있어. 이런 시조를 엇시
조라고 해. 반면에 사설시조는 두 개의 장이 길지. 대부분 중장과
종장이 길어져. 하지만 일반적으로 엇시조도 사설시조라고 일컫기
도 해.

　원문의 시조를 대체적으로 풀어서 적었으므로 여러분이 내용을
이해하는데 어려움은 없을 거야. 그렇지만 시조의 속뜻을 살펴보자.

　이 시조는 조금은 해학적이지? 해학적으로 파렴치한 양반들의
약탈을 꼬집고 있어. 여기에 나오는 짐승들을 살펴볼까? 우선 두꺼
비가 나와. 그리고 파리가 나오고, 백송골白松骨이 나와. 이 세 짐승

을 조선시대의 권력층으로 비유한 거야. 두꺼비는 중간층의 백성으로 강한 양반에게는 굽신굽신 거리며 아부를 떨고, 파리는 누구에게나 잡혀 먹히는 약자로서 일반 평민 백성을 뜻해. 백송골은 두꺼비와 파리를 잡아먹는 양반이지.

그래서 초장에 보면 두꺼비가 파리를 물고 두엄 위에 앉았다고 했잖아? 힘없는 백성(파리)를 두꺼비(중간층의 백성)가 괴롭히는 장면이야. 재산 등 약탈을 하는 거지. 가진 것을 빼앗아 먹는 거야. 그런데 중장을 보자. 이렇게 중간층의 두꺼비가 힘없는 백성 파리를 약탈하고 있는데, 저 멀리서 권세가인 양반 백송골이 바라보고 있는 거야. 어이쿠야~! 두꺼비는 심장이 덜컥 내려앉을 판이지. 일반 백성에게서 빼앗은 재물을 모두 권세가인 양반에게 빼앗기게 생겼으니 말이야. 물론 양반이라고 다 나빴다는 이야기는 아냐. 이 시조에서의 양반은 탐관오리 같은 벼슬아치를 말해. 일반 백성의 재물을 빼앗고 괴롭히는, 그래서 자기 재물만 채우는 못된 양반을 말해. 이 시조가 그것을 비유해서, 힘 있는 자들이 힘없는 백성을 괴롭히는 것을 말하고 있는 거야. 사설시조이기에 평시조보다 좀 더 솔직하게 노래를 하고 있어.

03

자연, 풍경 그리고 풍류

이화에
월백하고

고려 말 충신 매운당 이조년의 시조와 그의 형제 이야기를 해 볼까 해. 우선 먼저 시조부터 살펴보자. 이번에 소개할 시조는 여러분들도 교과서에서 배워서 다 알 거야. 아주 유명한 시조이니까. 《청구영언》에 전해 내려오고 있는데, 일명 〈다정가〉라고 해. 이조년이 벼슬에서 물러나 있을 때 지은 시조야.

이화梨花에 월백月白하고 은한銀漢이 삼경三更인제

일지춘심一枝春心을 자규子規ㅣ야 아라마는

다정多情도 병病이냥하여 잠못드러 하노라

풀이

① 달빛에 흰 배꽃이 더욱 희고, 은하수가 한밤중임을 알리는데

② 배꽃 나뭇가지에 서린 봄의 애뜻한 마음을 소쩍새가 알 수 있겠는가마는

③ 다정한 내 마음도 병인 듯하여 잠 못 들어 하노라

이 시조는 문학성이 뛰어난 작품이야. 고려시대에 이처럼 문학성 있는 작품을 쓸 수 있다는 건 참으로 대단한 일이야.

작자가 이 작품을 쓴 시각은 '삼경三更'이야. 현재의 시간으로 따지면 밤 11시에서 새벽 1시 사이야. 밤하늘에 뜬 은하수를 보니 밤은 깊어가고 있고, 이 깊은 밤에 작자는 잠을 못 이루고 봄밤의 애틋함에 젖어 있어. 또는 어떤 고민에 쌓여 있어. 흰 배꽃이 달빛을 받아 더욱 희고. 이처럼 흰 배나무 가지에 걸려 있는 봄밤의 작자의 애틋한 마음을 소쩍새가 알 리가 없지. 다정한 이런저런 마음이 마치 작자 자신의 병인 듯 느껴지는 거야. 그래서 잠을 못 이루고 있어. 달빛을 받아 더욱 흰 배꽃과 은하수가 흐르는 깊은 밤……. 작자는 애상에 젖은 심정을 노래하고 있어. 작자는 원나라의 지배를 받고 있던 고려 말 충혜왕 때의 충신이야. 이 시조는 작자의 개인적 심상과 나라의 안녕을 걱정하는 마음 등, 여러 가지 헤아릴 수 없는 생각에 잠겨 잠을 못 이루고 있음을 노래하고 있어.

매운당 이조년은 지조와 절개가 굳은 사람이었어. 충렬왕 20년(1294)에 향공진사로 문과에 급제하여 예문대제학 등의 벼슬을 지냈어. 원나라에서 충혜왕이 방탕하게 술을 마시고 여자와 놀아나며 정신을 차리지 못하자, 강직하게 충언을 하여 왕이 담을 넘어 달아났다는 일화가 있어.

기왕에 이조년에 대해 알아 봤으니 그의 형제에 대한 일화를 소개할까 해. 이조년의 형제는 형제간에 의가 좋았어.

의좋은 형제에 대해서는 우리가 초등학교 교과서에서도 배웠을 거야. 그리고 동화책으로도 읽었을 테고. 의좋은 형제들에 대한 이야기는 여러 종류로 이야기들이 나오고 있지. 이조년의 의좋은 형제 이야기를 하기 전에 우선 먼저 필자가 초등학교 다닐 때 교과서에서 감흥을 받고 읽었던 의좋은 형제 이야기를 해 볼까 해. 그런 후에 이조년의 의좋은 형제 이야기를 할게.

필자가 어렸을 때 읽은 의좋은 형제 이야기는 이러해. 부모가 돌아가시자 두 형제는 부모가 물려준 재산을 똑같이 나누어 가졌어. 보통은 서로 더 가지려고 형제간에 싸움박질하고 야단이 날 텐데 이 형제는 똑같이 나누어 가진 거야. 요즘 같으면 법원에 소송 걸고 야단법석일 거야. 왜 있잖아. 몇 년 전에 우리나라 최대 재벌 기업인 'S 그룹' 회장 형제들……. 그렇게 돈이 많은 데도 더 가지려고 형제들 간에 법원에 소송 걸고 난리였잖아? 욕심이 대단한 사람들이야. 그 사람들은 지금 가진 돈만 가지고도 죽을 때까지 다 쓰지도 못하고 죽을 정도로 많은 재산을 가졌는데도. 아무튼 이 형제는 열심히 농사를 지으며 살았어. 그래서 벼를 아주 많이 수확할 수 있었어. 가을이 되어 논에 심은 벼를 추수해서 볏단을 날라 낫가리를 쌓아 놓고 보니 그 양이 똑같았어. 동생이 생각했어. "형님은 조카들도 있고, 제사도 모셔야 하고, 곡식이 나보다 더 많이 들 거야." 이렇게 생각한 동생은 밤에 몰래 볏단을 형님의 낫가리에 쌓았어. 그런데 형님도 똑같은 생각을 한 거야. "동생은 신혼살림이라 살림도 새로 장만해야 하고 아무래도 나보다 곡식이 더 많이 들 거야." 그래서 형님도 밤중에 몰래 동생의 낫가리에 볏단을 쌓아 올렸어. 다음날 아침에 일어나 논에 나가보니 두 사람 모두 낫가리가 똑같았어. 두 사람은 모두 깜짝 놀란 거지. 동생은, "분명히 내가 형님의 낫가리에 볏단을 날라놓았는데"라고 생각한 거고, 형님 역시 똑같은 생각을 한 거야. 이상하다고 생각한 형제는 다음날에도 또 볏단을 날라 서로의 낟가리에 쌓았어. 그런데 또 똑같은 거야. 형님은 그 다음날 조금 더 일찍 논으로 나가 밤에 볏단을 날랐어. 그런데 저만큼 앞에서 볏단을 안고 누가 오고 있는 거야. 동생이었던 거야. 형제는 서로 부둥켜안고 기쁨의 눈물을 흘렸어. 정말 의좋은 형제 였던 거야. 이 이야기는 고려시대의 실제 이야기로, 충남 예산군 대흥면에 전해 내려오고 있는 이야기야. 이 이야기의 실제 주인공 이름은 '이성만'과 '이순'이야.

요즘 세상에 이런 형제를 찾기는 어려울 거야. 부모 유산을 자기가 더 가지려고 하는 사람이 더 많을 거야. 현대를 살아가는 우리에게 아주 좋은 교훈이 되는 이야기이지. 이 이야기는 아주 유명한 이야기지? 아마 모르는 사람이 없을 거야.

또한 형제는 아주 지극한 효자였어. 부모가 돌아가신 후에도 형이성만은 어머니의 묘소를 지키고, 동생 이순은 아버지의 묘소를 지켰어. 3년 동안 이렇게 부모님의 묘에서 움막을 짓고 시묘 살이를 마친 후에도, 아침에는 형이 동생 집으로 가고, 저녁에는 동생이 형의 집을 찾았어. 한 가지 음식이 생겨도 형제가 서로 만나지 않으면 먹지 않았다고 해. 얼마나 우애가 깊은 형제야. 눈물겨울 정도지. 콩한 쪽도 나눠 먹는 형제인 거야. 그래서 연산군 3년 (1497)에 후세 사람들의 모범이 되기 위해 조정에서 동헌 입구에 비를 세워줬대.

자, 이제 그럼 이조년 형제의 의좋은 형제 이야기를 해 볼까? 이조년의 형제도 의가 참 좋았어. 이조년의 형 이름은 이억년이야. 이두 형제가 길을 가다가 황금 덩어리를 주었어. 이게 웬 횡재야. 안그래? 길을 가다 돈을 주어도 횡재인데 황금 덩어리를 주었으니. 두형제는 황금을 각자 하나씩 나누어 가졌어. 좋아서 흥얼흥얼 콧노래도 나왔겠지. 배를 타고 강을 건너게 되었어. 이 강이 지금의 서울시 강서구 두암공원 쪽이래. 배를 타고 강을 건너는데 갑자기 동생 이조년이 황금을 강에 던져버리더래. 앗! 이 아까운 황금을. 형 이억년이 깜짝 놀라 동생에게 물었어. 왜 황금을 버리냐고. 그러자 동생이 이렇게 대답했어. "내가 황금을 가지고 보니 형님의 황금마저 탐이 났습니다. 형님의 황금마저 가지고 싶어졌습니다. 그래서 이 황금 때문에 형님과 의가 날 것 같아 강에 버렸습니다." 이렇게 말한 거야. 이 말을 들은 형은 감동한 나머지 형 역시 자신이 가지고 있던 황금을 강에 버리고 말았어. 아이고, 아까워라. 이 책을 읽는 사람 중에 이렇게 생각하는 사람 분명히 있지? 필자는 안 그러냐고? 당연히 필자도 아깝지. 형의 황금에 욕심을 가지지 말고 자기 것만 가져도 얼마나 큰돈인데. 필자 같으면, 형의 황금도 탐이 나겠지만 그건 포기하고 필자한테만 주어진 황금에 감사하고 버리지 않았을 거야. 두 형제가 모두 황금을 버렸으니 이 얼마나 아까워. 물론 동생 이조년의 생각이 갸륵하기는 하지만 왜 형의 황금까지 탐을 내. 하긴 인간의 심리라는 게 형의 황금까지 빼앗고 싶은 마음이 생길 수도 있을 거야. 그런데 형은 그런 생각을 안 했는데 동생 이조년은 그런 생각을 했다는 점에서, 필자 생각엔 형이 더 착한 게 아닐까 생각해. 아무튼 이조년은 금세 자신의 탐욕스러움을 깨닫고 황금 때문에 형제간에 의가 날 것을 생각해 강에 버렸다는 것이 참으로 가상하다는 생각이야. 이조년의 형 이억년의 마음씨도 가상해. 동생의 행동에 감동을 하고 자신도 황금을 강에 버렸으니. 형제간에 아름다운 우애라 할 수 있어. 이렇게 황금을 강에 버렸다고 해서 '형제투금兄第投金'이라고 해.

풍류를 즐긴 선비들이 예전엔 참 많았나 봐. 정철, 윤선도를 비롯해 많은 선비들이 정치 일선에 있으면서도, 풍류를 낚을 줄 아는 그런 여유로움도 가지고 있었어. 이름 없는 선비들도 벼슬에 뜻을 두지 않고 풍류를 즐기며 자연과 벗 삼아 살아간 선비들도 많았고. 자연을 벗 삼은 시조를 몇 수 살펴볼까 해.

> 나뷔야 청산靑山에 가쟈 범나뷔 너도 가쟈
> 가다가 져무러든 곳듸 드러 자고 가쟈
> 곳에셔 푸대접對接하거든 닙헤셔나 자고 가쟈

풀이
① 나비야 청산가자 범나비 너도 가자
② 가다가 저물거든 꽃에 들어 자고 가자
③ 꽃에서 푸대접하거든 잎에서나 자고 가자

무명씨의 시조야. 따로 시조 풀이를 하지 않아도 쉽게 이해할 수

있을 거야.

이 시조는 자연에 귀의하는 작자의 행동이 잘 나타나 있어. 여기
서 '청산'은 자연 그대로의 푸른 산을 뜻하기도 하지만, 세속을 떠
난다는 더 깊은 뜻이 숨겨져 있어. 작자는 이렇듯 번잡한 세속을 떠
나 자연에 머무르며 살자고 하고 있어. 자유분방한 작자의 행동도
느낄 수 있어.

나비도 가고 호랑나비도 함께 가자. 가다가 날이 저물면 까짓것
꽃에 들어 자고 가자. 꽃이 푸대접하거든 잎에서라도 자고 가자. 자
연의 품에 안겨 자고 가면 될 것이다, 라고 하고 있어. 갖은 욕망과
모략, 허위 등이 판을 치는 세속을 떠나고자 하는 작자의 마음이 잘
담겨진 시조야. 자연에 유유자적하는 작자의 행동이 잘 그려져 있
는 시조야.

추강秋江에 밤이 드니 물결이 차노매라

낚시 드리치니 고기 아니 무노매라

무심無心한 달빗만 싯고 븬 배 저어 오노라

풀이

① 가을철 강가에 밤이 깊어지니 물결이 차구나

② 물결이 차서인지 낚시를 드리워도 고기가 물지를 않는구나

③ 하여, 무심한 달빛만 배에 싣고 빈 배 저어 오노라

이 시조는 성종의 형인 월산대군(이정)이 쓴 시조야. 월산대군의
할아버지는 세조였고, 아버지는 예종이었어. 예종은 임금으로 즉위

한 지 13개월 만에 죽었어. 본래 왕세자인 제안대군 이현과 월산대군 이정이 있었으나, 한명회의 모략에 의해 성종이 임금이 되었어. 성종은 다름 아닌 한명회의 사위였거든. 당시 최고의 권력가인 한명회에 의해 성종이 임금이 된 거지. 이런 일로 인해 이 시조를 지은 월산대군은 속세를 떠나 자연 속에 은둔하며 여생을 보냈어. 월산대군은 양화도 북쪽 언덕에 위치한 희우정을 개축해 망원정이라 하고, 오직 책만을 읽으며 시문을 읊으면서 풍류적인 생활을 보냈어. 양화도는 지금의 서울 마포나루를 말해. 흔히 양화진이라고 해. 유유히 흐르는 한강을 바라보며 속세를 떠나 풍류를 즐기며 산 거지. 이 시조에서 풍기는 맛도 그런 것을 느낄 수 있어. 그때 지은 시조이겠지.

'추강秋江'은 가을철의 강을 뜻함인데, 여기서는 한강의 가을철의 강을 말함이야. 마포나루 어디쯤, 월산대군이 그곳에 배를 띄워 낚시를 했겠지. 그런데 가을철의 한강 물이 차가운 거야. 그래서인지 고기도 아니 물고. 월산대군은 낚시를 포기하고 빈 배로 돌아오고 있는 거야. 그 배에는 무심한 달빛만 실려 있고. 종장의 정경이 한 폭의 동양화 같아.

삿갓세 되롱의 닙고 세우중細雨中에 호믜 메고
산전山田을 훗매다가 녹음綠陰에 누어시니
목동牧童이 우양牛羊을 모라 잠든 날을 깨와다

풀이

① 머리에는 삿갓을 쓰고, 어깨에는 풀을 엮어서 만든 비 올 때 입

　는 도롱이를 걸치고, 이슬비가 내리는 중에도 호미를 들고

② 산속의 밭을 호미로 매다가, 비가 그친 뒤 푸른 나무 그늘에 누
　워 잠시 잠이 들어 있는데

③ 목동이 소와 양을 모는 바람에, 그 소리가 잠든 나를 깨우는
　구나

　김굉필의 시조야. 초야에 묻혀 농사를 짓는 선비의 평온한 모습을 노래하고 있어. 작자는 권모술수가 난무하고 누명을 씌워 죽이고 하는 정치를 떠나 아무런 근심걱정 없이 농사를 짓고 있어.

　이슬비가 내리는 어느 날 작자는 밭에 나갔어. 비에 젖을까 하여 머리에는 삿갓을 썼고, 어깨에는 도롱이를 걸쳤어. 그리고 호미질을 하며 밭을 매고 있어. 그런데 비가 그쳤네? 작자는 허리를 펴고 푸르른 나무 그늘에 몸을 잠시 뉘어 쉬는 거야. 그러다 깜빡 잠이 들었어. 그런데 저만치서 목동이 소와 양을 모는 그 소리에 작자는 풋잠에서 깨어난 거야.

　김굉필은 조선 초기의 성리학자로 김종직에게 《소학》을 배웠는데, 《소학》에 심취해 스스로 자신을 가리켜 '소학동자'라 했어. 성종 11년(1480)에 생원시에 합격에 성균관에 입학하였어. 1498년 무오사화가 일어났는데, 이때 평안도 희천으로 유배되었어. 여기에서 조광조를 만나게 되고, 그에게 학문을 가르쳤어. 1504년에 갑자사화가 일어나 극형에 처해졌어. 사후 중종 12년(1517)에 정광필, 신용개 등에 의해, 그의 학문적 업적과, 무고하게 죽었음을 들어 우의정에 추증되었어. 광해군 2년(1610)에 정여창, 조광조, 이언적, 이황 등과 함께 오현五賢으로 문묘에 종사되었어. 이로써 조선 성리학의 정

통을 이어받은 인물이 되었어. 저서로는 《한훤당집》, 《경현록》, 《가
범》 등이 있어.

전원田園에 봄이 온이 이몸이 일이 하다
꼿남근 뉘 옴김여 약藥밧츤 언제 갈리
아희야 대 뷔여 오느라 삿갓 몬져 결을이라

풀이

① 농촌에 봄이 오니 이 몸이 할 일이 많구나

② 꽃나무는 누가 옮길 것이며, 약초를 심은 밭은 언제 갈려 하느냐

③ 아희야! 대나무를 베어오너라. 삿갓을 먼저 짜서 쓰고 나가야
   겠다

성운의 시조야. 긴 겨울이 가고 봄이 온 거야. 초장의 '전원田園'
은 논과 밭이란 뜻으로 곧 농촌을 말함이지. 이처럼 농촌에 봄이 왔
으니 어서 나가서 꽃나무도 옮기고 약초밭도 갈아야겠다. 그러니
아이야 어서 삿갓을 가지고 오너라고 노래하고 있어. 전원생활을
하고 있는 작자의 모습을 그리고 있어.

이 시조는 형이 을사사화로 죽임을 당하자 벼슬을 버리고 농촌으
로 내려가 농사를 지으며 지은 시조야. 이 시조의 작자 성운은 토정
비결을 쓴 이지함, 황진이와의 로맨스로 유명한 화담 서경덕 그리
고 조식 등과 사귀며 시와 거문고를 벗 삼아 평생을 살았어.

성운은 조선 중기의 학자로 호는 '대곡'이야. 명종 즉위년인
1545년 형이 을사사화로 죽자 속리산에 들어가 은거하였어. 이 시

조가 이때 지어진 시조이지. 속리산에 들어가 은거하면서 농사를 지으며 지은 시조야. 저서로는 그의 호를 따서 지은 《대곡집》 3권 1책이 있어.

초가삼간 집을 지은 내 고향 정든 땅

아기염소 벗을 삼아 논밭 길을 가노라면

이 세상 모두가 내 것인 것을

왜 남들은 고향을 버릴까 고향을 버릴까

나는야 흙에 살리라

부모님 모시고 효도하면서 흙에 살리라

물레방아 돌고 도는 내 고향 정든 땅

푸른 잔디 베게 삼아 풀내음을 맡노라면

이 세상 모두가 내 것인 것을

왜 남들은 고향을 버릴까 고향을 버릴까

나는야 흙에 살리라

내 사랑 순이와 손을 맞잡고 흙에 살리라

웬 유행가 노래? 유행가 가사로 시작을 하네? 가수 홍세민의 〈흙
에 살리라〉란 노래 가사야. 1970년대 아주 크게 히트 쳤던 노래였

지. 70년대 산업화로 인해 고향을 버리고 서울로, 도시로, 젊은이들이 떠났어. 산업화로 농사를 버리고 공장으로 떠났어. 왜 정든 고향 땅을 버리고 도시로 나갈까. 고향에 대한 애잔한 향수가 묻어나는 노래야. 그 당시의 시대상황을 잘 노래한 가사지.

필자는 왜 갑자기 이 노래가 생각났을까. 아마도 다음 시조 내용 중에 "초가삼간 지어놓으니"란 시구詩句 때문일 거야. 전원의 향취도 묻어나고.

이야기가 삼천포로 빠졌는데, 시조로 돌아가 보자.

> 십년十年을 경영經營하여 초려삼간草廬三間 지여내니
> 나 한간 달 한간에 청풍淸風 한간 맛져두고
> 강산江山은 들일듸 업스니 둘러 두고 보리라

풀이

① 십 년을 계획하여 애써서 초가삼간 오두막집을 지어놓으니

② 내가 한 간 차지하고, 달이 한 간 차지하고, 맑은 바람에 한 간을 맡겨두고

③ 강과 산은 들여 놓을 데가 없으니 밖에 둘러보고 보리라

송순의 시조야. 〈면앙정잡가〉란 제목이 있는 시조야. 초장에서 '경영經營'은 계획하고 애쓴다는 뜻이고, '초려삼간草廬三間'에서의 '초草'는 '풀 초', '려廬'는 '오두막집 려' 자야. 풀로 엮은 오두막집이니까 결국 작은 초가집을 말함이지. 여기에 '삼간三間'이라 했으니 세 칸밖에 되지 않는다는 뜻이지. 곧 '초려삼간草廬三間' 이 말은 아

주 작은 초가집, 초가로 지어진 오두막집으로 해석할 수 있어. 중장의 '청풍淸風'은 말 그대로 맑은 바람이란 뜻이고. 이 시조를 이해하는 데 뭐 별로 어려운 거 없지?

벼슬을 버리고 초야에 묻혀 자연과 유유자적하는 작자의 모습을 노래한 시조야.

송순은 명종 때 을사사화로 정치적 고초를 겪은 사람이야. 송순은 앞의 정치 이야기에서도 나왔지만, 조선 중기의 대학자이면서 시조의 대가야. 또한 강호가도江湖歌道의 선구자야. 강호가도란, 벼슬을 버리고 어지러운 정치를 벗어나, 초야에 묻혀 살면서 유유자적하며, 자연을 예찬하는 시조를 짓는 것을 말해. 송순 말고도 유명한 사람으로는 이현보, 맹사성과 같은 여러 선비들이 있지. 을사사화는 명종 즉위년(1545)에 소윤 윤원형 일파가 대윤 윤임 일파를 숙청한, 피를 불러온 큰 사화를 말해.

강호가도의 선구자이며 시조의 대가인 송순은 벼슬을 버리고 고향에 내려와 초야에 묻혀 살면서 이렇게 노래한 거야.

송순은 을사사화가 일어나자 벼슬을 버리고 고향인 담양에 내려가 '면앙정'과 '석림정사'를 짓고, 독서와 시조를 노래하며 자연과 함께 유유자적하며 지냈어.

호는 면앙정 또는 기촌. 문집에는 자신의 호를 딴 《면앙집》, 《기촌집》이 있고, 작품에 시조 〈면앙정가〉가 있어.

을사사화 등 송순에 대해서는 정치 쪽 이야기에서 상세히 적어 놓고 있으니 그것을 참고하도록 해.

집방석方席 내지 마라 낙엽落葉엔들 못안즈랴

솔불 혀지 마라 어제 진 달 도다온다

아희야 박주산채薄酒山菜 글만졍 업다 말고 내여라

풀이

① 짚방석 내지 마라 낙엽엔들 못 앉으랴

② 솔불 켜지 마라 어제 진 달 돋아온다

③ 아희야! 박주산채일망정 없다 말고 내 오너라

한호의 시조야. 한호는 호가 '석봉'으로 그래서 한석봉으로 더 유명하지. 바로 그 한석봉이 지은 시조야.

초장에서 "낙엽엔들 못 앉으랴"라고 한 걸 보니 아마 가을인가 봐. 그리고 산촌山村이고. 방석도 필요 없다, 낙엽에 앉으면 된다, 며 작자는 산촌에서의 여유로움을 즐기고 있어. 중장에서 '솔불'은 '관솔불'을 말함인데, '관솔'이란, 송진이 많이 엉겨있는 소나무의 가지나 옹이를 말해. 송진은 불이 잘 붙어. 그래서 불이 잘 붙으므로 예전에는 여기에 불을 붙여 등불 대신 이용하기도 했어. 필자도 1970년대 어린 나이에 산에 올라가 송진에 성냥으로 불을 붙여 본 적이 있어. 또 대야에 물을 담아 이파리(나뭇잎)에 송진을 묻혀 띄우면 앞으로 나아갔어. 마치 배가 앞으로 나아가듯. 비행기가 불을 뿜으며 올라가듯. 필자가 어릴 때 이런 장난을 한 적이 있어. 결국 중장은, '달이 떠오르니 솔불을 켜지 않아도 된다'고 하고 있는 거야. 낙엽이 있으니 방석도 필요 없고, 밝은 달이 하늘에 떠오르니 솔불도 필요 없다는 거야. 작자는 종장에서 '박주산채薄酒山菜', 즉 변변

찮은 막걸리나 산나물이라도 좋으니 어서 내어오라고 하고 있어. 작자는 자연 속에서의 평온함과 자유를 마음껏 즐기고 있는 거야. 또한 이 시조를 통해 작자의 검소함을 느낄 수 있어. 아무런 욕심이 없는 작자의 마음을 읽을 수 있어.

한호, 아니 한석봉은 글씨로 유명하지? 한석봉을 모르는 이는 없을 거야. 초등학교 때 이미 다 배웠으니까. 한석봉은 조선 중기의 서예가로 조선시대 김정희와 쌍벽을 이룬 사람이야. 글씨에 통달하여 글씨로 벼슬을 했어. 글씨를 너무 잘 써 명나라에 보내는 외교 문서를 모두 썼으며, 명나라에 사절이 갈 때도 사서관으로 함께 따라 갈 정도로 글씨를 잘 썼어. 승문원과 규장각에서 문서를 정서正書하는 사자관寫字官이란 벼슬을 하기도 했어. 가평 군수 등을 지내기도 했어. 여러 서체에 능통하여 신의 경지에 올랐다고 할 정도였어. 아쉽게도 그가 쓴 친필은 남은 것이 별로 없으나, 비석에 새긴 글은 많이 남아 있어. 대표적인 것 몇 가지만 적는다면, 개성에 〈서경덕 신도비〉, 용인에 〈허엽신도비〉, 양주에 〈선죽교비〉, 〈행주승전비〉, 평양에 〈기자묘비〉 등이 있어. 이 외에도 더 많은 비석에 새긴 글이 있어.

두류산頭流山 양단수兩端水를 녜 듯고 이제 보니

도화桃花 뜬 맑은불에 산영山影조차 잠겻셰라

아희야 무릉武陵이 어듸오 나는 옌가 하노라

풀이

① 지리산의 양단수를 옛날에 말로만 듣고서 이제 직접 와서 보니

② 복사꽃이 맑은 물에 떠서 내려오는데, 산 그림자조차 물속에
　　잠겼구나

③ 아희야! 별천지가 어디 있단 말이냐. 나는 여기인가 하노라

　조식의 시조야. 여기서 '두류산頭流山'은 지리산의 옛 이름이며,
'양단수兩端水'는 쌍계사를 중심으로 흐르던 물이 합쳐지는 곳을 말
해. '도화桃花'는 복사꽃, 즉 복숭아꽃을 말해. '산영山影'은 산 그림
자를, '무릉武陵'은 무릉도원의 준말로 별천지를 뜻해.

　이 시조의 작자 조식은 명종시대 때의 사람으로 그 시대에는 사
화가 많았던 때야. 그 외에 광해군을 거쳐 선조시대까지 조선 중기
의 정치적 혼란기의 사람이었지. 그래서 그는 나중에 영의정에까지
추증되었으나 실제로는 큰 벼슬을 하지 않았어. 추증되었다는 뜻
은, 나라에 공로가 있는 벼슬아치가 죽은 뒤에 품계를 높여 주던 일
을 말해.

　1561년 그는 앞 시조에서 나타난 지리산 기슭에서 살았어. 지금
의 산천군 시천면에서. 이 시조는 아마도 그쯤에 지어진 게 아닌가
생각돼. 지리산에 살면서 자연에 도취되어 시조를 노래하지 않았나
생각해. 종장에 보면, 세상이 혼란스러운데 별천지가 바로 지리산
양단수가 흐르는 이곳인가 하노라고 하고 있어. 지리산 쌍계사 근
처 계곡에 나와 그곳의 풍경을 노래하고 있어. 맑은 물 위에 복사꽃
이 떠내려가고, 산 그림자가 물속에 거꾸로 비치는 것을 상상해 봐.
더구나 주변의 산 풍경이 아름다운 곳에서. 작자 조식은 이 풍경을
보고 무릉도원이 어디 따로 있겠는가, 여기가 바로 무릉도원이 아
니겠는가, 라고 하는 거지.

실제로 그는 산림처사山林處士로 자처하며 오로지 학문과 제자들 교육에만 힘썼어. 그의 높은 학문을 알고 정인홍, 하항, 정구 등과 같은 학자들이 찾아와 그에게서 학문을 배웠어. 단성현감 사직 때 올린 상소는 조정의 신하들에 대한 준엄한 비판과 함께, 국왕 명종 과 대비 문정왕후에 대한 직선적인 표현으로 큰 파문을 일으키기도 했어. 성리학자이며 이황과 같은 시대 사람이야.

> 젼나귀 모노라니 서산西山에 일모日暮ㅣ로다
> 산로山路ㅣ 험험險하거든 간수澗水ㅣ나 잔잔潺潺커나
> 풍편風便에 문견폐聞犬吠하니 다왓는가 하노라

풀이

① 발을 저는 나귀를 몰고 돌아다니다 보니, 서산으로 해가 지는 구나(저무는구나)
② 산길이 험준하니 계곡에서 흘러내리는 물소리인들 잔잔하겠 는가
③ 바람결에 개 짖는 소리를 들으니 마을에 다 왔는가 하노라

안정의 시조야. 시조 원문에서 초장의 '젼나귀'는 저는 나귀, 즉 발을 저는 나귀라는 뜻이야. '일모ㅂ暮'는 해가 지다. 해가 저물다란 뜻이고, 중장의 '산로山路'는 '길 로'자를 쓰므로 산길이라는 뜻이고, '간수澗水'는 계곡에서 흘러내리는 물을, '풍편風便'은 바람결을, '문 견폐聞犬吠하니'는 개 짖는 소리를 듣는다는 뜻이야.

작자가 성치도 않은 나귀를 타고 경치 좋은 산 풍경을 감상하러

떠났나 봐. 이리저리 돌아다니다 보니 해는 저물고(초장). 험준한 산
길이다 보니 계곡에서 흐르는 물소리도 크게 들리고 있어. 계곡의
물이 흐르는 산길을 상상해 봐. 얼마나 그 풍경이 아름답겠어(중장).
이렇게 나귀를 타고 풍경 좋은 산속을 돌아다니다가 보니, 어느새
바람결에 개 짖는 소리가 들리는 거야. 작자 자신도 모르게 산속 풍
경을 감상하다가, 집이 있는 마을 쪽으로 길을 잡았겠지. 개가 짖는
다는 것은 사람이 사는 마을이란 뜻이고, 이런 개 짖는 소리를 들으
니 집에 다 왔는가 하는 거야(종장).

　안정은 호가 죽창이야. 23세 때인 중종 11년에 생원에 급제하고,
현량을 지냈어. 높은 벼슬을 하진 않았어. 글씨와 그림에 능했으며
특히 매죽梅竹을 잘 그렸어. 《화원악보》에 시조 2수가 전해 내려오고
있어.

　　말업슨 청산靑山이요 태態업슨 유수流水ㅣ로다
　　갑업슨 청풍淸風이요 님자업슨 명월明月이라
　　이중中에 병病업슨 이몸이 분별分別업시 늙으리라

풀이
① 푸른 산은 말이 없고, 흐르는 물은 모양이 없다
② 맑은 바람은 값이 없으며, 밝은 달은 임자 없는 모두의 것이
　　로다
③ 이런 것들(이런 자연 속에서) 병이 없는 이 몸도 분별없이 늙으
　　리라

성혼의 시조야. 이 시조의 특색은 각 장마다 '없다'라는 말이 두 개씩 총 여섯 번이 반복되어 있어. 과연 '없다'라는 것을 강조하여 작자가 말하고자 하는 것은 무엇일까. 말, 태(모양), 값, 임자, 병, 분별……. 이러한 것들이 없다고 말하고 있어. 하지만 우리 일상생활에서는 이런 것들이 모두 '있다'라고 할 수 있어. 시조의 '없다'와 일상생활의 '있다'와 전혀 반대 상황이야. 우리 일상생활을 보자. 과연 우리 생활에 말이 없을까? 있어. 태(모양)도 있고, 물건을 사든가 어떤 일을 하면 값도 있고, 임자도 있고, 병 없는 사람은 없지? 따라서 병도 있고, 분별도 있어. 분별을 사전에서 찾아보면, '서로 다른 일이나 사물을 구별하여 가름' 또는 '세상 물정에 대한 바른 생각이나 판단'이라고 되어 있어. 세상에 분별없는 것은 없어.

이처럼 모두가 있는데, 이 시조에서는 모두가 없다고 하고 있어. 이것은 세상이 서로 아웅다웅하며 살아가는 모습을 보고, 이처럼 이러한 것들이 모두 없었으면 하는 바람에서 나온 표현이야. 아무런 욕심이 없이 살아가고픈 작자의 마음을 표현하고 있어.

성혼은 선조 때의 사람으로 호는 우계야. 같은 고을에 살던 이이와 6년간에 걸쳐 '사칠이기설'을 서로 편지로 논한 것으로 유명해. 이이의 '기발이승일도설'을 비판하였어. 하지만 정치로서는 서인으로서 이이, 정철 등과 같은 노선을 걸었어. 벼슬은 이조참판 등을 지냈으며, 임진왜란 시절 세자 시절이었던 광해군의 부름을 받아 우참찬이 되었어. 나중에 좌의정으로 추증되었어. 저서로는《우계집》,《주문지결》,《위학지방》 등이 있어.

청산^{靑山}도 절노절노 녹수^{綠水}] 라도 절노절노

산^山 절노절노 수^水 절노절노 산수간^{山水間}에 나도 절노절노

그중^中에 절노 자린 몸이 늙기도 절노절노 늙으리라

풀이

① 푸른 산도 자연 그대로, 맑은 물도 자연 그대로

② 이처럼 산과 물이 자연 그대로이니, 산과 물 사이(자연 속)에 사
　　는 나도 자연처럼 그대로

③ 자연 속에서 자란 몸이니 늙어가는 것도 자연의 순리대로 늙으
　　리라

　　김인후의 시조야. 바로 앞의 성혼의 시조 "말업슨 청산^{靑山}이요
태^態업슨 유수^{流水}] 로다……."에서 '없다'라는 말이 여섯 번이나 나
왔는데, 이번 시조에서는 '절노(절로)'라는 말이 일곱 번이나 나왔어.
시조 원문의 '절노'는 현대어로 '절로'인데, '절로'라는 말은 부사

로서 '저절로'의 준말이야. 그리고 여기서의 산(청산)과 물(녹수)은 자연을 뜻함이고. 성혼의 시조 "말업슨 청산靑山이요 태態업슨 유수流水ㅣ로다……."에서처럼 이 시조 역시 자연 그대로 욕심 없이 살아가자는 것을 노래하고 있어. 세상을 살아가면서 자기만의 이익과 욕심을 차려 세상을 어지럽히지 말고 자연처럼 자연 그대로 살아가자는 거야. 늙고 죽는 것도 자연 그대로 살아가겠다는 작자의 마음이 담겨있어.

김인후는 중종 35년(1540)에 별시문과에 급제했어. 1528년 성균관에 들어가 이황과 함께 학문을 닦았으며 사가독서를 한 인재야. 벼슬은 부수찬을 지냈어. 호는 하서이고, 홍문관 박사였으며 인종의 스승이기도 했어. 앞의 시조의 작자인 성혼이 이이의 '기발이승일도설'을 비판하였는데, 김인후는 이황의 '이기일물설'에 반론을 주장하였어. 천문, 지리 등에 정통하였어. 중종 시대를 거쳐 인종과 명종 시절에 을사사화 등 윤원형과 윤임 일파의 권력다툼에 등을 돌리고 벼슬을 사직한 후, 고향인 전라도 장성에 내려가 성리학을 연구하였어. 저서로는 자신의 호를 딴 《하서집》이 있고, 그 외 《주역관상편》, 《서명사천도》, 《백련초해》 등이 있어.

자내 집의 술 익거든 부대 날을 부로시소
초당草堂에 곳 피거든 나도 자내를 청請하옴새
백년百年덧 시름 업슬 일을 의논議論코져 하노라

풀이

① 자내 집에 술 익거든 나를 부르시게

② 나 또한 우리 집 초당에 꽃이 피면 자네를 부르겠네

③ 우리 이렇게 모여 백 년 동안 시름없이 지낼 일을 의논이나 해
보세

김육의 시조야. 김육은 효종 때 영의정까지 지낸 사람인데 시조
가 참 서민적이야. 그치? 김육의 인간미를 느낄 수 있는 시조야. 이
웃사촌이란 말이 있는데, 고관대작까지 지낸 사람이 이처럼 이웃끼
리 서로 어울려 지내며 세상사는 이야기를 해 보자고 노래하고 있
어. 요즘으로 치면 국무총리를 지낸 사람이 동네 사람들과 어울려,
막걸리 한 잔 들이키며 세상 돌아가는 이야기를 하는 것과 같아.

김육이 76세의 나이에 효종 때 영의정에 올랐는데, 그는 관직에
있으면서 줄곧 대동법을 주장한 사람이야. 생활이 어려운 백성들을
위해 온 힘을 쏟은 사람이야. 대동법으로 위민정치를 하려고 했던
사람이야. 죽을 때까지도 대동법을 주장했던 사람이야. 그는 직접
활자를 제작하기도 해, 우리나라 활자 발전에 큰 역할을 한 사람이
야. 저서로는 그의 호를 딴 《잠곡유고》, 《잠곡별곡》, 《잠곡속고》 등
이 있으며, 그외 《해동명실록》 등 수많은 저서를 남겼어. 지금 소개
된 시조 1수가 전해지고 있어.

태평천지간太平天地間에 단표單瓢를 두러메고

두 사매 느리혀고 우즑우즑 하는 뜻은

인세人世에 걸닌 일 업스니 그를 죠하 하노라

① 태평스러운 세상에 표주박(박으로 만든 그릇)을 어깨에 둘러메고

② 두 소매를 늘어뜨리고 춤을 추듯, 율동하듯 다니는 것은

③ 인간 세상에 걸리는 일이 없으니 좋아서 그러는 것이다

양응정의 시조야. 이 시조 역시 아주 서민적인 시조야. 양응정은
중종에서 명종 때의 사람으로 작자는 이때를 태평성대로 생각했나
봐. 그래서 마치 소풍을 가듯 표주박에 먹을 것을 담아 어깨에 둘
러메고 유람하고 있는 거야. 세상에 걸리는 일이 없으니 흥에 겨워
춤을 추듯 다니는 거야. 초장에서 '단표簞瓢'의 '단簞'은 '대광주리
단'자이고, '표瓢'자는 '박 표'자야. 요즘 젊은 사람들은 아마 박을
보지 못한 사람들이 많을 거야. 아니면 여행지에서 파는 상품을 보
았거나. 옛날엔 박으로 물바가지도 했고, 백성들은 거기에 밥을 넣
어 비벼 먹기도 하곤 했어. 이를 표주박이라고 해. 1960년대까지도
표주박을 사용했어. 시골은 1970년대 중반까지도. 작자는 아마 이
표주박에 밥과 반찬을 담아 메고 유람을 다녔을 거야. 자신의 주변
에 아무런 걸리는 것이 없으니 작자는 얼마나 마음 편했겠어. 그런
마음으로 유람을 다닌 거지. 중장의 '우즑우즑'은 현대어로 '우줄
우줄'인데, 사람이나 짐승이 율동적으로 가볍게 움직이는 것을 뜻
해. 조선시대의 선비들은 이처럼 자연을 벗 삼아 즐기는 것을 좋아
했어.

양응정은 조선 중기의 문인으로 호는 송천이야. 벼슬은 대사성을
지냈어. 선조 때 8문장의 한 사람으로 뽑힐 만큼 시문詩文에 능했어.
저서로는 《송천집》, 《용성창수록》이 있어.

지당池塘에 비 뿌리고 양류楊柳에 내 끼인제

사공沙工은 어듸 가고 븬 배만 매엿는고

석양夕陽에 짝 일흔 갈며기는 오락가락 하노매

풀이

① 연못에는 비가 내리고 버들가지에는 안개가 끼었는데

② 사공은 어디 가고 빈 배만 매여 있는가

③ 해질 무렵 짝 잃은 갈매기만 오락가락 하는구나

조헌의 시조야. 마치 한 편의 풍경화를 보는 듯해. '지당池塘'은 연못을, '양류楊柳'는 버드나무 또는 버들가지를 뜻해.

연못에는 비가 내리고 버드나무 가지에는 안개가 뿌옇게 끼었어. 그리고 호수가 있고, 그 호수에 빈 배만 매여 있어. 석양(해질 무렵)에 짝 잃은 갈매기 한 마리만 오락가락 하고 있어. 이 시조는 쓸쓸함과 적막감을 함께 느낄 수 있어. 따라서 작자의 외로움도 함께 느낄 수 있는 거지.

이 시조를 지은 조헌은 중종 때의 사람이야. 성격이 강직하여 왕에게 직언을 서슴지 않아 유배도 가고 파직도 당했어. 벼슬은 홍문관정자, 호조와 예조의 좌랑과 감찰 등을 지냈어. 조선 중기의 문신이자 의병장이야. 임진왜란이 일어나자 옥천에서 1,700명의 의병을 일으켜 승병과 함께 청주를 탈환했어. 전라도로 향하는 왜군을 막으려 했으나, 관군의 방해로 의병 절반이 해산되고 절반의 의병으로 금산에서 싸우다 전사했어. 조헌은 물론 의병 전원이 전사했어. 관군이 힘을 실어주지는 못할망정. 만약 그때 조헌의 의병 1,700명과 승병이 합쳐서 왜군과 싸웠더라면 승전할 수도 있었을 텐데. 귀한 목숨을 더 살릴 수 있었을 텐데. 최소한 의병 전원이 죽는 일은 없었을지도 모를 텐데.

조헌은 선조 37년(1604)에 이조판서에 추증되고, 영조 30년(1754)에는 영의정에 추증되었어. 저서에는 그의 호가 중봉인데 호를 딴 《중봉집》이 있고, 《동환봉사》 등이 있어.

사람의 일은

변함이 있지만

산천이야

변할까

이현보의 시조 〈농암가〉와 〈어부가〉를 감상해 보겠어. 이현보의 호가 농암이야. 이 두 시조 모두 《농암집》에 실려 있어. 시조를 감상하면서 설명을 이어 나갈게.

농암聾巖애 올아보니 노안老眼이 유명猶明ㅣ로다
인사人事이 변變한들 산천山川ㅣ딴 가샐가
암전聾前에 모수모구某水某丘이 어제본듯 하예라

풀이

① 농암에 올라보니 늙은 눈이 오히려 밝게 보이는구나

② 사람이 하는 일은 변함이 있지만 산천이야 변할까

③ 농암 바위 앞의 이름 모를 물과 언덕은 어제 본 듯 변함이 없구나

일명 〈농암가〉라는 시조야. 초장에서 '농암聾巖'은 바위 이름이

야. '귀머거리 농'자에 '바위 암'자이니까 바위 이름이 '귀머거리 바위'가 되겠네? '노안老眼'이란 말은 많이 들어 봤을 거야. 늙어서 시력이 나빠지는 것을 말하지. 보통 40대 초반부터 노안이 오는 경우가 많지. 책을 읽을 때 멀리 해야 글자가 잘 보이는 현상. '유명猶明'에서의 '유猶'는 '오히려 유'자이고, '명明'은 '밝을 명'자이니 오히려 밝다는 뜻이고. 따라서 초장을 해석해 보면, "농암이라는 바위에 올라보니 늙어서 잘 안 보이는 눈이 오히려 밝게 보이는구나"로 해석할 수 있지. 중장의 '인사人事'는 사람이 하는 일을, '산천山川'은 곧 자연을 말함이지. 'ㅣ 딴'은 '~이야'의 뜻이야. 따라서 '산천山川 ㅣ 딴'은 '산천(자연)이야'란 뜻이 되는 거지. '가샐가'는 '변할까'란 뜻이야. 이 역시 중장 전체를 해석해 보면, "사람이 하는 일은 변함이 있지만 산천(자연)이야 변하겠는가."로 해석할 수 있어. 종장의 '암전巖前'은 농암 바위 앞이란 뜻이고, '모수모구某水某丘'의 '모'는 '아무개 모', '어느 모' 등으로 쓰여. 왜 현재에도 많이들 사용하잖아. 예를 들어 "김 모 씨는", "서울에 있는 모 대학에서" 등등으로 많이 쓰이잖아. 따라서 '모수모구某水某丘'는 이름 모를 어떤 물과, 이름 모를 어떤 언덕쯤으로 해석할 수 있겠지. 그래서 종장도 역시 풀이해 보면, "농암 바위 앞의 이름 모를 어느(아무개) 물과 어느 언덕은 어제 본 듯 변함이 없구나."로 해석할 수 있는 거야.

작자는 성품이 곧은 사람으로, 벼슬을 버리고 고향인 낙동강 물이 흐르는 예안으로 내려왔어. 낙동강 물이 흐르는 바위에 초막을 짓고 살았는데, 그 물 흐르는 소리가 하도 커서 바위 아래에서 누가 불러도 들리지 않는다 하여 바위 이름을 '농암(귀머거리 바위)'이라 붙인 거야. 그래서 이 시조를 〈농암가〉라고 하는 거야. 그리고 이처럼 시조를 노래한 거야. '사람 사는 인생사는 변하지만 자연은 변하지 않는구나' 하고 말이야. 한양에서 벼슬살이를 하면서 지긋지긋한 짐을 내려놓고 자연에 들어오니 눈이 밝아짐을 느낀 거야. 눈이 밝아졌다함은 마음과 정신이 밝아졌음을 말함이기도 하고. 자연의 평온함을 보며 자신의 마음 또한 편안해짐을 느낀 거야.

이현보(1467~1555)는 조선 중기의 문신으로 중종 때의 사람이야. 호는 농암이고. 시조에 나오는 농암과 같지? 그곳에 초막을 짓고 살면서 호를 그렇게 지었을 것 같아. 중종 18년(1523)에 성주 목사 때 선정을 베풀어 왕으로부터 표리表裏를 하사받았어. 부제학, 경상도 관찰사, 호조참판을 지냈고, 상호군이 되어 자헌대부에 올랐어. 이현보는 〈어부가〉라는 시조가 유명한데, 이 시조는 《청구영언》에 전해 내려오고 있어. 저서로는 자신의 호를 딴 《농암집》이 있어. 그러고 보면 옛 선조들은 자신의 호를 따서 책을 많이 썼어. 자신의 호를 책 제목으로 많이 삼았어.

이현보가 명종 때 〈어부가〉도 지었다고 하니 그 시조들을 살펴볼까?

본시 이현보의 〈어부가〉는 〈어부사〉라 하여 고려시대 때부터 작자 미상으로 전해 내려오던 것이었어. 이것을 이현보가 장가長歌 9수, 단가短歌 5수로 다시 지은 거야. 또 이것을 다시 고산 윤선도가 〈어부사시사〉라고 하여 개작을 하게 되지. 작자 미상으로 고려시대 때 전해오던 〈어부사〉가, 이현보의 〈어부가〉를 거쳐 윤선도의 〈어부사시사〉에서 절정을 이루며 완결이 되지. 윤선도의 〈어부사시사〉에 대해서는 바로 다음 글에서 설명을 이어나갈 거야. 지금 다룰 이현보의 〈어부가〉는 모두 《농암집》에 실려 있어. 여기서는 단가 5수

이듕에 시름업스니 어부漁父의 생애生涯이로다

일엽편주一葉扁舟를 만경파萬頃波에 띄워두고

인세人世를 다 니젯거니 날 가는 주를 알랴

풀이

① 이 중에서 근심 걱정이 없는 것은 어부의 생애로다

② 작은 조각배를 넓은 바다에 띄워 두고

③ 세상의 일을 다 잊어버리고 있는데, 세월이 가는 것을 알 수 있으랴

이현보의 〈어부가〉 중 첫째 수야. 낚시하는 사람을 흔히 세월을 낚는 사람들이라고 해. 낚시를 드리우고 고기가 물든 말든 시름을 잊고 세월(시간)을 보내기 때문이지. 작자는 이처럼 고기를 낚는 어부를 시름이 없는 생애라고 하고 있어. 이처럼 세상의 일을 다 잊어버리고 있는데, 세월이 흐르는지 마는지 알 수 있겠느냐 하는 거지. 중장의 '만경파萬頃波'는 '만경창파萬頃蒼波'의 준말이야. 넓은 바다란 뜻이지.

구버는 천심녹수千尋綠水 도라보니 만첩청산萬疊靑山

십장홍진十丈紅塵이 언매나 가렛난고

강호江湖애 월백月白하거든 더욱 무심無心하얘라

풀이

① 굽어보니 아주 깊고 푸른 물이요, 돌아보니 겹겹이 쌓인 푸른 산들이라

② 열 길이나 되는 붉은 티끌이 얼마나 가리어져 있을까

③ 강과 호수에 달이 밝으면 더욱 근심과 걱정, 잡념이 없어지는구나

이현보의 〈어부가〉 중 둘째 수야. 초장에 '천심千尋'이라함은, 천 길이란 뜻으로, 매우 높거나 깊은 것을 뜻해. 결국 '천심녹수千尋綠水'는 이처럼 깊고 푸른 물이란 뜻이지. 우리말에 바위가 깎아 세운 것처럼 아주 높이 솟아 있는 험한 낭떠러지란 뜻으로 쓰이는 '천심절벽千尋絕壁'이란 말이 있잖아. 물론 그냥 '절벽絕壁'이란 말만으로도 그런 뜻을 가지고 있지만, 예전엔 '천심절벽'이라고도 흔히 사용하기도 했어. '만첩청산萬疊靑山'이란 말이 나오는데 여기서 '첩疊'은 '겹쳐질 첩'이란 뜻이야. 즉 만 겹이나 겹쳐졌다는 뜻으로, 결국 이 말은 겹겹으로 둘러쳐진 푸른 산을 뜻하지. 겹겹으로 둘러쳐진 산이니 얼마나 깊은 산속을 말하는 거겠어. 중장에 '십장홍진十丈紅塵'이란 열 길이나 되는 붉은 티끌을 말함인데, 이는 곧 깨끗하지 못한 속세의 수없이 많은 번뇌를 은유해.

즉 이 시조는 푸른 물과 푸른 산 속에 이런 속세의 번뇌가 얼마나 많이 가리어져 있겠는가. 강과 호수에 달이 밝게 뜨면 이런 속세의 모든 번뇌가 사라진다고 노래하고 있어.

청하靑荷애 바발 싸고 녹류綠柳에 고기 께여

노적화총蘆荻花叢에 배 매야두고

일반청의미一般淸意味를 어내 부니 아라실고

풀이

① 푸른 연잎에 밥을 싸고, 푸른 버들가지에 고기를 꿰어

② 갈대꽃이 우거진 떨기에 배를 매어두니

③ 이런 일반적인 맑은 뜻(재미)를 어느 사람이 알 것인가

　이현보의 〈어부가〉 중 셋째 수야. 고기를 잡으면서 유유자적하는 작자의 모습이 그려지고 있어. 이처럼 자유스러운 모습을 일반인들이 어찌 알겠는가 생각하는 거지.

　초장에 '청하靑荷'는 푸른 연잎, 또는 푸른 연꽃이란 뜻이고, '녹류綠柳'는 푸른 버드나무 가지를 뜻해. 중장에 '노적화총蘆荻花叢'은 꽃이 핀 갈대 무더기를 뜻해. 종장에 '일반청의미一般淸意味'에서의 '일반一般'은 말 그대로 특별하지 않은 일반적인 것을, '청의미淸意味'는 맑은 의미, 맑은 뜻을 뜻해. 즉 '일반청의미一般淸意味'는 '일반적인 이런 재미있는 맑은 생활을 어느 누가 알 것인가'란 뜻이야.

산두山頭에 한운閑雲이 기기起하고 수중水中에 백구白鷗이 비飛이라

무심無心코 다정多情하니 이 두 거시로다

일생一生에 시르믈 닛고 너를 조차 노로리라

풀이

① 산머리에 한가로운 구름이 일고, 물 위에는 갈매기가 날고 있네

② 아무런 마음 없이 생각해 보니 다정한 것은 이 두 가지뿐이
로다

③ 한평생 시름과 걱정을 잊고 너희들과 함께 놀리라

이현보의 〈어부가〉 중 넷째 수야. 작자가 한가롭게 낚시를 하고 있는데, 산머리에 한가롭게 구름이 일고, 물 위에는 갈매기가 날고 있는 것이 보였던 거야. 가만히 생각해 보니 이 두 가지가 가장 다정하고 행복해 보였던 모양이야. 그래서 작자는 산머리에 한가하게 떠다니는 구름과, 물 위를 날고 있는 갈매기와 함께, 한평생 일생을 두고 놀고 싶다고 노래하고 있어.

초장에 '산두山頭'에서 '두頭'는 '머리 두'자로 산머리를 뜻하고, '한운閑雲'은 높다란 하늘에 한가히(한가하게) 오락가락하는 구름을 뜻해. '백구白鷗'는 갈매기를 뜻하고, '비飛'는 '날 비'자로 '날다'라는 뜻을 가지고 있어. 중장에 '이 두 거시로다'는 '이 두 가지뿐이로다'로 해석할 수 있어. 종장에 '일생一生'은 인생의 한평생을 말하는 거고.

장안長安을 도라보니 북궐北闕이 천리千里로다

어주漁舟에 누어신들 니즌 스치 이시랴

두어라 내 시름 안니라 제세현濟世賢이 업스랴

풀이

① 서울을 향해 돌아보니 북쪽의 대궐이 천 리 먼 길이로다

② 고깃배에 누워 있더라도 임금님을 잊은 적이 있겠는가

③ 두어라, 내가 시름 걱정을 하지 않아도 임금님을 도와 세상을
잘 다스릴 어진 사람이 없으랴

이현보의 〈어부가〉 중 마지막 수인 다섯째 수야. 작자는 서울보
다 남쪽에 있는 지방에서 살고 있었나 봐. 그래서 북쪽에 있는 대궐
(북궐北闕)이라 했겠지. 고깃배에 누워 있어도 대궐에 있는 임금님에
대한 충성은 변함이 없는 거야. 나랏일이 걱정이 되는 거야. 그러면
서도 한편으로 작자는 자기 자신이 없어도 임금님을 도와 세상을
어질게 다스릴 사람이 있을 것이라고 스스로 마음을 달래고 있어.

초장에 '장안長安'은 임금님이 살고 있는 서울을 말함이고, '북궐
北闕'은 북쪽에 있는 대궐을 뜻해. 그냥 대궐이라고 하지 않고 북궐
이라고 한 것을 보면, 앞에서도 말했거니와 작자가 서울 이남 지역
에 있음을 알 수 있어. 중장에 '어주漁舟'는 고깃배를, '니즌 스치'는
'잊은 적이'라고 해석하면 돼. 종장에 '제세현濟世賢'에서 '세현世賢'
은 '세상 세'에 '어질 현'자 이므로, 세상의 어진 사람이라고 해석할
수 있어. 앞의 '제濟'자는 '건널 제'자이나, 빈곤이나 어려움을 구제
한다는 뜻도 가지고 있어. 따라서 '제세현濟世賢'은 세상의 어려움을
잘 다스릴 어진 사람을 뜻하는 거지.

돛
달
아
라

돛
달
아
라
!

지
국
총
지
국
총

어
사
와
!

앞에서 이현보의 〈어부가〉를 감상해 봤어. 이번에는 고산 윤선도
의 〈어부사시사〉를 감상해 보겠어. 윤선도의 〈어부사시사〉는 교과
서에서도 배우고 해서 널리 알려진 시조이지.

윤선도의 〈어부사시사〉는 이현보의 〈어부가〉와는 달리 매 장마
다 후렴구가 들어가 있어. 시조의 형식에 후렴구를 덧붙인 거야. 물
론 윤선도가 이현보의 〈어부가〉를 보고 개작한 거야. 후렴구가 들
어가 있어 한결 더 흥겨움을 느낄 수 있어. 또 실감이 나고.

〈어부사시사〉는 고산 윤선도가 효종 2년(1651)에 전라남도 완도
군 보길도의 부용동에서 지은 시조야. 1년 사계절인 춘, 하, 추, 동
각각 10수씩 총 40수의 단가로 이루어진 시조야. 보길도에 가면 윤
선도의 체취를 느낄 수 있어. 여러분에게 여행지로 추천하고 싶은
곳이야. 윤선도는 이곳에서 자신의 왕국처럼 만들며 살았어. 자기
가 하고 싶은 것은 무엇이든 하며 살았으니까. 보길도에서만큼은
왕이나 다름없었어. 완도 주변의 관리들도 윤선도를 떠받들었지.

〈어부사시사〉는 그의 작품 중 〈오우가〉와 더불어 으뜸이라 할 수

있어. 〈어부사시사〉는 그의 저서 《고산유고》에 전해 내려오고 있어.

이현보와 윤선도에게서의 어부는 고기를 잡는 일을 업으로 삼는 사람을 말함이 아니라, 자연에서 유유자적하는 강호가도를 말함이야. 우리 고전시가에 많은 어부가가 있지만, 이중에서 고산 윤선도의 시조를 가장 으뜸으로 치고 있어. 자연을 관조하는 윤선도의 어부가를 감상해 볼까?

> 동풍東風이 건들 부니 믉결이 고이 닌다
>> 돋다라라 돋다라라
> 동호東湖를 도라보며 서호西湖로 가쟈스라
>> 지국총至匊悤 지국총至匊悤 어사와於思臥
> 압뫼히 디나가고 뒫뫼히 나아온다

풀이

① 봄바람이 건듯 부니 물결이 고요히 일어난다
>> 돛 달아라 돛 달아라
② 동쪽 호수를 돌아보았으니 서쪽 호수로 가자꾸나
>> 찌그덩 찌그덩 어여차
③ 앞산이 지나가고 뒷산이 앞으로 나아온다

윤선도의 〈어부사시사〉 봄 중 셋째 수야. 여기서 윤선도는 호수에 띄운 배가 앞으로 나아가는 것을 묘사하고 있어. 종장에서 "앞산이 지나가고 뒷산이 앞으로 나아온다."라는 표현이 이를 잘 말해 주고 있지. 왜 우리가 버스나 기차를 타면 풍경이 마치 뒤로 밀려나가는 듯해 보이잖아. 그것과 같아. 초장에서 호수의 물결이 고요히 일고 있으니 돛을 달으라고 하고 있어. 돛을 달아 동쪽 호수도 구경하고 서쪽 호수도 구경하는 거야. 이리저리 배를 몰아 앞으로 나아가는 거야. 배에 탄 작자는 배를 저어가며 한가한 시간을 보내고 있음을 알 수 있어.

초장에서 '동풍東風'은 말 그대로 해석하면 동쪽에서 부는 바람을 뜻함인데, 이는 '봄바람', '샛바람', '춘풍'을 뜻해. 후렴구의 '지국총至匊忩'은 노 젓는 소리를 표현한 거야. 순수 우리말로는 '찌그덩'으로 해석하면 돼. '어사와於思臥'는 순수 우리말로 '어여차'로 해석할 수 있어. 노 젓는 사람끼리 서로 힘을 내기 위해 소리 내는 의성어야.

년닙희 밥 싸두고 반찬으란 쟝만마라

　　　닫드러라 닫드러라

청약립靑篛笠은 써 잇노라 녹사의綠簑衣 가져오냐

　　　지국총至匊忩 지국총至匊忩 어사와於思臥

무심無心한 백구白鷗는 내 좃는가 제 좃는가

풀이

① 연잎에 밥을 싸 두고 반찬일랑 장만하지 마라

　　　닻 들어라 닻 들어라

② 대삿갓은 쓰고 있다 도롱이를 가져왔느냐

　　　찌그덩 찌그덩 어여차

③ 무심한 갈매기는 저를 쫓아가는 것인가, 제가 나를 쫓아오는 것

　　　인가

윤선도의 〈어부사시사〉 여름 중 둘째 수야. 어촌 여름의 한가로움을 노래하고 있어. 마치 무위자연을 즐기는 듯한 작자의 심정이 담겨 있어.

이 시조에서 여름을 잘 나타낸 단어는 중장의 '녹사의綠簑衣'야. 녹사의는 '도롱이'를 말해. '사簑'자가 '도롱이 사'거든. 도롱이는 여름에 비 올 때 입는 비옷이야. 푸른 빛 나는 짚이나 띠로 만들어 어깨에 두르지. '청약립靑篛笠'은 '삿갓'을 말해. 여기서 '약篛'자는 '대 껍질 약'이야. 즉 대 껍질로 만든 삿갓을 말함이지. 종장의 '백구白鷗'는 '갈매기'를 뜻한다는 건 다 알지?

> 수국水國의 가을히 드니 고기마다 살져 인다
>
>> 닫드러라 닫드러라
>
> 만경징파萬頃澄波의 슬카지 용여容與하쟈
>
>> 지국총至匊恖 지국총至匊恖 어사와於思臥
>
> 인간人間을 도라보니 머도록 더옥 됴타

풀이

① 어촌에 가을이 찾아오니 고기마다 살쪄 있다

    닻 들어라 닻 들어라

② 넓고 맑은 바다 물결에 실컷 편안하고 한가롭고 흥에 겹다

    찌그덩 찌그덩 어여차

③ 속세를 돌아보니 멀어질수록 더욱 좋다

윤선도의 〈어부사시사〉 가을 중 둘째 수야. 초장과 중장에서 어

촌에 가을이 오니 고기마다 살쪄 있다고 하고, 넓고 맑은 바닷물이 한가롭고 흥에 겹다고 하여, 어촌의 가을을 실감 있게 노래하고 있어. 종장에서는 인간의 모든 허영과 거짓된 속세와는 멀수록 좋다고 하여, 자연과 더불어 속세를 떠나 사니 더욱 좋다고 하고 있어.

초장의 '수국水國'을 직설적으로 해석하면, 바다의 나라, 바다의 세계가 되겠지? 하지만 윤선도가 보길도라는 섬에서 시조를 지었다는 점을 생각하면, '수국水國'은 보길도라는 섬을 뜻함이겠지. 보길도가 섬이니 어촌이라고 해석해도 될 것이고. 보길도는 전라남도 완도에 있어. 중장의 '만경징파萬頃澄波'에서 '징澄'은 '맑을 징'자이고, '파波'는 '물결 파'이니 넓고 맑은 물결이란 뜻이야. '용여容與하쟈'는 한가롭고 편안하고 흥에 겹다는 뜻이야. 또는 태도나 마음이 태연하다는 뜻이기도 하고. 종장에서의 '인간人間'은 인간 세상을 말함이므로 즉 속세를 뜻함이지.

간밤의 눈 갠 후後에 경물景物이 달랃고야

　　이어라 이어라

압희는 만경유리萬頃琉璃 뒤희는 천첩옥산千疊玉山

　　지국총至匊悤 지국총至匊悤 어사와於思臥

선계仙界ㄴ가 불계佛界ㄴ가 인간人間이 아니로다

풀이

① 간밤에 눈 갠 뒤에 경치가 달라졌구나

　　노를 저어라 노를 저어라

② 앞에는 유리처럼 맑고 깨끗한 넓은 바다, 뒤에는 수없이 겹쳐

진 눈 덮인 산

찌그덩 찌그덩 어여차

③ 신선이 사는 세계(선경)인가, 부처가 사는 세계(정토)인가. 이곳
은 인간이 사는 속세가 아니로다

윤선도의 〈어부사시사〉 겨울 중 넷째 수야. 이 시조가 겨울이잖
아. 보길도의 겨울 풍경을 노래한 거지. 아침에 눈을 떠 보니 간밤
에 눈이 내린 거야. 눈 내린 보길도 섬의 경치에 윤선도는 감탄에
취해 있어. 바다는 더욱 파랗고 남해의 수많은 섬들은 간밤에 내
린 눈에 하얗게 덮인 거야. 그 풍경에 작자는 감탄이 저절로 난 거
야. 그래서 종장에 "신선이 사는 선경인가, 부처가 사는 정토인가,
이곳은 인간이 사는 속세가 아니로다."라고 감탄하고 있는 거야.

초장의 '간밤'은, 요즘은 거의 사용하지 않는 말이지? 군이 해석
하자면 '지난 밤' 정도로 해석 할 수 있어. 하지만 필자는 '지난 밤'
이란 말보다 '간밤'이라는 말이 주는 정감이 더 좋아. '경물景物'은
'경치'를 말해. 계절에 따라 변하는 경치. 후렴구의 '이어라 이어라'
는 노를 저어라, 또는 배를 저어라 등으로 해석할 수 있어.

이로써 윤선도의 어부사시사를 살펴보았어. 춘, 하, 추, 동 각 10
수씩 총 40수를 모두 살펴보지는 못했지만, 윤선도의 보길도에서의
생활을 엿볼 수 있는 시조들이야.

윤선도(1587~1671)는 조선시대 시조의 대표적 시인이라 할 수 있
어. 정철이 가사문학의 대가라면, 윤선도는 시조의 대가라 할 수 있
지. 정철과 더불어 조선시대 시가문학의 쌍벽을 이루는 사람이라
할 수 있어. 그는 봉림대군(효종)과 인평대군의 스승이기도 해. 호는

여러분도 잘 알다시피 고산이고. 본관은 해남이야. 조선시대의 당쟁으로 대부분 유배 생활을 많이 했어. 광해군 4년(1612)에 진사가 되었어. 1616년 권신과 이이첨, 박승종, 유희분의 횡포를 상소했다가, 이이첨 일파의 모함으로 함경도 경원과 경상남도 기장(지금의 부산 기장)으로 유배되었어. 1623년 인조반정으로 이이첨 일파가 처형되면서 13년 만에 풀려났어. 의금부도사로 제수되었으나 3개월 만에 사직하고 해남으로 내려갔어. 1636년 병자호란 때 의병을 일으켜 강화도로 갔으나, 이미 항복했다는 소리를 듣고 부끄럽게 생각하여 제주도로 가던 중 보길도의 아름다운 경치에 반해 그곳에 머물게 돼. 자신이 정착한 곳을 부용동이라 부르고 세연정, 십이정각, 석실 등을 지어 풍류를 즐겼어. 일종의 자신의 왕국처럼 꾸며 마음껏 살았어. 조상으로부터 물려 받은 재산이 많아 그 돈으로 보길도 부용동을 왕국처럼 꾸며 풍류를 즐길 수 있었지. 하지만 나중에 서울에 올라왔으나 왕에게 인사를 하지 않았어. 그리고 병자호란 당시 왕을 호종하지 않았다하여, 그 이유로 인조 16년(1638) 경상북도 영덕에서 1년 간 귀양살이를 하다가 풀려났어. 윤선도는 남인의 거두였으며, 이때 송시열이 서인의 거두였어. 효종(봉림대군)이 승하하자 조대비의 복상 문제로 서인에게 몰려 삼수에 유배되었어. 정치적으로 남인인 윤선도는 서인인 송시열을 이기지 못했어. 맞섰으나 항상 송시열에게 져 유배생활을 했지. 뒤집어 말하면 서인이 권력을 잡은 시기라 할 수 있지. 윤선도는 살아생전 총 18년이나 유배생활을 했어. 윤선도는 유배생활 중에 후세에 남을 뛰어난 많은 문학작품을 남겼어. 그리고 유배 중에도 풍류를 즐겼고. 유배지에서도 권력을 누렸어. 지방 사또들이 윤선도에게 잘 보이려고 굽신굽신하며 그의 편리를 봐 줬으니까. 유배에서 풀려난 뒤에는 보길도 부용동에서 은거하며 효종 2년(1651)에 〈어부사시사〉와 같은 국문학사에 남을 뛰어난 시조를 지었지. 그리고 전라남도 해남의 금쇄동에서는 《산중신곡》 등 여러 글을 썼어. 현종 8년(1667) 보길도 낙서재에서 85세의 나이로 풍류를 즐기다 생을 마감했어. 조선시대 나이로는 꽤 장수한 거지. 현대 의학이 발달한 지금도 85세까지 살면 장수했다고 하는데 말이야. 단가와 시조 75수가 전해 내려오고 있어. 주요 저서로는 《고산유고》, 《산중신곡》이 있고, 주요 작품으로는 〈어부사시사〉 등 많은 작품이 있어.

이번에도 윤선도의 시조를 살펴볼 거야. 〈어부사시사〉와 더불어 그의 대표작 중의 하나인 〈오우가〉를 감상해 볼 거야. 그런 후 〈만흥〉을 감상해 볼 거야. 바로 앞 글에서 윤선도를 소개하면서, 윤선도가 전라남도 해남의 금쇄동에서 《산중신곡》을 썼다고 했어. 《산중신곡》은 총 18수로 되어 있는데, 여기에 〈오우가〉와 〈만흥〉이 실려 있어. 이번에는 《산중신곡》 18수 중 이 두 가지 시조를 뽑아 감상해 보겠어.

우선 먼저 〈오우가〉부터 감상해 보겠어. 〈오우가〉는 그의 나이 50대 후반에 지은 것으로, 전라남도 해남의 금쇄동에서 지은 것으로 추정해. 여기서 '오우五友'란, 한자 뜻풀이 그대로라면 다섯 가지 벗을 말함인데, 윤선도가 말하는 '오우'는 다음과 같아. 수水, 석石, 송松, 죽竹, 월月을 말해. 다시 말해서 물, 돌, 소나무, 대나무, 달을 말함이지. 그런데 이상한게 있다? 〈오우가〉면 이렇게 다섯 수로만 되어있어야 하는데 실제로는 여섯 수로 되어 있어. 왜 그럴까? 이 〈오우가〉에는 수, 석, 송, 죽, 월 외에 서시序詩가 추가 되어 있어. 그래서 〈오우가〉이면서 다섯 수가 아닌 총 여섯 수가 된 거야.

> 내 버디 몃치나 하니 수석水石과 송죽松竹이라
>
> 동산東山의 달 오르니 긔 더옥 반갑고야
>
> 두어라 이 다삿 밧긔 또 더하야 머엇하리

풀이

① 내 벗이 몇인가 하고 세어 보니, 물과 돌 그리고 소나무와 대나
　무로다

② 동산에 달이 떠오르니 그것이 더욱 반갑구나

③ 두어라, 이 다섯밖에 또 다른 것을 더하여 무엇하리

　윤선도의 〈오우가〉 중 첫째 수인 '서시序詩'야. 작자는 〈오우가〉
를 지으면서, 서시를 통해 왜 내 벗이 다섯 가지인가를 먼저 설명하
고 있어. 내 벗이 몇인가 하고 세어보니, 물과 돌 그리고 소나무와
대나무 이 네 가지였어. 어? 그런데 동산에 달이 떠오르는 것을 보
니 무지 반가운 거야. 그래서 달도 내 벗이로구나, 라고 생각한 거
야. 이래서 작자의 벗이 다섯 개가 된 거야. '서시'에서 자신의 벗이
다섯 가지라는 것을 미리 암시해 주고 있는 거야.

　작자가 자신의 벗을 자연에서 찾은 것은, 아마도 그의 유배 생활
이 통틀어 18년씩이나 되다보니, 사람을 믿는 것보다는 자연을 믿
는 것이 더욱 나을 것이라고 생각했던 모양이야. 사람은 배신도 하
고 누명도 씌우고 그래서 억울하게 만들기도 하고 증오하게 하기도
해. 이렇듯 사람에게서 여러 추태를 보아왔기에, 작자는 자연에 더

욱 몰입하게 된 거야. 작자가 말하는 다섯 가지 자연의 벗들은 속임 없이 늘 한결같거든. 이제 자연에서 얻은 작자의 벗 다섯 가지를 만나보기로 하지.

구름빗치 조타하나 검기를 자로 한다
바람소래 맑다하나 그칠적이 하노매라
조코도 그츨 뉘 업기는 믈뿐인가 하노라

풀이

① 구름 빛이 깨끗하다고 하나 검기를 자주 한다
② 바람 소리가 맑다고 하나 그칠 때가 많구나
③ 깨끗하고 그칠 줄 모르는 것은 물뿐인가 하노라

윤선도의 〈오우가〉 중 둘째 수인 '수水'야. 〈오우가〉를 노래한 것 중에서는 '서시'를 제외하면 실질적으로 첫째 수가 되지. 작자는 다섯 가지 벗 중에서 첫 번째로 물을 꼽았네. 초장을 보자. 구름은 하얀 뭉게구름으로 하늘을 깨끗하게 보이게 해. 하얀 구름 빛깔이 참으로 좋아. 하지만 구름이 항상 깨끗하게 하얀 것만은 아냐. 때로는 먹구름이 되어 시커멓기도 해. 중장에서는 바람소리가 맑다고 하고 있어. 현대처럼 시멘트와 아스팔트에서 불어오는 바람이 아닌, 수풀이 우거지고 새가 지저귀는, 풍경이 아름다운 곳에서 불어오는 바람이기에 맑고 향기롭지. 그 바람 소리도 듣기에 참으로 좋았을 거야. 그런데 바람이 항상 부는 것은 아냐. 바람은 불었다가도 그치기도 하고, 그쳤다가고 불기도 하고 그래. 항상 맑은 바람 소리를 들을 수 없는 거야. 그래서 작자는 종장에서, 구름처럼 먹구름이 되지도 않고, 바람처럼 불었다 그치지도 않는, 늘 한결같이 흐르는 물이 가장 좋다고 하고 있어.

> 고즌 므스 일로 픠며셔 쉬이 디고
> 플은 어이하야 프르는 듯 누르나니
> 아마도 변티 아닐슨 바회뿐인가 하노라

풀이

① 꽃은 무슨 일로 피자마자 쉽게 저버리고

② 풀은 어찌하여 푸르는 듯하다가 금방 그렇게 누렇게 변하는가

③ 아무리 생각해 보아도 변하지 않는 것은 바위뿐인가 하노라

윤선도의 〈오우가〉 중 셋째 수인 '석石'이야. 다섯 가지 벗 중에서는 돌을 두 번째로 꼽고 있네. '수水'에서처럼 변하지 않는, 한결같은 돌을 다섯 벗 중의 하나로 꼽고 있어. 초장에서 꽃은 피자마자 쉽게 저버린다고 하고 있어. 꽃은 비가 오거나 바람이 불거나 하면 잎이 떨어져. 또는 계절이 바뀌면 시들어버리고 말아. 풀 역시 마찬가지야. 계절이 바뀌면 누렇게 변해. 하지만 돌은 변하지 않고 한결같이 그대로인 거야.

> 더우면 곳 픠고 치우면 닙 디거늘
> 솔아 너는 엇디 눈서리를 모르는다
> 구천九泉의 블희 고든 줄을 글로하야 아노라

풀이

① 날씨가 더우면 꽃이 피고 추우면 잎이 지거늘

② 소나무야! 너는 어찌하여 눈서리를 모르는가

③ 땅 속 깊은 밑바닥까지 뿌리가 곧게 뻗혀 있기에, 소나무가 차
가운 눈서리를 모르는 것을 알겠노라

윤선도의 〈오우가〉 중 넷째 수인 '송松'이야. 다섯 가지 벗 중에서는 세 번째로 꼽고 있네. 꽃은 더우면(따뜻하면) 꽃이 피고 추우면 잎이 지는데, 소나무는 추운 것도 모르는가, 눈서리가 이렇게 치는데도 변하지 않고 그대로라고 하고 있어. 그런데 가만히 생각해 보니 소나무는 그 뿌리가 땅속 깊은 곳까지 곧게 뻗혀 있기에, 눈서리가 치는 것도 모르고 있는가 보다고 하고 있어. 역시 변하지 않는 한결같은 소나무에 대한 믿음을 표현하고 있어. 지금까지 다섯 가지 벗 중에서 세 개의 벗 수水, 석石, 송松을 살펴보았는데, 이 모두가 변하지 않고 한결 같음을 노래하고 있어. 인간은 마음이 변하여 누명도 씌우고 억울하게 만드는데, 이들은 그렇지 않다는 것을 노래하고 있어. 다음에 두 가지 벗 '죽竹'과 '월月'을 더 볼까? 그러면 윤선도의 다섯 가지 벗 모두를 소개하게 되는 거지. 나머지 이들 두 가지 벗 역시나 변함없음을 노래하고 있어. 자, 그럼 나머지 두 가지 벗도 감상해 보자.

나모도 아닌 거시 플도 아닌 거시

곳기는 뉘 시기며 속은 어이 뷔연는다

더러코 사시四時에 프르니 그를 됴하 하노라

풀이

① 나무도 아닌 것이 풀도 아닌 것이

② 곧게 자라기는 누가 시켰으며, 속은 어이 텅 비어 있는가

③ 저러고도 사시사철에 푸르니 그를 좋아하노라

윤선도의 〈오우가〉 중 다섯 째 수인 '죽竹'이야. 다섯 가지 벗 중에서는 네 번째로 꼽고 있네. 매梅, 난蘭, 국菊, 죽竹. 여러분 이게 뭔지 다 알지? 사군자. 맞아 사군자잖아. 윤선도가 이 사군자 중에 '죽竹'을 벗으로 생각했네.

대나무가 사계절 모두 푸른 것을 노래하고 있는데, 그것이 윤선도 작자 자신이 좋아하는 이유라고 말하는 내용이야. 대나무는 나무도 아니고 풀도 아닌데, 누가 시켰기에 저렇게 곧게 자라며, 속은 또 그렇게 텅 비어 있는지. 저렇게 하고도 사계절 모두 푸르니 어찌 좋아하지 않겠냐고 하는 거지. 그래서 대나무를 벗으로 생각한다는 거야.

　　　쟈근 거시 노피 떠서 만물萬物을 다 비취니

　　　밤듕의 광명光明이 너만 하니 또 잇느냐

　　　보고도 말 아니하니 내 벋인가 하노라

풀이

① 작은 것이 높이 떠서 세상 온갖 만물을 다 비추니

② 캄캄한 밤중에 너만큼 밝은 것이 또 어디 있겠느냐

③ 세상에는 온갖 추한 것들이 다 있을 텐데도, 그것을 보고도 아

윤선도의 〈오우가〉 중 여섯 째 수인 '월月'이야. 다섯 가지 벗 중
에서는 마지막 다섯 번째로 꼽았네. 앞에 해석에서도 말했듯이, 달
은 태양처럼 밝은 대낮에 떠 있는 것이 아니라 캄캄한 밤중에 떠서
세상 온갖 만물을 다 비추고 있어. 그래서 칠흑처럼 어두운 밤을
환하게 밝혀주고 있어. 이렇게 어두운 밤을 환하게 밝혀 주는 것이
달 말고 또 어디 있겠느냐고 하고 있어. 요즘 현대사회야 특히 도
시에서는 한밤중에도 대낮처럼 불야성을 이뤄 환하지만, 조선시
대에는 밤중이 되면 어둠으로 세상이 덮이게 되지. 그런데 이때 달
이 뜨면 세상이 아주 환한 거야. 그 환한 달은 하늘에서 땅을 내려
다보며, 즉 세상을 내려다보며 온갖 추한 것들까지 모두 보고 있
을 텐데도, 그것을 보고 아무 말도 하지 않고 있으니, 덕이 많은 군
자와 같은 거야. 그래서 윤선도는 그 달이야 말로 자신의 벗이라고
하고 있는 거야.

그런데 이건 시조와 관계없는 말인데, 해설 중에 필자가 '불야성'
이란 단어를 사용했지? 뜬금없이 생각나서 하는 말인데, 불야성이
란 말의 유래를 혹시 아는 사람 있어? 사전에서 찾아보니까 "밤에도
해가 떠 있어 밝았다고 하는, 중국 동래군東萊郡 불야현不夜縣에 있었
다는 성城에서 유래한다. 《한서지리지漢書地理志》에 나오는 말이다."
라고 적혀 있네.

이상으로 윤선도의 〈오우가〉를 모두 살펴보았어. 여기에 참고
로 '학우사'라는 출판사에서 1955년에 출간(초판, 263쪽)된 이재수의
《윤고산연구》에 나오는 글 중 〈오우가〉에 대해 언급된 글을 옮겨 보

겠어.

오우가의 수水, 석石, 송松, 죽竹, 월月 등 각 수를 통하여 볼 때 평이한 우리말로 교묘하게 표현한 것을 보아왔는데, 고산孤山의 특색은 높은 시상詩想보다도 적절한 언어 구사에 있다. 그는 표현 형식의 구성에도 세밀한 계획을 하여 꼼꼼하였지만, 조사措辭에서는 한자 한 구를 소홀히 하지 않고 어감을 잘 파악하였다. 그리고 오우가에서 작자가 찬미하는, 끊기지 않고 맑게 흐르는 물水, 변함없는 바위石, 눈서리를 모르는 솔松, 사시四時에 푸른 대竹, 보고도 말 아니하는 달月에서 오우五友의 기특奇特한 점을 송영頌詠하였는데, 이런 것으로 살펴보면 작자의 자연에 대한 상호尙好와 자연체관自然諦觀의 비범함을 가히 알고도 남음이 있다 하겠다.

옮긴 글 중에 끝 부분에 조금 어려운 단어가 몇 개 있어 그 뜻을 알아보겠어. '기특奇特'은 말 그대로 기특하다란 뜻이고, '송영頌詠'은 칭송하여 읊다, 칭송하여 노래하다 이런 뜻이고, '상호尙好'는 매우 존경하고 좋아한다는 뜻이고, '자연체관自然諦觀'은 사물의 본체를 상세히 살펴보다 또는 꿰뚫어 보다 이런 뜻이야.

이번에는 역시 윤선도의 저서 《산중신곡》에 실려 있는 〈만흥〉을 감상해 보겠어. 이 시조 역시 전라남도 해남의 금쇄동에 있을 때 지은 거야. 병자호란 때 인조 임금을 호송하지 않았다 하여 영덕에 1년 간 유배(인조 16년, 1638년)되었다가 풀려나, 인조 20년 56세 때 금쇄동에 은거하면서 지은 거야.

필자는 선조와 인조를 참으로 덜 떨어진, 모자라는 임금으로 치는데, 선조는 이순신 장군을 잃었고(죽였고), 인조는 임경업 장군을 잃었어(죽였어). 조선은 500년사를 통틀어 가장 뛰어난 장군 둘을 잃은 거야.

> 산수간山水間 바회 아래 뛰집을 짓노라 하니
> 그 모론 남들은 운는다 한다마는
> 어리고 햐암의 뜻의는 내 분인가 하노라

풀이

① 물이 흘러 맑은 산 바위 아래에 띠집을 지으려 하니
② 내 뜻을 모르는 남들은 나를 비웃고들 있다마는
③ 어리석고 아무 것도 모르는 시골 사람인 나에게는, 이것이 내 분수인가 하노라

윤선도의 〈만흥〉 중 첫째 수야. 〈만흥〉은 총 여섯 수로 되어 있어. 여기서는 세 수만 소개할게. 앞에서 소개한 첫째 수를 살펴보자. 초장의 '띠집'은 짚이나 풀, 갈대 같은 것으로 엮어 만든 집을 말해. 그러니 얼마나 초라하고 형편없겠어. 띠집은 조선시대 선비들이 벼슬을 하지 않고 은거하여 살 때, 주로 짓고 살았던, 소박하다 못해 초라한 집이야. 중장의 '그 모론'은 그것을 모르는이란 뜻이야. 그리고 종장의 '어리고'는 나이가 어리다는 뜻이 아니고 어리석다란 뜻이야. 거 왜 화담 서경덕의 시조에도 나오잖아. 황진이를 그리면서 지은 시조에. "마음이 어린 후後ㅣ니 하는 일이 다 어리다"로 시작하는 화담의 시조. 여기서도 '어린'이란 말이 어리석다란 뜻

으로 쓰인 거지. 그리고 역시 원문의 종장에 나오는 '햐암'은 '향암鄕閣'에서 'ㅇ'이 탈락된 것으로, 아무 것도 모르는 시골 사람이라는 뜻이야. '분'은 분수의 준말이야. 그런 말 있잖아. "네 분수를 알아라."라는.

시조 내용을 살펴볼까? 작자(윤선도)가 산수 간 바위 아래에 아주 초라한 띠집을 짓고 살려고 하니까, 그 뜻을 모르는 사람들이 비웃는 거야. 왕의 스승이기도 했고, 그 높은 벼슬까지 지낸 사람이, 왜 산속에 그 초라한 띠집을 짓고 살려고 하느냐는 거지. 그래서 작자가 하는 말이, 모함이나 하고 남을 속이고 하는 그런 정치 현실 세계보다, 나처럼 어리석고 아무 것도 모르는 시골 사람은 이렇게 사는 것이 내 분수이다, 라고 하고 있는 거야. 옛 선비들은 이렇듯 현실과 타협을 하지 못할 때, 세상을 떠나 자연에 묻혀 유유자적하며 강호가도의 삶을 많이 살았어.

> 보리밥 풋나믈을 알마초 먹근 후後에
> 바횟긋 믉가의 슬카지 노니노라
> 그 나믄 녀나믄 일이야 부를 줄이 이시랴

풀이
① 보리밥 풋나물을 알맞게 먹은 후에
② 바위 끝 물가에서 싫도록 노니로라
③ 그 밖의 다른 일이야 부러워할 것이 있으랴

윤선도의 〈만흥〉 중 둘째 수야. 시조 원문을 풀어서 썼으므로 앞에서와 같이 따로 해석하지 않겠어. 산골 초막에서의 평온하고 한적한 풍경을 상상할 수 있어. 서울에서 벼슬살이 할 때야 쌀밥에 고기 반찬에 진수성찬이었겠지. 하지만 시골, 그것도 산골에 띠집을 짓고, 그곳에서 보리밥에 풋나물 정도만 먹고, 바위 끝 물가에서 싫증이 날 정도로 노는 거야. 아무런 걱정할 것이 없으니 부러워할 것이 그 무엇이 있겠어.

원문의 초장 '알마초'는 알맞게. 중장의 '슬카지'는 실컷, 싫도록. 종장의 '그 나믄'은 그 밖의, '녀나믄'은 다른, '부를'은 부러워할이라는 뜻이야.

> 잔 들고 혼자 안자 먼 뫼흘 바라보니
> 그리던 님이 오다 반가옴이 이러하랴
> 말삼도 우옴도 아녀도 몯내 됴하 하노라

풀이

① 잔 들고 혼자 앉아 먼 산을 바라보니
② 그리던 님이 온들 반가움이 이러하랴
③ 말씀도 웃음도 아니어도 못내 좋아 하노라

윤선도의 〈만흥〉 중 셋째 수야. 시조의 뜻은 간단해. 초장에서 잔을 들었다고 했는데 술잔이겠지? 술잔을 들고 혼자 앉아 먼 산을 바라보니, 그리던 임이 온다한들 이보다 더 좋겠는가. 결국 자연이 그리던 임이 오는 것보다 더 좋다는 이야기야. 종장에서 '말씀'과 '웃음'이라고 했는데, 이는 사람이 사는 세상을 뜻해. 다시 말해서 술

잔을 한 잔 들고 먼 산을 바라보고 있으니, 사람이 사는 세상보다 자연이 더 좋다는 이야기야.

초장의 '뫼흘'에서 '뫼'는 산을 뜻한다는 건 다 알지? 따라서 '뫼흘'은 산을이란 뜻이야. 종장의 '우옴'은 웃음을, '됴하'는 좋아를 뜻해.

이상으로 윤선도의 시조들을 살펴보았어. 윤선도가 자연에서 유유자적하며 살아온 삶처럼 그의 시조들도 그러하다는 것을 알 수 있어.

한 잔 먹세 그려
또 한 잔 먹세 그려

　제목이 한 잔 먹자고 하고 있네? 무엇을 먹자는 걸까? '한 잔'이라고 한 걸 보면 대번에 이게 술을 가리킨다는 것을 알 수 있지? 필자가 술을 좋아해서 술이 제일 먼저 떠오른 걸까? 이번에는 '술'이란 주제로 쓰인 시조를 살펴볼까 해. 술! '술' 하면 여자가 떠오르지? 거기에 하나 더 추가한다면 노름이 떠오르지. 안 그런가? 나만 그런가? 우리말에 '주색잡기'란 말이 있어. 술과 여자와 노름을 이르는 말이지. 또 생각나는 말이 뭘까? 그래 맞아. 알코올 의존증. 현대에 들어와서 붙여진 병명이지. 그런데 술을 좋은 표현으로 '약주'라고도 하지. 약주의 한자가 '약 약藥'에 '술 주酒'자야. 술을 잘 다스리면 약이 될 수도 있다는 거야. 적당히 마시면 혈액 순환도 되고 스트레스도 풀리니 정신 건강, 육체 건강에도 좋지. 담배보다야 낫지. 하지만 술을 잘못 다스리면 건강도 망치고 패가망신하는 경우가 있어. '약 약藥'에서 '풀 초艹'를 빼면 '즐길 락樂'이 돼. '즐길 락樂'에 '풀 초艹'를 넣어 '약 약藥'자를 써 '약주藥酒'라고 한 걸 보면, 약주는 즐겁게 먹으라는 뜻도 있을 거야. 그래서 술은 약이 되는 거고.

어느 나라이든 회식 자리에서 빼놓을 수 없는 것이 술이지. 그런데 술을 즐겁게 해 주고 분위기도 좋게 해주는 쓰임새로 먹으면 좋은데, 그러면 약이 되는 건데, 술자리를 망쳐놓는 사람이 가끔 있지. 또는 술을 잘 먹고 집에 들어와서는 가정 폭력을 하는 남자들도 있지. 예전에 해외로 단체로 관광 간 한국 여행객들이 흥청망청 마구 놀아댄다는 뉴스를 본 적이 있어. 폭음을 하고. 그래서 다른 나라 사람들에게 눈총을 받는 일이 있었다고 해. 요즘도 그러는지 모르겠지만. 아무튼 한국 사람들이 술버릇이 고약한가 봐. 그리고 범죄를 저질러도 술 먹고 저지른 범죄는 참작이 되어 감형이 되고. 아동 성폭행범이라든지, 살인범들한테까지도 형량을 감량하는 판사들 보면 참으로 이상한 나라라는 생각을 해. 술 먹고 집에 들어와 가정 폭력을 휘두르는 남자들도 있잖이? 또는 술 먹고 가정을 돌보지 않는 여자들도 있고. 우리나라는 술에 대해서 참으로 관대하다는 생각을 해. 술 먹고 실수한 것은 웬만하면 다 용서되고. 한국 사람들이 술을 참 좋아하지. 오죽하면 우리 속담에 '첫 술에 배부르랴.'라는 말까지 있어. 하필 비교를 해도 '첫 술'로 했을까? 그만큼 우리나라 사람들이 술을 참 좋아하는 민족이라는 것을 짐작할 수 있을 것 같아. 음주운전으로 죽는 사람도 있고, 장애인이 되는 사람도 있고, 또는 경찰의 음주 측정에 걸려 운전면허 취소당하는 사람들도 많고.

그렇다면 여러분은 한국 사람이 세계에서 몇 위쯤 술을 잘 먹는지 혹시 알아? 1위? 필자가 인터넷에서 검색해 보니, 2011년 미국 경제전문 방송인 CNBC에서 조사한 바에 따르면, 경제협력개발기구인 OECD 국가 중 11위로 많이 마신대. 에이, 실망? 난 우리나라

가 1위 일줄 알았는데. 물론 맥주, 위스키, 와인 등 종류별로 따지면
또 순위가 바뀌겠지만, 이런 걸 모두 포함해서 2011년 OECD 국가
중 순위를 매긴 거지. 그런데 2014년 세계보건기구인 WHO에 따
르면 여기에 가입한 194개국 중 한국이 15위로 조사되어 있어. 1위
는 옛 소련에서 독립한 벨라루스래. 기왕에 말이 나온 김에 술 소비
량 10위까지 알아볼까? 2위는 몰도바, 3위는 리투아니아, 4위는 러
시아, 5위는 루마니아, 6위는 우크라이나, 7위는 안도라, 8위는 헝
가리, 9위는 체코 및 슬로바키아, 10위는 포르투갈이래. 10위까지
모두 유럽 국가들이야. 조사해 보지는 않았지만 아시아에서는 아마
한국이 1위일 걸? 이것을 뒷받침해 주는 게 2011년 영국주류전문지
인 〈드렁크스 인터내셔널〉에 따르면 6,138만 상자가 팔린 한국의
진로 소주가 세계에서 1위로 제일 많이 팔렸대. 소주 소비량이 많은
나라가 어디일까? 물론 수출 판매량도 있겠지만, 진로 소주라면 아
무래도 한국 사람들이 제일 많이 마셨겠지? 그만큼 한국 사람들도
만만치 않게 술을 많이 마신다는 거지. 또 WHO에 따르면 술을 먹
어 질병이 생겨 죽는 사람이 2012년에 330명이었대. 그런데 지금
보다 더 못 살았던, 1985년 3월 18일 동아일보 기사에 따르면, 1981
년에 세계보건기구인 WHO에서 조사했는데 한국이 세계 1위였대.
참고로 2위가 헝가리, 3위가 동독(이때는 독일이 통일되기 전이니까)이
었대.

그나저나 동양에서 고금을 망라하고 '술'하면 생각나는 사람이
누가 있을까? 이태백—. 맞아, 이태백(701~762). 중국 당나라 때 시
인. 왜 우리말에 술 좋아하는 사람한테 '술태백이'라고 하잖아. 이
태백이 술을 얼마나 마셔댔으면 우리나라에까지 이런 말이 생겨났

을까.

이태백의 본명은 이백李白이지. 태백太白은 자이고. 호는 청련거
사靑蓮居士야. 중국 당나라 때 사람이야. 두보杜甫와 함께 쌍벽을 이
루는 중국 최대의 시인이지. 두보가 시성詩聖이라면, 이백은 시선詩
仙이라고 불리지. 이 두 사람을 일컬어 '이두李杜'라고 불러. 이백과
두보를 아울러 이르는 말이지. 이백은 1,100여 편의 시가 전해 내려
오고 있어. 1970년대에 우리나라 여자 가수가 부른 노래가 있지. 김
부자가 부른 노래. "달아 달아 밝은 달아 이태백이 놀던 달아~"라고
말이야. 그는 술만 좋아한 게 아니라 달도 좋아했어.

우리나라에 김삿갓이라는 방랑 시인이 있듯, 이백 역시 방랑 시
인이었어. 이백의 유명한 야사가 있지. "이백이 강가에 배를 띄워
술을 마시며 시를 읊고 뱃놀이를 하고 있는데, 강에 비친 달을 보
고 그걸 건지려고 뛰어 들었다가 죽었다(신선이 되었다)"는 야사가 전
해 내려오고 있어. 말 그대로 야사야. 실제로는 노년에 친척 이양빈
이란 사람에게 몸을 의탁하여 궁핍한 생활을 하다 그곳에서 병으로
죽었어.

이백이 얼마나 술을 좋아 하는가 그의 시에서도 잘 나타나 있어.
〈월하독작〉이란 한시인데, 달 아래서 혼자 술을 마신다는 뜻이지. 5
언고시로 전체 네 수로 되어 있는데, 여기서는 첫째 수와 둘째 수만
인용하겠어. 한문은 생략하고 풀이만 인용하겠어. 잘 감상해 봐. (전
관수, 《한시작가작품사전》(전2권), 국학자료원, 2007 참고)

꽃 사이에 술 한 병 놓고, 함께 마실 사람 없어 혼자 잔 기울이네.
잔 들고 명월을 맞이하니, 달과 나와 내 그림자까지 모두 셋이 되

는구나.

달이야 워낙에 술 마시기를 모르고, 그림자야 다만 내 몸에 딸린 것이지만,

아쉬우나마 얼마 동안 달과 그림자를 벗하여, 즐겁게 노닐며 이 봄을 누려야지.

내가 노래 부르면 달은 서성거리고, 내가 춤을 추면 내 그림자는 어지러이 따라 춤추네.

깨어 있을 때는 기쁨을 서로 나누다가, 술 취한 뒤에는 각각 흩어 져버리네.

무심한 흥취를 저들과 길이 맺어, 은하를 아득히 두고 달과 다시 만나기 기약하네.

하늘이 만약 술을 좋아하지 않았다면, 주성이 하늘에 있지 않았을 게고,

땅이 만일 술을 사랑하지 않았더라면, 땅에 주천이 없어야 하리라.

하늘과 땅이 이미 술을 좋아했으니, 술을 사랑함이 하늘에 부끄럽 지 않구나.

맑은 술을 성인에 비한다는 말 이미 들었고,

흐린 술은 현자와 같다고 이르는 말을 들었네.

성현과 같은 술을 이미 마시었으니, 하필 신선을 구할 게 있는가.

술 석 잔 마시면 대도와 통하고, 한 말 술은 자연의 도리와 맞다네.

취한 속의 즐거움을 얻으면 그만이지, 깨어 있는 사람에게 전할 생각은 말아라.

자, 이제 본격적으로 술을 주제로 쓰인 고시조 세 편을 감상해 보자. 정철의 시조 두 작품과, 황희 정승의 시조 한 작품을 감상해 볼 거야.

조선시대에 '술'하면 송강 정철을 꼽을 수 있어. 우선 작품 먼저 감상해 보고 이야기를 풀어볼까?

> 한잔盞 먹새그려 또한잔盞 먹새그려
>
> 곳 것거 산算노코 무진무진無盡無盡 먹새그려 이몸 주근 後후면 지게위해 거적 더퍼 주리혀 매여 가나 유소流蘇 보장寶帳의 만인萬人이 우러녜나 어욱새 속새 덥가나무 백양白楊수페 가기곳 가면 누른 해 흰 달 가는비 굴근 눈 쇼쇼리 바람 불제 뉘 한잔盞 먹쟈 할고
>
> 하믈며 무덤위해 잰나비 파람 불제 뉘우친들 엇디리

풀이

① 한 잔 먹세 그려 또 한 잔 먹세 그려

② 꽃 꺾어 꽃잎으로 셈하고 무진장 한없이 먹세 그려. 이 몸 죽은 후면 지게 위에 거적 덮어 꽁꽁 졸라서 무덤으로 매어가거나, 아름답게 꾸민 상여를 수없이 많은 사람들이 울며 따라가거나, 억새, 속새, 떡갈나무, 은백양이 우거진 숲에 가기만 하면, 누런 해, 흰 달, 가랑비, 함박눈, 회오리바람 불 제 뉘 한 잔 먹자 할고

③ 하물며 무덤 위에서 원숭이가 휘파람 불며 뛰어 놀 적에는, 아무리 지난 날을 뉘우친들 무슨 소용이 있겠는가

정철의 〈장진주사〉야. 앞에서 시조의 원문을 풀어 놓았으므로 따

로 해석하지 않아도 이해할 수 있을 거야.

이 시조는 우리 국문학 사상 최초의 사설시조야. 따라서 매우 중요한 작품이지. 이 시조는 인생의 허무함을 노래하고 있어. 물론 초장에서는 몇 잔을 마셨는지 꽃을 하나하나 꺾어 세어가며 마시자고 하는 낭만도 있지만, 결국 자신이 죽은 후에는, 자신의 무덤 주변에 누른 해, 흰 달, 가랑비, 함박눈, 회오리바람만이 있을 것이라며, 죽은 후의 삭막함을 노래하고 있어. 그래서 이 시조는 인생의 허무함을 노래하고 있는 거야. 작자는 술을 마셔가며 인생무상을 생각하고 있는 거지. 정철의 술에 관한 시조 한 수 더 감상해 보자.

재너머 셩권롱 집의 술닉단 말 어제 듯고
누은 쇼 발로 박차 언치 노하 지즐 타고
아해야 네 권롱 겨시냐 뎡좌슈 왓다 하여라

풀이

① 고개 너머에 살고 있는 성 권농의 집에서 빚은 술이 익었다는 말을 어제 듣고서

② 누워 있는 소를 발로 차서 일으켜 세우고, 안장 밑에 까는 털 헝겊을 놓아 소 위에 올라타고

③ 아이야(여봐라!), 네 권농 계시냐? 정 좌수(작자인 정철)가 왔다고 아뢰어라

송강 정철이 술을 좋아한다는 것은 그 당시 임금도 다 알 정도로 유명했어. 이 시조 역시 정철이 술을 얼마나 좋아하는지를 알 수 있

는 작품이야. 술을 찾아가는 정철의 들뜬 모습이 아주 실감있게 잘 그려지고 있어. 초장에 보면 '성 권농'이라고 나오는데, 여기서 '성'은 성씨라는 성을 가진 사람을 말하고, '권농'은 농사일을 권장하는 벼슬을 가진 사람을 말해. 작자가 그냥 이렇게 권농이라고만 밝혔는데, '우계 성혼'이라는 사람을 말하고 있어. 정철과 가깝게 지낸 사람이야. 정철이 성 권농의 집에서 담은 술이 익었다는 소리를 듣고 소를 타고 달려간 거야. 그리고는 큰 소리로 하인에게 "여봐라! 성혼이 계시냐! 정좌수, 즉 정철이 왔다고 전하라."고 하고 있어. 성혼이란 사람도 술을 꽤나 좋아했던 모양이야. 그래서 평소에 정철과 같이 술을 자주 마셨던 거고. 이 시조에 나오는 성 권롱 즉, 우계 성혼은 율곡 이이와 송강 정철과 함께 오랫동안 우정을 나누던 사이였어.

> 대쵸볼 불근 골에 밤은 어이 뜻드르며
> 벼 뷘 그르헤 게는 어이 나리는고
> 술 닉쟈 체 쟝사 도라가니 아니먹고 어이리

풀이

① 대추가 불그레하게 익은 골짜기에 밤은 어이하여 떨어지고

② 벼 벤 그루터기에 게는 어찌 나다니는가

③ 술 익자 체를 파는 장사가 지나가니, 그 체를 사서 술을 걸러 먹지 않고 어찌하리

그 유명한 황희 정승이 쓴 시조야. 이처럼 정치 일선에 있는 사람

도 이렇듯 풍류를 노래하고 있어. 옛 선조들은 풍류를 수준 높게 참
잘 즐긴 것 같아. 요즘 사람들처럼 술 먹으며 객기나 부리고 그런
게 아니라.

대추가 불그레하게 익고 밤도 떨어지고, 벼 벤 그루터기에 게도
지나가고, 이 정도면 술안주는 충분했을 거야. 이것들을 술안주 삼
아 어찌 술 한 잔 하지 않겠는가. 황희 정승도 술을 꽤나 좋아했던
모양이야. 그치? 그러니까 이런 시조를 썼겠지.

종장에서 술 익자 체 장사 지나간다고 했는데, 필자가 술 만드는
방법을 잘 모르겠으나 술을 만들 때 체에 걸러서 만드는 모양이야.
때마침 체를 파는 장사가 지나가니, 그것을 하나 사서 술을 걸러 먹
지 않고 어찌 하겠는가, 라고 하고 있어. 오랜만에 황희 정승이 한
가한 한때를 보내고 있는 모습이 눈에 선하네.

황희 정승은, 여러분도 너무나 잘 아는 조선시대의 대표적인 아
주 유명한 정승이지. 고려 말에 문과에 급제하면서 벼슬을 시작했
는데, 조선이 건국되어서도 태조 이성계를 비롯해, 정종, 태종, 세종
에 이르기까지 네 임금에 걸쳐 무려 24년을 벼슬에 있던 사람이야.

특히나 황희가 정승으로서 유명하게 된 것은 세종 때문이지. 87
세까지 산 사람인데, 지금으로 치면 한 120살 정도? 그쯤 살았다고
봐도 되겠지? 1970년대까지만 해도 만 60살 환갑까지만 살아도 오
래 살았다고 잔치를 벌일 정도였으니, 조선시대 수명으로 따지면
얼마나 오래 산 거야. 조선시대 사람들은 40살을 넘기기가 어려웠
대. 오래 살아야 50살이라고 하니. 황희는 아주 장수한 사람이야.
건강하고. 조선시대 임금 중에서 가장 오래 산 임금은 영조래. 83세
까지 살았대. 말이 잠시 삼천포로 빠졌는데, 황희는 세종의 정치 철

학과 전혀 달랐던 사람이야. 말하자면 세종 정치의 반대파라고 할
수 있어. 그런데 세종은 오히려 이런 황희를 무려 18년간이나 영의
정에 두었어. 그만큼 황희의 정치적 판단이 무척 빠르고 국정 운영
을 잘 했다는 거겠지. 황희가 늙어 영의정에서 물러나서도 세종이
그에게 자문을 구할 정도라고 하니, 황희의 역량이 얼마나 컸는가
를 알 수 있는 대목이지. 백성을 위하는 마음이 세종대왕과 같았기
에 비록 정치적 철학은 서로 달랐어도, 세종이 그를 그토록 오래 영
의정 자리에 두었을 거야. 또한 세종이 자신의 반대파를 끌어안으
려는 속셈도 있었을 테고. 세종 반대파의 우두머리가 황희였거든.
아무튼 황희가 뛰어난 인재임에는 틀림없어. 황희에 대한 세종의
신임은 우리가 상상할 수 없을 정도로 두터웠어. 황희 정승의 업적
은, 농사개량에서부터 시작하여 국방 강화, 문물제도 정비 등 수없
이 많으며, 특히 법의 혼란을 수정 보완하여 《경제육전》을 간행하
였어. 인품이 원만하고, 늙어서도 독서를 게을리 하지 않았으며, 백
성들로부터 존경을 받는 정승이었어.

이야기로
읽는
고시조

1판 1쇄 펴낸날 2016년 10월 15일

지은이 임형선

펴낸이 서채윤 펴낸곳 채륜
책만듦이 김미정 책꾸밈이 이현진

등록 2007년 6월 25일(제2009-11호)
주소 서울시 광진구 자양로 214, 2층(구의동)
대표전화 02-465-4650 팩스 02-6080-0707
E-mail book@chaeryun.com Homepage www.chaeryun.com

책값은 뒤표지에 있습니다.
ISBN 979-11-85401-22-5 03810

이 도서의 국립중앙도서관 출판예정도서목록(CIP)은 서지정보유통지원시스템 홈페이지(http://seoji.nl.go.kr)와 국
가자료공동목록시스템(http://www.nl.go.kr/kolisnet)에서 이용하실 수 있습니다. (CIP제어번호 : CIP2016022362)

채륜서(인문), 앤길(사회), 띠움(예술)은 채륜(학술)에 뿌리를 두고 자란 가지입니다.
물과 햇빛이 되어주시면 편하게 쉴 수 있는 그늘을 만들어 드리겠습니다.